錬金術？ いいえ、アイテム合成です！ 2
Alchemy? No, it's a synthesis of the item!
合成スキルでゴミの山から超アイテムを無限錬成！
十一屋 翠
Juuichiya Sui
赤井てら
Illustration
ニャット
間山《まやま》香呼《かこ》

吹雪の魔剣
吹雪を生み出し、
敵を氷漬けにする。
「これがオークションで出品した
魔剣の兄弟剣、吹雪の魔剣です」
私が取り出したのは、氷属性の魔剣だ。
マジックアイテムに変異種の
魔物の魔石を合成して生み出したもの。
「カ、カコ嬢。この剣を
私に譲ってはくれまいか？」
「ズルイですよ！
我々にも交渉させて
下さいよ！」

メイーテナ・クシャク
貴族達は私を囲んで我も我もと
魔剣の交渉を求めてくる。
「申し訳ありませんが、
これを手放す気は
ございません」

「お味噌汁と簡易味噌煮込みの完成!!」

さぁご飯タイムだ! 今回もニャットに喜んでもらえると思うんだけど……。

「……ニャ、ニャフ……」

「え!? 何!? どうしたの!?」

なんとニャットは口をポカーンと開けながら涙を流して震えている。

「こんな美味い魚は生まれて初めてニャ!! これは魚料理の革命ニャ!!」

錬金術？　いいえ、アイテム合成です！ 2

合成スキルでゴミの山から超アイテムを無限錬成！

十一屋 翠
Juuichiya Sui

Illustration
赤井てら

本文・口絵イラスト：赤井てら
デザイン：杉本臣希

CONTENTS

第1話　見習いの武具

トラントの町を出た私達《たち》は、とある村にたどり着いた。

「うわっ、なにこの村⁉」

不思議なことに、この村の家の屋根からはモクモクと煙《けむり》が立ち昇《のぼ》り、どこの建物からもカンカンと何かを叩《たた》く音が鳴っていて、更《さら》に見回せばそれらの建物の入り口には剣《けん》や盾《たて》のマークが描《えが》かれた看板がかかっていた。

「ええと、もしかして武器屋と防具屋？」

何でこんなに沢山《たくさん》武器屋と防具屋があるの⁉

「厳密には武器工房《こうぼう》と防具工房だニャ。看板に槌《つち》のマークもついてるニャ」

あっ、ほんとだ。

よく見てみればニャットの言う通り剣と槌、盾と槌のマークだ。

「工房のマークには槌が描かれるニャ。これに作る品の傾向《けいこう》が決まっている工房だとそこに剣や盾のマークがつくのニャ」

つまり専門工房ってことかぁ。

「店は槌のマークが無い看板だニャ」

成る程《ほど》、そこで判断するんだね。

それが分かったところで改めて看板を見返すと、確かに槌のマークがついた看板が多い。

でもそれに負けず劣《おと》らず槌の無いマークの看板も多かった。

はて、何でこんなに沢山お店があるんだろ？

大きな町なら同じ種類のお店が沢山あってもおかしくないけど、この村の規模でこの数は異常だ。

と言うか民家よりもお店の方が多いんじゃない？

「うーん、とりあえず適当なお店に入って聞いてみるかな」

いつまでも村の入り口に立っていても仕方ないし、実際にどこかのお店に入ってみよう！

トラントの町じゃキーマ商店の騒動《そうどう》があって、結局合成用の武器を買えなかったしね！

◆

「うわぁー、武器でいっぱい」

村に入ってすぐの武器屋に入ると、店内は武器でいっぱいだった。

何処《どこ》を見ても武器武器武器。

壁《かべ》に武器、棚《たな》に武器、更に樽《たる》に乱雑に差し込《こ》まれた武器の山！

「すっごーい、キーマ商店の武器コーナーよりも品揃《しなぞろ》えがいいんじゃないかな？」

これだけあると目移りしちゃうなぁ。

「ニャるほど。ここは鉱山村ニャんだニャ」

「鉱山村？」

「そうニャ。近くに鉱山がある村だニャ」

へぇ、この辺りに鉱山があるんだ。

「鉱山がある土地には良い鉱石を求めて鍛冶師《かじし》や職人達が住みつくのニャ。で、そんニャ連中が集まるとここみたいに工房がポコポコ建った村が出来上がるのニャ」

そっか、村に武具のお店が沢山出来たんじゃなくて工房が沢山建ったから村になったんだ。

なんだか不思議。普通《ふつう》は村が出来てからお店が出来ると思うんだけど。

「詳《くわ》しいなネッコ族の旦那《だんな》」

そんな風に話をしていたら店の人が話しかけてきた。

「あの、ちょっと質問なんですけど」

せっかく声をかけてきてくれたので、村の入り口で疑問に思ったことを聞いてみる。

「なんだいお嬢《じょう》ちゃん？　ウチの武器はどれもお薦《すす》めだぜ」

「この村が鉱山村で、鉱石目当てで工房が沢山建ったのは分かりました。でも何でお店も沢山あるんですか？　村の規模に比べると多すぎるような……それに工房の人から直接武具を買った方が安くなると思うんですけど」

「ほほう、なかなかよく見てるじゃないか」

わーい、褒《ほ》められた。

「えへへ」

「その質問の答えは簡単だ。俺達《おれ》は工房の口利《くちき》き役でもあるからさ」

「口利き役？」

「ああ、工房の鍛冶師達は腕《うで》の善《よ》し悪《あ》しは別として全員が何かを作ることに心血を注いでいる」

「でしょうねぇ」

何かを作ることが好きで好きでたまらなくて、わざわざ鉱山のある場所にやってきて村を作っちゃうくらいだもんね。

「けどだからと言って商売が得意という訳じゃない。寧《むし》ろ口下手で下手な奴《やつ》の方が多いくらいだ」

「あー」

いわゆる頑固《がんこ》職人ってヤツかー。

「しかも気難しい職人が気に入らない客に注文されたら、それこそ槌やノミぶん回して追い払《はら》いかねなくてな」

「それは怖《こわ》い！」

突然《とつぜん》気に入らないことがあったからと凶器《きょうき》を振《ふ》り回されたら怖過ぎるよ！

「で、そこに俺達が間に入ることでスムーズに商品の売買を行う訳さ。もちろん手数料は貰《もら》うけどな」

「手数料だけでやっていけるんですか？」

「流石《さすが》に無理さ。他の店もあるしな。代わりに俺達は契約《けいやく》した工房の武具を自分達だけが売る契約を結ぶんだ」

「自分達だけ？」

「そうさ。腕のいい職人の武具を自分の店だけが独占《どくせん》していれば、その職人の武具を求める客はうちの店の商品だけを求めてやってくる。それは他の村の店舗《てんぽ》でも同じだ」

成る程、ＷＥＢ配信番組の独占販売権《はんばいけん》みたいな感じなんだね。

「元々この村に店を構えたのはそれが理由でな。この村の店は鍛冶師との契約窓口の為だけにある側面が多いんだ」

あー、家電量販店の中にあるスマホのアンテナショップみたいなものなのかな？

「とはいえ、鍛冶師が作った最新の武具を欲《ほ》しくてやってくる連中も多いから売買もやってる。あとはあれだな。見習いの武具の取り扱《あつか》いもやってるぞ」

「見習いの武具？」

「ああ。そこの樽の中の剣を見てみな。鍔《つば》の部分に模様が入っているだろ？」

「あっ、ほんとだ」

樽の中に入っている剣を見ると、どれも鍔の部分に模様が描かれている。

「その模様は見習いが作ったマークだ」

「でもどれが見習いの作った物か分かったら誰《だれ》も買わないんじゃないですか？」

だって見習いの作った武器や防具なんて怖くない？

どうせ使うならちゃんとした職人の装備の方が良いと思うけど。

「確かに見習いの武具は出来が悪い。だがその分安く売ることが出来るから、駆《か》け出し冒険者《ぼうけんしゃ》は見習いの作った武具を買うことが多いんだ。金が貯《た》まるまでの繋《つな》ぎだな」

ああ、成る程。確かに安さを求めて買う人は居るだろうね。

「見習いも自分の作った武具が売れれば収入になるから気合いを入れて作る。よっぽどヘッポコでない限りそれなりのモノにはなるさ」

そっか、見習いも収入が欲しいから全力なんだね。

「まぁ、それでも命を懸《か》ける価値があるかと言うと疑わしいがな」

ありゃりゃ。

「さらに言うとそのマークは見習いそれぞれによって違《ちが》うマークだから、誰が作ったのかすぐ分かるんだ」

確かにどの武器も違うマークがついてる。

「出来の悪い武器に当たった奴は次からはそのマークの武器を買わないいし、出来が良ければ次も同じマークの武器を買う。つまり外れと当たりを見分けることが出来るのさ」

「おー」

それは便利かも。うっかり外れの品を買っちゃっても次回からは同じ人のを買わずに済むんだからね。

「そんで当たりの武器ほど人気が出て良く売れるから、将来を見越《みこ》して色々優遇《ゆうぐう》することで若いうちに専属契約を結ぶのさ」

へぇー、それはいいね。

私なら一度鑑定《かんてい》すれば次から同じものは鑑定出来るようになるし……。

「あれ？」

「どうした？」

「い、いえなんでも」

そういえば他人が作った同じ種類の武器って鑑定出来るのかな？

同じ小盾同士とかならいけるのかな？　それとも他人が作った物はダメかな？

それに革製や鉄製とかで素材が違うとどうなんだろう？

以前買った盾や鎧《よろい》は合成したものを鑑定したけど、合成用に買った2個目3個目は鑑定してなかったんだよね。

うーん、これは試《ため》してみた方がいいよね。

幸い見習いが作った武器はマークがついてるお蔭《かげ》で誰が作ったか一目瞭然《いちもくりようぜん》だ。

「よし、ちょっと買ってみよ！」

「おっ、買ってくれるのかい？」

「はい！」

うーん、自分が使うことを考えて買うのは短剣がいいかな。

あと出来れば軽いやつだといいなぁ。

私は短剣が入っている樽を漁《あさ》って、なるべく形が大きく違う短剣を見繕《みつくろ》う。

「おいおい、まさかそれ全部買うつもりか？」

「はい。見習いさんの作った物だから安いですしね」

「安いからってそんなに買うかぁ？」

うーん、めぼしいのはこんなものかなぁ。

正直武器の善《よ》し悪《あ》しは私には分かんないから、ここは鑑定をあてに……ん？

「これ……」

そんな中で、私は一つの短剣に釘付《くぎづ》けになった。

お店の人の許可を得て、その短剣を手に取ってみる。

「この短剣、不思議」

見た目は普通なのに何故《なぜ》かもの凄《すご》く気になる。

「ほう、それが気に入ったのか。そういった感覚は大事だぜ」

「感覚？」

「ああ、戦士が武具を探してるとな、たまにこれだ！　っていう品に出会うことがあるそうだ。そういう武具は出来以上に使い手との相性《あいしょう》がいいんだとさ」

へー、使い手との相性かぁ。

でもこの短剣いいなぁ。

「よし、これも買います！」

「まいどあり！」

ふー、良い買い物したよ！

かなり沢山買っちゃったけど、合成を繰《く》り返せば数も減らせるし品質も良くなるからね！

あっ、そうだ！　あともう一つ！

「すいません！　ここって鉄は売ってますか？　あったら欲しいんですけど」

そうそう、まだ鉱物を合成したことがないから鉄の合成もしておきたいんだよね。

「あー、悪いがそりゃ無理だ」

「売ってないんですか？」

「そうじゃなくてな、今は時期が悪くて一見《いちげん》の客に回せる在庫が無いんだよ」

「在庫が無いってどうしてですか？」

「今は村の鍛冶師がこぞって鉄を求めてるから、村内の供給も追いつかない有様なのさ」

そうなんだ。何か鉄が要《い》る事情があるのかな？

残念、鉱山が近くにあるなら鉄の合成と鑑定が出来ると思ったんだけどなぁ。

◆

「ふぃー、良い買い物が出来たね！」

鉄こそ買えなかったものの、なかなかの業物《わざもの》をゲットして私はホクホクな気分だった。

「それじゃあそろそろ宿を探そっか」

他にも見たいお店はあるけど、先に宿を探しておかないとね。

「この村じゃ美味《うま》い飯は期待出来ニャいから、厨房《ちゆうぼう》を貸してもらえる宿がいいニャ」

今日のご飯は私が作ること確定ですかー。

そんな風に宿を探して村の奥《おく》へと進んでいったその時だった。

「……っ……‼」

ふと、誰かの声が聞こえた気がした。

しかし周囲から聞こえるのはカンカンと鳴る鍛冶の音ばかり。

「気の所為《せい》かな？」

「……っ‼」

いや、気の所為じゃない。

やっぱり誰かが大きな声を上げている。

「どこから聞こえてきたんだろう？」

私は耳を澄《す》ませて周囲を見回す。

「……かっ‼」

「あっち！」

声を頼《たよ》りに向かうと、どうやら近くの路地裏から聞こえてきたみたいだった。

路地にそっと近づいてみるとそこには数人の若い男性と、彼等《かれら》と対峙《たいじ》する若い男の子の姿があった。

「お前等、卑怯《ひきょう》だぞ‼」

おーっとこれは厄介事《やっかいごと》の予感だよ？

第2話　試験と屑鉄《くずてつ》

「卑怯《ひきょう》だぞ！」

路地で言い争っていたのは、木箱を持った男の子と数人の男達《たち》だった。

「はっ、気付かない方が悪いんだろ」

男の人達は男の子を見下すように笑っている。

うーん、会話の内容から言って男達が悪い奴《やつ》なのかな？　卑怯って言われてるし。

「お前も職人の端《はし》くれなら素材の質は自分の目で確認《かくにん》するのが筋ってもんだろ。それを怠《おこた》った時点でお前の落ち度なんだよ」

「ふざけんな！　今まで仕入れした時はこんなこと一度もなかったぞ！　こんな店の評判を落とすような馬鹿《ばか》な真似《まね》は普通《ふつう》しないだろ！　おおかたアンタ等《ら》が店に手を回してわざと粗悪《そあく》な品を掴《つか》ませたんだろう！」

「ははっ、そりゃつまらねぇ言い掛《が》かりだ。だいたい今の時期はどいつもこいつもいい鉄を探してるんだぜ。俺《おれ》達じゃなくて別の奴が犯人なんじゃねぇのか？」

「くっ」

証拠《しょうこ》がないから言い返せないのか、男の子が悔《くや》しそうに唇《くちびる》を噛《か》む。

でもそうか、さっき武器屋の店員さんと話をした時にも言っていたけど、職人が鉄を沢山《たくさん》集めてるってのは本当みたいだね。

「良い鉄は良い職人に優先的に回される。屑鉄を回されたのはお前の実力がその程度って店に思われてるってことさ。修業《しゅぎょう》が足りないんだよ、お前は」

腕《うで》の良い職人に良い品が回されるかぁ。

そう言われると反論は難しいよね。

「はんっ！　私よりも出来の悪いモノしか作れない癖《くせ》によく言うよ！　兄弟子《でし》の癖に鍛冶《かじ》の腕よりつまらない小細工ばっかり上手《うま》くなってさ！」

「何だとお前！」

男の子の挑発《ちょうはつ》に男の人達が激昂《げっこう》する。

「女の癖にちょっと師匠《ししょう》に褒《ほ》められたからって調子に乗ってんじゃねぇぞ！」

……って、ええ⁉　あの子女の子だったの⁉

男の子の格好《かっこう》してるから男だと思ってたよ！

ってそうじゃない！

「あれヤバいんじゃない⁉」

男達は成人はしてないみたいだけど明らかに女の子よりも年上だ。

喧嘩《けんか》になったら勝てる訳がない。

慌《あわ》てて止めに入ろうとした私だったけど、それをニャットが止める。

「止《や》めておくニャ。厄介事《やっかいごと》に首を突《つ》っ込《こ》んでも損をするだけだニャ」

「そ、それはそうだけど‼」

ニャットの言いたいことは分かるけど、このままじゃあの子が大変なことになっちゃうよ！

年上の男と喧嘩なんてしたら大怪我《おおけが》しちゃう！

「ええと、ええと……そうだ！」

私は一旦《いったん》女の子達の姿が見えない位置まで下がると、大きく声を上げた。

「誰《だれ》かー！　こっちの路地裏で女の子が襲《おそ》われてますー！」

「「なっ⁉」」

路地裏の方から男の人達の驚《おどろ》く声が聞こえる。

「衛兵さんを呼んでー！　早く来てー！」

そう、私が関《かか》わるのが不味《まず》いなら大人を呼べばいいのだ。

すぐに何だ何だと通行人がざわめき始める。

「お、おい、不味いぞ」

人を呼ばれたことに動揺《どうよう》したのか男達の不安げな声が聞こえてくる。

「ちっ！　行くぞ！」

「お、おう！」

そして慌てた様子で走り去っていった。

「ふぅ、これで良しっと。顔も見られてないから大丈夫《だいじょうぶ》だよね」

「まぁ、これニャらいいんじゃニャいか？」

よし、ニャット先生のお咎《とが》めも無しっと。

「じゃあ行こっか」

「お、おい！　待てよ！」

さぁ去ろうと思ったら、後ろから待ったがかかった。

「はい？」

振《ふ》り返ればさっきの男の子ならぬ女の子だ。

おお、正面から見るとちゃんと女の子って分かるね。

ただ化粧《けしよう》っ気がないのと髪《かみ》の毛がボサボサなのが気になる。

うむむ、せめて髪の毛の手入れくらいはしてあげたい……。

「今人を呼んだのアンタ等だろ？」

「えっと、何のことですか？」

ニャットからも首を突っ込むなって言われたからね。

ここは知らないフリをして去ることにする。

「とぼけんなよ。さっきの声アンタと同じじゃないか」

「誰か他の人と間違《まちが》えたのでは？」

「とぼけんなよ。この村に子供なんて殆《ほとん》ど居ないんだぜ」

ああっ⁉　誰が子供かっ！

「子供じゃありません」

「嘘《うそ》つくなよ」

「子供じゃありません」

「いや別に怒《おこ》ってる訳じゃなくてな」

「子供じゃありません」

立派なレディである私を子供扱《あつか》いするようなヤツと話をするつもりは無いよ！

「……子供じゃない」

よし勝った‼

「はい。何でしょう？」

「……あ～。えっとだな」

女の子は何故《なぜ》か疲《つか》れたような様子でため息を吐《つ》く。

「助かったよ、ありがとな」

「いえいえ、どういたしまして」

そうそう、素直《すなお》にお礼を言うだけでいいんだよ。

子供扱いなんて不必要なのです。

「……助けたことを認めたことに気付いてニャいのかこの馬鹿娘《むすめ》」

……あっ、しまった。

いかーん、関わらない為《ため》にシラを切ろうと思ってたのにーっ！

くっそー、やってしまった。

けど返事をしてしまった以上は仕方がない。

どうせバレたのなら詳《くわ》しい話を聞いてみよう。凄《すご》く気になるし。

「私は間山香呼《まやまかこ》って言います。こっちは護衛のニャット」

「よろしくだニャ」

「私はシェイラだ」

自己紹介《しょうかい》を終えた私は早速《さっそく》事情を聞くことにした。

「それで、何で男の人達相手に言い争いなんてしてたんですか？」

正直、アレは危なかったと思うよ？

知り合いだったみたいだけど仲が悪いみたいだし。

「いや喧嘩っていうかアレはさ……」

女の子はバツが悪そうに視線を逸《そ》らすとボリボリと頭をかく。

「どう見ても喧嘩してるようにしか見えませんでしたよ。卑怯だぞ！　って」

「うぐっ、あー……その、だな……私はあいつ等の卑怯なやり口が気に食わなかったんだよ」

「卑怯なやり口？　さっき話していた屑鉄がどうとかですか？」

私は女の子が持っている箱に視線を向ける。

箱の中には何か黒っぽい石が沢山入っていて多分これがさっきの話に出てきた屑鉄なのかな？

「聞いてたのかよ。ああそうだよ。あいつ等にハメられて鉄の仕入れに失敗したんだ」

「失敗？」

その石、いや鉄の仕入れってことはアレは鉄鉱石？　私が買えなかったヤツ？

「ああ。あいつ等店の人間に手を回して私が頼《たの》んだ鉄を屑鉄にするように仕向けたんだ。見ろよ、上にある鉱石はちゃんとした鉄だけど、下に入ってるのは全部粗悪な鉄だ」

女の子は箱の上の方にある鉱石をずらしてその下の鉱石を私に見せる。

うーん正直まったく分からん。

でも酷《ひど》いね、表面だけちゃんとした商品を渡《わた》して騙《だま》すなんて。

「この村の職人見習いは作ったモンを店に預けて売るんだ」

「あっ、それはさっきお店で聞きました」

作った品には自分と分かるマークをつけるんだよね。

「何だ知ってたのか。それなら話は早い。さっきの連中は私の兄弟子だからさ、私よりも早く作った品を店に卸《おろ》してるんだ。でも私はつい最近作ったモンを預けるようになったから店の信用がたりないんだ。だから貰《もら》える鉄の質も低いんだ」

「へぇー、そういうものなんですね」

良い品は一人前の職人に、見習いは質の低い鉄で十分って訳だね。

「けど、こんな酷い鉄を寄こされたのは初めてだ！　それもこんな姑息《こそく》なやり方でさ！　魔物討伐《まものとうばつ》で鉄が足りない時でさえここまで酷い鉄が出されたことはなかったよ！」

だからあいつ等が手を回したに決まってると女の子は拳《こぶし》を握《にぎ》りしめる。

「でも証拠はないんですよね？」

証拠がない以上思い込みって可能性も否定出来ないんだよね。

「証拠はない。けど鉱石を受け取った時の店員の顔はさ、今思うと私から目を逸らしてたんだよ。で、持ち帰ってみたら箱の中身はこのありさまでさ、文句を言いに行ったらこれしかないの一点張り。胸《むな》糞《くそ》悪い気分で帰ってたら兄弟子達が何もかも知ってる様子で私をからかってきたから、こりゃコイツ等が犯人だってすぐ分かったのさ。前々から私が女だてらに職人を目指しているのが目障《めざわ》りだからってつまらない嫌《いや》がらせをされてたしね」

あー、普段《ふだん》の行いからして悪いのか。それは確かに犯人くさいなぁ。

「まぁどうせ私の方が腕が上なのが目障りだったんだろうけどさ」

成る程《ほど》、動機は嫉妬《しっと》かぁ。器《うつわ》の小さい男達だねぇ。

「ところで、何で鉄が要《い》るんですか？」

「は？　そりゃ作品を作る為だよ」

いや、そりゃ物を作る為に要るのは分かるって。

「そうじゃなくて、何でこの時期に鉄が沢山いるのかって話です」

「ああ、そういう」

私の質問の意図を理解した女の子はそりゃそうだと頷《うなず》きながら事情を説明してくれた。

「この村じゃさ、年に一度師匠が自分の弟子の成長を確かめる為に試験をするのさ」

「試験？」

「そうさ、方法は師匠が指定した物を五つ作ること」

「五つも？」

ふつうこういうのって最高の出来の品を一品だけとかじゃない？

「私達は職人だからな。安定して同じものを量産出来ないと意味がないのさ」

成る程、確かに出来にムラがあったら売り物としては難しいもんね。

「屑鉄は使えないんですか？　確か鉄って精製を繰《く》り返せば質の良い鉄だけが残るって聞いたことあるんですけど」

「ああ、スラグを除いて純度の高い鉄だけを取り出す手法だな」

「スラグ？」

「鉄を精製する際に出る不純物さ。だがそれをやってもコレじゃほんの僅《わず》かな鉄しか手に入らないんだよ」

成る程、シェイラさんの言う鉱石の質ってのは純粋《じゅんすい》な質だけじゃなくて取り出せる鉄の量も込みの問題なのか。

「それでどうするつもりなんですか？」

「どうにもならないね。今から他の店に頼むにしても私には伝手《つて》が無いからさ」

シェイラさんは肩《かた》を落として大きくため息を吐く。

「今年の試験は諦《あきら》めて、来年の試験に向けて少しずつ鉄を集めるしかないね」

そっか、肝心《かんじん》の鉄が手に入らない以上はどうしようもないし、来年も同じことをされないように予《あらかじ》め鉄を集めておこうってことかぁ。

なんだかやりきれないなぁ。

なのに何でシェイラさんはこんなに落ち着いているんだろう？

「あの、何で怒らないんですか？」

「何が？」

「だって、年に一度の試験を卑怯な方法で邪魔《じゃま》されたのに全然怒ってないです」

そう、さっき言い争っている時は激しく怒っていたのに、今は全然怒っているようには見えないのが不思議で仕方がなかった。

「いや怒ってるさ。今だってハラワタが煮《に》えくり返りそうにムカついてるよ。でもさ、怒ったところであいつ等がやったっていう証拠はないし、店の連中も付き合いが長くて実績のあるあいつ等を優先するから屑鉄をわざと寄こしたことを認めないだろうしね。だから今は怒《いか》りを飲み込んで、今年は鉄をコツコツ集めて来年の試験でギャフンと言わせてやるのさ！」

その方がスカッとするだろとシェイラさんはニカッと笑う。

おお、めっちゃ男前だこの人！

ふむふむ、そうなるとちょっと気になることが出来た。

「それじゃあその屑鉄はどうするんですか？」

そう、私が気になったのは屑鉄の処置《しょち》だ。

「あー、どうせ使い物にならないし、質の悪い鉄にして細工の練習にでも使おうかねぇ」

成る程、練習用か。それなら交渉《こうしょう》出来そうだね。

「ならその屑鉄、私に売ってくれませんか？」

「はぁ⁉　屑鉄だぞ⁉　こんなもん買っても何の意味もないぞ⁉」

突然《とつぜん》の申し出にシェイラさんは目を丸くして驚く。

「いいんです、私はその屑鉄が欲《ほ》しいんです」

「……何考えてんだ？」

シェイラさんはこちらの意図を理解出来ず困惑《こんわく》している。

けれど私が言葉を翻《ひるがえ》さないでいることに気が付くと、ふぅと小さくため息を吐く。

「この量なら銅貨2枚ってところだな」

「え？　こんなに沢山あるのに？」

正直めっちゃ安くない？

「取れる鉄の量はたかが知れてるし、使う薪《まき》やらなんやらの代金も考えるとこれじゃ赤字になるんだよ」

ああ、炉《ろ》を熱するための薪の代金もかかるもんね。

でも、その値段だとシェイラさんは損してない？

「あの、シェイラさんがこれを買った時の値段はいくらだったんですか？」

「……銀貨5枚だよ。まったくボったくられたモンだ」

銀貨5枚で銅貨2枚の品を掴まされたのかぁ。そりゃあ怒るよね。

「じゃあ銀貨5枚で買いますね」

「は？」

銀貨5枚で買うと告げると、シェイラさんがポカンと口を開ける。

「はぁ⁉　何言ってんだ⁉　コイツにそんな価値ねーよ！　屑鉄なんだぞ⁉」

「ううん、ありますよ」

「どこにだよ⁉」

「兄弟子が嫉妬する程の腕前を持った貴女《あなた》という職人と知り合いになる価値」

私は自信を持ってこの屑鉄に込められた価値を告げる。

「なっ⁉」

瞬間《しゅんかん》、シェイラさんの顔が真っ赤に染まる。

「～っ、な、ななな、何言ってんだ！」

おー、照れてる照れてる。

ふふふ、愛《う》いヤツめ。

「未来の一流職人と知り合いになれるのなら銀貨5枚なんて安いでしょ」

「お、お前、マジで言ってんのか」

「うんマジ。だからはい、銀貨5枚」

私は恥《は》ずかしがるシェイラさんの手に強引《ごういん》に銀貨をねじ込む。

「うわっ、マジで銀貨5枚だ。返せって言っても返さねぇぞ？　いいのか？」

返さないと言いながら、ホントに良いのかと確認してくるシェイラさん。

ホントに真面目《まじめ》な人だなぁ。

「うん、返さなくていいよ」

私も欲しかった鉄が手に入ったしね！

ついでに未来の一流職人に恩も売れて一石二鳥‼

さぁこれで鉱石の合成実験が出来るぞー！

第3話　屑鉄《くずてつ》合成

「さーて、宿に着いたし、お待ちかねの実験タイムだよー！」

部屋を借りた私はさっそく鉄鉱石の合成を試《ため》すべく部屋に向かおうとした。

「待つニャ、その前にすることがあるのニャ」

けれどその前にニャットが立ちはだかる。

「え？　何かあったっけ？」

お金はもう支払《しはら》ったよ？

「飯を作るニャ！」

「はい？」

え？　ご飯？

「そうにゃ！　おニャーの飯を食べるのニャ！　それが護衛の条件だニャ！」

いやまぁ確かにそんな契約《けいやく》だけどさ。

「それって旅の間じゃなかったっけ？」

「美味《うま》い物が食えそうにない村でもだニャ！」

「えっと実験が終わってからじゃダメ？」

「ダメニャ！　ニャーはおニャかが空《す》いたニャ！　早く飯を作るのニャ！」

正直、合成実験をする気満々だったんだけどなぁ。

でもニャットも梃子《てこ》でも動かない勢いだし、ここは素直《すなお》にご飯を作るか。

「分かったよ。それじゃあ厨房《ちゅうぼう》を借りて何か作ろうか」

「ニャッフー！」

女将《おかみ》さんに厨房を使わせてほしいと頼《たの》むと、銅貨5枚で使用許可を貰《もら》えた。

「さーて、何を作ろうかな」

私は魔法《まほう》の袋《ふくろ》に入っていた食材をチェックする。

「まだお肉が残ってるからメインはそれを使うとして、それだけだと栄養が足りないよね。農家の人からお野菜を分けてもらおうかな」

「野菜なんていらないニャ。肉だけで良いニャ！」

「だーめ、流石《さすが》に肉だけじゃ栄養が偏《かたよ》るって」

渋《しぶ》るニャットを黙《だま》らせると、私は一旦《いったん》宿を出て畑を探す。

そこで農作業をしていた老夫婦《ふうふ》に野菜を売ってほしいと頼むと、気前よく受け入れてくれた。

「この村は皆鍛冶《みなかじ》のことしか興味のない子ばかりだから、私達《たち》の作ってる作物を欲《ほ》しがってくれるのは嬉《うれ》しいわぁ」

どうやら食堂の人以外から自分達の作物を求められたことが嬉しかったみたいなんだけど、老夫婦は明らかに支払った金額以上の量の野菜を差し出してきた。

「い、いえ、こんなにいらないんですけど……」

「いいのよ。たくさん食べて大きくなりなさい」

「いや私子供じゃないんで」

「あらそうなの？　でもそれなら尚更《なおさら》たくさん食べないと大きくなれないわよ？」

あかん、完全に子供扱《あつか》い、いや孫扱いされてる。

「そうそう、これももっていって。ウチの野菜によく合うから」

そう言うとお婆《ばあ》さんは小さな陶器《とうき》の小瓶《こびん》を差し出してくる。

「えっと、これは」

「この辺じゃ野菜料理を作る時にこれを混ぜるのよ。とっても美味《おい》しくなるのよ」

えっと、ブイヨンみたいなものなのかな？

「ありがとうございます。お代は……」

「いいのよ、サービスよ。美味しかったらまた買いに来てね」

なんと調味料までおまけしてもらっちゃった。

「おおそうじゃ、干しておいた野菜もあったな。アレも美味いんじゃ、持っていきなさい」

やばい、荷物が増える！

「い、いえこれで十分です！　お邪魔《じゃま》しました！」

私は受け取った野菜を魔法の袋に突《つ》っ込むと、慌《あわ》ててその場を後にしたのだった。

「あらまぁ、遠慮《えんりょ》しぃな子ねぇ」

「また買いに来るとええぞー」

◆

し、暫《しばら》くあの畑には近づかないようにしよう……良い人達だったんだけどね。

宿に戻《もど》ってきた私は厨房に行かずまずは部屋に戻り、綺麗《きれい》な布の上に買ってきた野菜を並べる。

買ったのは枝豆っぽい豆と人参《にんじん》っぽい根野菜と葉野菜、それに玉ねぎっぽい野菜だ。

というかこの枝豆、私の知ってる枝豆の3倍くらいの大きさがあって驚《おどろ》いた。

そういう品種なのかな？

「じゃあ合成するよ！」

結構な量を貰ったから、同じ食材同士を合成して品質を上げて美味しくしよう作戦だ。

そのついでに鑑定《かんてい》の検証もしたかったんだけど、ニャットのお腹《なか》がそろそろ我慢《がまん》の限界みたいだったので野菜の鑑定は次の機会にすることになった。

「じゃあ作ろうか」

「は、はやく作るニャー」

ニャットは食堂の椅子《いす》に座《すわ》ると、ダラーンとテーブルに突っ伏《ぷ》す。

さて、食材については先ほどの農家の老夫婦からどんな味がする食べ物なのかを聞いておいたので、おおよその調理法は推測出来た。

まぁ失敗しても最高品質の野菜だからそこまで酷《ひど》いことにはならないと思う。

私は水の入った鍋《なべ》を竈《かまど》にセットすると、女将さんに頼んで火をつけてもらう。

そしてお湯が沸《わ》くまでの待ち時間を利用して下ごしらえを始める。

「まずは葉野菜を水に漬《つ》けて、塩をちょっとかけてアク抜《ぬ》きっと。根野菜は皮を剥《む》いたら一口サイズにカット」

こっちの世界にはコンロなんてないから火の調整が面倒《めんどう》なんだよね。

だから小さくカットすることで火を通りやすくする。

「玉ねぎっぽいのは……あっ、切っても目が沁《し》みない」

おお、見た目は玉ねぎなのに目が沁みないのは嬉しいね！

「次に枝豆を剥いてっと、うわっ、やっぱ中身も大きい！」

中の豆も外のサヤと同じで私の知っている枝豆の3倍の大きさだ。

これはお腹が膨《ふく》れるなぁ。

サヤを剥いた枝豆も鍋の中にドボン。

お肉はトラントの町で買ってきた香草《こうそう》（合成済み）と塩を揉《も》み込んでおく。

そうこうしている間にお湯が沸いたので、根野菜と玉ねぎっぽいのを投入して塩を振《ふ》りかける。

そしてトラントの町で買ったハーブやクローブに似た味の香草（こちらも合成済み）で風味を整える。


あとは塩を入れて火が通るのを待つばかり。

沸騰《ふっとう》してきたら火バサミで薪《まき》を少し抜いて、炭を入れる壺《つぼ》に入れることで火を少し弱くする。

そして根野菜が菜箸《さいばし》で刺《さ》さるくらいに柔《やわ》らかくなったらお肉と葉野菜を投入。

葉野菜とお肉からアクが出るので丁寧《ていねい》にアク取りを行っていく。

そうしてお肉に熱が通った頃《ころ》を見計らってカサの減った煮汁《にじる》の味見を行う。

「うわっ、ただ玉ねぎを煮ただけなのにコンソメっぽい味が凄《すご》く強い！　そして美味い!!」

おおっ、これが最高品質の玉ねぎっぽいやつの味!!

香《かお》りも合成で品質を上げた香草に負けていないよ！

「よーし出来た！」

名付けてなんちゃってポトフ異世界風‼

「出来たのニャ‼」

ニャットがもう待ちきれないとテーブルを叩《たた》くんだけど、肉球が衝撃《しょうげき》を吸収するからあんまり音はしなかった。

「はいどうぞ！」

私はなんちゃってポトフを深皿によそうとニャットに差し出す。

「頂くニャー！」

なんちゃってポトフを受け取ったニャットは真っ先にお肉にかぶりついた。

「～～～っ‼　美味いニャァー‼」

ニャットは尻尾《しっぽ》をピーンと立てて喉《のど》からゴロゴロと嬉しそうな声を上げる。

ふっふっふ、お気に召《め》したようだねニャット君。

「これは美味いニャ！　カコと旅をしてから食べた料理のニャかで一番美味いニャア‼」

「えへへ、それ程《ほど》でも」

ふふん、そこまで喜ばれると悪い気はしないね。

使った調理器具を洗い終えると、私もご飯を食べることにする。

「いっただっきまーす！」

なんちゃってポトフを口に運ぶ。さて、異世界野菜のお味はどうかな？

「ん～！　美味しい！」

うん、これは美味しいよ！

人参っぽい野菜はしっかり熱が通っているから程よい柔らかさで、枝豆っぽいのも芋《いも》の代わりに丁度いい。

葉野菜もしんなりしていてスープの味が染《し》みていてとっても美味しい。

なにより味の染み込んだお肉の美味しさは暴力的だよ！

ちゃんとスジ切りをしたから噛《か》み切りやすくなってるしね！

合成で品質を上げたのは大正解だったよ！

「はー、美味しい」

「おかわりニャ！」

気が付けばニャットのお皿はもう空っぽだ。

「はいはい」

私はニャットのお皿におかわりをよそう。

「うーん、美味いニャア！　物凄く美味いニャア！」

へへへ、そこまで喜ばれると照れちゃうぜ。

「……じゅるり」

「ん？」

ふと視線を感じて顔を上げれば、何故《なぜ》か周囲の人達が涎《よだれ》を垂らしながらこちらを見ていた。

「何だアレ？　あんな料理この宿で食えたのか？」

どうやら他の宿泊客《しゆくはくきやく》やご飯を食べに来た村の人達みたいだけど……。

「おーい女将！　俺《おれ》もアレと同じものをくれ！」

「俺も！」

「俺も！」

一人が頼むと、他の人達も次々に頼みだす。

いや、これは頼んでも出てこないんだけど。

「悪いけどそりゃ無理だよ」

「なんでだよ⁉」

女将さんに断られたお客さん達が殺気立つ。

「その料理はそっちのお嬢《じよう》ちゃんが自分で作った物なんだ。アタシは作り方を知らないんだよ」

「「「何だって⁉」」」

お客さん達の視線が一斉《いつせい》に私に向く。

あっ、これヤバイ。

「き、君！　この料理を作っ……」

「ご馳走様《ちそうさま》でした！　私は疲《つか》れたので部屋に戻らせてもらいますね！」

作ってくれと頼まれる前に私達は自分の部屋へと逃《に》げたのだった。

◆

「ふー、大変な目に遭《あ》ったよ」

危《あや》うく他の人の分まで料理を作る羽目になるところだったよー。

「うーん、満足だニャア」

お腹いっぱいになったニャットは、ベッドの上に転がってヘソ天のポーズでだらける。

うーん、野生はどこに行った。それともネッコ族って皆あんな感じなのかな？

「まぁいいや。それじゃあ今度こそ合成タイムだよ！」

気を取りなおした私は、魔法の袋から屑鉄の箱を取り出す。

「確か上にあるのはちゃんとした鉄なんだよね。ならまずは下の方にあるのからいこうか。合成！」

両手に持った鉄鉱石が光を帯びるとひとつの鉄鉱石が残る。

「うーん、やっぱり見た目じゃ分かんないね。鑑定！」

『低品質の鉄鉱石：精製しても質の悪い鉄しか取れない鉄鉱石』

おおう、シェイラさんは本当に質の悪い鉄鉱石をつかまされたんだなぁ。

「それじゃあ次は上の鉄鉱石と下の鉄鉱石をそれぞれ鑑定！」

『鉄鉱石：中に鉄が含《ふく》まれていて精製すると鉄が抽出《ちゆうしゆつ》出来る』

『最低品質の鉄鉱石：精製しても最低品質の鉄しか取れない鉄鉱石』

知ってはいたけど実際に鑑定で確認《かくにん》すると酷さが分かる。

こんな物を売りつけるなんて完全に詐欺師《さぎし》のやり口だよ！

いくら付き合いの長い兄弟子《でし》に頼まれたからって、こんな詐欺まがいのことをするなんて商人失格だよ！

「これは、目にもの見せてやらないとね！」

同じ商人としてちょっと許せないこともあって、私は何とかシェイラさんを騙《だま》した商人にギャフンと言わせたくなった。

「その為《ため》にも合成実験を続けるよ！　さぁ全部の鉄鉱石を一括《いっかつ》合成‼」

私は箱の中の屑鉄を纏《まと》めて合成する。

ふふふ、箱一杯《いっぱい》の屑鉄を一気に合成出来るんだから一括合成は便利だよね！

「そして鑑定‼」

合成が終わった鉄鉱石をさっそく鑑定する。

『最高品質の鉄鉱石：精製すると最高品質の鉄が抽出出来る』

よっしゃー！　最高品質になった！

更《さら》に一括合成を行ったことで新しい事実が判明した。

どうもこの一括合成は、品質が最高品質になると合成が自動的に止まるみたい。

そして残った素材は最高品質以下の他の素材同士で合成を再開する仕組みになっているようだ。

一括合成をしたにも拘《かかわ》らず全《すべ》ての鉄鉱石が合成されず、箱の中には数個の鉄鉱石が転がっていたことからそのことが判明したのだ。

そしてそれらの鉄鉱石を鑑定すると、全ての鉄鉱石が最高品質だった。

「でも最高品質にしたのは良いけど、ちょっと量が足りないかな。短剣《たんけん》の合成が終わったらまた買い足しに行こうかな」

次は大量購入《こうにゅう》した見習い製の短剣を魔法の袋から出して並べる。

そして形の違《ちが》いがはっきり分かる短剣を2本手に取る。

「さて、それじゃあ短剣の合成を始めるよ。まずはこの短剣にこっちの短剣を合成！　そして鑑定！」

ピカッと光って残った短剣に私は鑑定を行う。

『普通《ふつう》の品質の短剣：刀身の短い剣。軽くて取り回しがしやすい。解体などにも使える』

合成して普通ということは元の品質は低品質かな。

「じゃあ次はこの短剣を鑑定だ！」

私は購入した短剣を端《はし》から鑑定していく。

『最低品質の短剣：弟子入りしたばかりの見習いが作った短剣。すぐ刃《は》がかけすぐ折れる。絶対に実戦で使ってはいけない』

うわぁ、これは酷い。

私はこの酷い短剣のマークを確認しておく。

このマークの短剣は完全に合成用素材だね。

「次はこっちの短剣を鑑定」

『やや高品質な短剣：高弟が作った短剣。普通の短剣より多少切れ味が良い』

おお、これは当たりだね！

こちらのマークもチェックしておく。

「次はこれを鑑定っと！」

次に鑑定したのはお店で唯一《ゆいいつ》私が気になった短剣だ。何故気になったのかが鑑定で分かるかもしれないとちょっと期待したりして。

『高品質な短剣：普通の短剣よりも切れ味も耐久度《たいきゆう》も良い』

「おおっ！　超《ちよう》当たりだよ！」

これは文字どおりの掘《ほ》り出し物だね！

私が気になったのも他の短剣と比べて明らかに出来が良かったからなのかな？

マークをチェックチェックと。

「さて残りを全部鑑定していくよ！」

予想外の掘り出し物に気分を良くした私は残りの短剣も鑑定してゆく。

全ての短剣を鑑定した結果、分かったことは三つ。

一回鑑定すれば、形が違っても同じ短剣なら鑑定は効果を発揮するということ。

そして作り手が違う短剣でも鑑定が可能ということ。

正直この情報はありがたい。

一度合成しておけば、その後はずっと鑑定が有効なのだから。

「これは他の武器も買い漁《あさ》って合成した方がいいね」

荷物になるけど魔法の袋に入れておけば重さは感じないし、合成した武器は品質を上げて他の村で売ればいいからね。

そして最後に分かったこと。これは鑑定というより合成についてなんだけど。

形状の違う短剣同士を合成すると、形状は先に指定した形状が優先されるみたいだ。

最初に合成した短剣は幅広《はばひろ》の短剣に細身の短剣だったんだけど、合成後の姿は最初に選んだ幅広の短剣の形状だったのだ。

そしてそれは他の短剣でも同様だった。

おそらくは薬草の合成でも同じだったんじゃないかな？

いままでも漠然《ばくぜん》とそうなんじゃないかなと思っていたんだけど、今回の合成実験で確信となった感じかな。

「でもこれで安心して強い武器に合成が出来るね」

メイテナさんから貰った短剣の形が変わったら大変だもんね。

ただこれは同じ種類の武器だけで確認したことなので、薬草の時みたいに別種の武器同士を合成させると違う種類の武器になるかもしれないという懸念《けねん》はある。

「さて実験も終わったことだし、残った短剣は全部合成しちゃおう！　この短剣に一括合成！」

私は高品質の短剣に他の短剣を一括合成して最高品質の短剣へと強化する。

そのついでに高品質の短剣が1本出来たから、こっちは売り物にしちゃおうかな。

「よし、他の武器も確認する為にもまた買い物にいくぞー！　ニャット！　また買い物に行くから付き合って！」

合成した鉄鉱石と短剣を魔法の袋にしまうと、私はニャットに出かけようと伝えるんだけど……。

「……」

何故かニャットは私の言葉に反応しなかった。

「ニャット？」

おかしいなぁ。お昼ご飯には満足したみたいだから機嫌《きげん》が悪いわけじゃないと思うんだけど……。

私はベッドの上でヘソ天しているニャットに近づき、彼《かれ》に再び話しかけようとしたその時だった。

「スピニャ～」

「って寝《ね》てるし‼」

なんということでしょう。ニャット君はお腹いっぱいになってお昼寝をしていたのです！

「ニャット起きてー！　買い出しに行きたいんだよー！」

何とかニャットを起こそうと色々と試したんだけど、彼はさっぱり起きる気配を見せない。

うむむ、流石にキーマ商店の件があったばかりだから一人で出歩くのは怖《こわ》いし……。

私はどうすればいいかと頭を悩《なや》ませた結果……。

「あーもーしょうがない！　とうっ！」

彼が起きない以上どうしようもないと諦《あきら》めた私は、ニャットのお腹にダイブした。

そしてニャットのプニプニのお腹を枕《まくら》にして横になる。

こうなったらニャットが起きるまで私も昼寝するしかねぇ！

「おおう、このモフモフはなかなか……」

予想外のモフフワっぷりに心が蕩《とろ》けるぅ……。

うああ、巨大猫《きょだいねこ》のお腹たまんないぃ……。

「はぁ、ふわふわぁ……」

魅惑《みわく》のモフモフに包まれていると、次第《しだい》に眠気《ねむけ》が押《お》し寄せてくる。

「こ、これは人をダメにするモフフワだぁ……すぅ」

こうして、私は人をダメにする猫腹に敗北したのだった……すぅ。

第４話　屑鉄《くずてつ》お嬢様《じょうさま》もしくは見習い女神《めがみ》様

翌朝、朝食を食べ終わった私はさっそく行動を開始した。

向かう先は村のお店。

とりあえず宿から近い順に手当たり次第《しだい》に行くよ！

「すみませーん、屑鉄の鉄鉱石を売ってほしいんですけど！」

「はぁ⁉」

突然《とつぜん》やって来た客の奇妙《きみよう》な注文に、店員さんが目を丸くする。

「屑鉄ってなんでそんなもんを⁉」

「個人的に必要なんです」

「個人的にって……」

私が何を考えているのか分からない店員は首をひねって不思議がっていたが、どのみち売り物にならない屑鉄を買い取ってくれるのならと素直《すなお》に売ってくれた。

うん、やっぱり屑鉄なら今の時期でも買えるんだね。

値段も大体シェイラさんの言っていた通りみたい。

「あとえーっと、ここにある見習いの作った槍《やり》を全部下さい」

「はぁ⁉　全部⁉」

更《さら》に謎《なぞ》の注文を受けてやっぱり店員が目を丸くする。

ふっふっふ、驚《おどろ》いているようだね。私も君の立場ならコイツ正気か⁉　って思うよ絶対。

「あっ、シェイラって見習い職人の女の子の兄弟子達《でしたち》が作った品は要《い》りません」

「え？　シェイラ？　女の職人って……ああ、あそこの見習い娘《むすめ》か。そこの兄弟子の品ねぇ。ならコレとコレだな」

注文を受けた店員は樽《たる》の中からいくつかの槍を除外する。

成る程《ほど》、それがあの連中のマークだね。

よし、そのマークの品は絶対買わないよ！

そして買い物を終えた私はすぐに宿に戻《もど》る。

正直言えばもっと買い物を続けていたかったけど、魔法の袋《ふくろ》の容量も有限だからね。

そして合成で屑鉄と槍の品質を上げて魔法の袋を空にすると、次の屑鉄と武具を求めてお店に向かうことを繰《く》り返した。

スキルのレベル上げと商品を増やす為《ため》に頑張《がんば》るぞー！

◆

「あっ、いたいた！　シェイラさーん！」

合成祭りを終えた私は、シェイラさんが働いている工房《こうぼう》にやって来た。

ちなみに工房の場所は大量に屑鉄や武具を買い込《こ》んだお店の店員さんに聞きました。

「あれ？　カコ⁉　なんでここに？」

突然の訪問に驚くシェイラさん。

「ちょっとシェイラさんに渡《わた》したいものがありまして」

「私に？」

「はい。これを持ってきました」

私は魔法の袋から鉄鉱石の入った箱を取り出す。

「ん？　鉄鉱石？　なんだ、やっぱりこの前のヤツはいらなくなったってか？　けど金は返さないって……っ⁉」

箱から取り出した鉄鉱石を見たシェイラさんは、目を大きく見開いて動きを止める。

「な……なな……」

なな？

「何だこりゃぁぁぁぁぁぁぁぁぁぁぁぁぁっっっっ⁉」

「おおう、ビックリした。シェイラさんって意外に大きな声出せるんですね」

「そりゃ鍛冶場《かじば》はうるさいからな。小さな声じゃ何も聞こえないし……ってそうじゃない‼　なんだいこりゃ⁉」

「鉄鉱石ですけど？」

「そりゃ分かってるよ！　私が聞きたいのはこの鉄鉱石の品質だよ！　こんな質の良い鉄鉱石見たことないよ！」

「ええ、なにしろ最高品質の鉄鉱石ですから」

「さっ、最高品質ぅ〜〜っ⁉」

流石《さすが》に最高品質とは思わなかったのか、シェイラさんがギョッとした顔になる。

ふっふっふ、驚いたかね？

「こ、こんなものを持ってきて一体なんのつもりだい……？」

何を考えてこんなとんでもない物を持ってきたのかとシェイラさんは困惑《こんわく》しながらも説明を求めてくる。

「仕入れで余ったのでこれをシェイラさんに差し上げようかと」

「はぁ――――――――っ⁉」

ははは、驚いてる驚いてる。

「な、なななななな何を言ってんだい⁉　アンタこれがどれほどの価値を持ってるか分かってんのかい⁉」

「もちろんです。私が自分で仕入れた品ですしね」

「アンタが仕入れた⁉　これを⁉」

私が仕入れたという言葉にシェイラさんの目が信じられないと疑いの眼差《まなざ》しになる。

「でも事実ですから」

まぁ実際は仕入れたんじゃなくて合成したんだけどね。

「け、けどなんでこれを私に？　アンタに得なんてないだろ？」

確かに得はない。でも私は損得だけで行動してる訳じゃないんだよ？

とはいえ、純粋《じゅんすい》な善意ですと言うのもちょっと恥《は》ずかしいので、少しだけひねった理由にする。

「そうですね、興味半分ってところですか」

「興味半分？」

「ええ。兄弟子さん達が警戒《けいかい》して卑怯《ひきょう》なことをするくらいの腕前《うでまえ》を持ったシェイラさんが本気で何かを作ったのなら、どんなものが出来るのかを知りたくてですね」

「……私が本気で作った物を？」

この理由は想定外だったらしく、シェイラさんはポカーンと口を大きく開ける。

でも事実だしね。

何より自分達より腕が立つからって、そして女だからって理由でシェイラさんに嫌《いや》がらせをしたあの兄弟子達の振《ふ》る舞《ま》いには私もムカついているんだ。

だから私はシェイラさんの味方をするって決めたんだよ。

「そうです、シェイラさんの本気の仕事を見たいんです。だからこれを持ってきました。どうです？これなら最高の品が作れませんか？」

「そ、それは……」

うーむ、まだこちらの本心を疑っているってところかな。

なら揺《ゆ》さぶってみるか。こっちは純粋な善意なんだからね。

「じゃあこう聞きましょう。これで最高の品を作ってみたくありませんか？」

「っ!?」

職人のサガか、これを使って何か作ってみたくないかと聞かれたシェイラさんはぐっと言葉を詰まらせる。

くくく、効いておるわ。

「だ、だがこれに支払《しはら》える金が……」

「ではこうしましょう。シェイラさんはこれを使って私が認める最高の品を作ることが出来たら代金はタダ。余った鉄も差し上げます。でも最高の品が出来なければこれの代金を支払ってもらうというのはどうですか？」

「そいつは……！」

職人のプライドが刺激《しげき》され、シェイラさんの眼差しが鋭《するど》くなる。

「いいのかい？　そんな条件じゃタダで貰《もら》ったも同然だよ？」

シェイラさんは私の意図などもうどうでもいい。職人の腕を見せつけてやると言いたげにニヤリと笑《え》みを浮《う》かべる。

「ふふふ、出来るのならどうぞやってみてください」

「ちっ、そこまで言われちゃあ受けて立たない訳にはいかないね！　いいさ、その挑戦《ちょうせん》受けた！　最高の品を作ってみせるよ！」

「交渉《こうしょう》成立ですね」

おっしゃ、上手《うま》くいったー！

どんな物を作るか楽しくなってきたよー！

そしてすんごい物を作って兄弟子達をギャフンと言わせちゃってよ！

「ところでアンタ、こんな凄《すご》いモノを仕入れるツテがあるなら、何でこの村で屑鉄なんて仕入れてんだい？」

「うっ！」

こ、このタイミングでそれに気付くかぁーっ！

「え、えーっと……そ、そう！　土地によって鉄鉱石に含《ふく》まれる成分の違《ちが》いを確認《かくにん》する為です！」

「成分の違い？」

「ええ、同じ鉄鉱石でも、成分の違いで土地によって武器を作るのに向いた物と、そうでない物などがあるんです。だからどの土地の鉄鉱石がより目的の物を作るのに向いている物かを調査する為なんです」

確か日本の鉄は海外の物と比べて武器に使うには質が悪いから、鍛冶師の人は精製を繰り返して不純物を何度も取り除き、玉鋼《たまはがね》って鉄の塊《かたまり》にしてたって先生が歴史の授業を脱線《だっせん》して教えてくれた記憶《きおく》がある。

「成る程、確かに私らも鉄鉱石を鋳溶《いと》かして余計なものを取り除くからね。その手順に影響《えいきょう》するなら無視出来ない話だね」

よっしゃ誤魔化《ごまか》せた！　先生の雑学ありがとうーっ！

◆

シェイラさんに鉄鉱石を渡した以上、後は試験の日まで待つだけだ。

ちなみに試験の日は意外と近かった。

てっきり時間をかけて一本一本ちゃんとした物を作ると思っていたんだけど、職人はどんな時でも期日までに一定の品質を保った状態で納品することも大事なんだとか。

「時間をかけて作るのは金に糸目をつけずに頼《たの》まれた金持ち相手の仕事だね。あれは待たせた時間も商品の価値になってるのさ」

その話を聞いた時は「なんと、わざと遅《おそ》く作ることに意味があったのか⁉」と驚いたものだった。

そんな訳なので、試験の日まで私はこの村に滞在《たいざい》することになった。

ホントは長くなるようだったら鉄鉱石だけ渡してそのまま村を後にしようかなとも思っていたんだけどね。

ともあれ、そんな理由で村に滞在する時間が出来た私は、ニャットにご飯を作りながら過ごしていた。

「という訳で今日はお婆《ばあ》さんから貰った調味料を合成してみよう！」

以前お婆さんから貰った調味料は見た目マヨネーズみたいなクリーム状をしていて、お湯に溶かすとトマトスープを髣髴《ほうふつ》させるちょっと酸《す》っぱめのスープになった。

それに野菜を投入することで、野菜の甘《あま》みが非常に引き立ち、美味《おい》しい野菜スープへと変身したのである。

成る程、お婆さんの言う通り、野菜の旨味《うまみ》を見事に引き立てる良い調味料だったよ！

とはいえ毎日同じ味ばかりだと飽《あ》きるので、新しい味の開発に挑戦である。

「まずは小分けしたお婆さんの調味料同士を合成！　そして鑑定《かんてい》！」

『高品質な酸っぱいブイヨン：森の外縁《がいえん》部に自生する酸っぱい山菜を複数ペースト状にした物。品質が良く、野菜の甘みを引き立ててくれる』

おおっ、いきなり高品質だよ！　ってことはお婆さんのブイヨンは元から結構いい出来だったたってことだね！

「お次は宿の女将《おかみ》さんから分けてもらった調味料を使うよ！」

この村はトラントの町よりも小さいから、調味料もあまりないんだよね。

でもトラントの町の宿や料亭《りょうてい》よりも規模が小さいもんだから、頼みこんだら調味料を譲《ゆず》ってくれたんだ！

わざわざ隠《かく》してまで守る味じゃないからってね。

ただし代金はお金じゃなくて、私の作ったポトフもどきのレシピ。

そんなので良いのかと思ったんだけど、私のポトフもどきはこの村じゃ珍《めずら》しい野菜料理で、是非《ぜひ》とも教えてほしいと頼まれたんだ。

まぁ私としてもお金を払わずに調味料が貰えるのなら御《おん》の字なので、ささっとレシピを書いて渡したところ、女将さんは大喜びで壺《つぼ》いっぱいの調味料を提供してくれた。

いや、さすがに多すぎでは⁉

しかもおまけとばかりに野菜や魚まで⁉

うん、魚はニャットが大喜びしたけどね。

「という訳で、女将さんから貰った調味料とお婆さんの調味料を合成！」

小皿に分けた調味料が輝《かがや》きを放ち、一つの塊へと生まれ変わる。

その姿は……あれ？

「これって……」

見た目は濃《こ》いめの茶色をしたペースト状の物体。

な、なんか凄く見覚えがあるんですけど。

「これはまさか……か、鑑定」

あり得ない想像に動悸《どうき》が止まらない。でももしかしたらこれは……!?

『やや高品質の味噌《みそ》：お湯に混ぜてスープにする。料理の味付けにも使える豆を原料にした万能《ばんのう》調味料』

「みみみ味噌きたぁぁぁぁぁぁぁぁ!?」

「っ!? ニャンだ!?」

あまりの興奮に大声を出してしまったせいで驚いたニャットがヘソ天から一瞬《いっしゅん》で警戒態勢に移行する。

ご、ごめんよ。でもこれは味噌なんだ。分かってほしい。

「一体何事ニャ!?」

「味噌が！ 味噌が出来たんだよ！」

「ミソ？ 何ニャそれは？」

「調味料だよ！ 何でも美味しくなる万能調味料!!」

「ニャんだと!?」

そう、味噌なのだ。味噌汁《しる》、味噌煮込《にこ》み、味噌漬《づ》け、焼き味噌、ありとあらゆる料理に使える味噌！

更にバリエーションで田楽味噌や酢《す》味噌などの幅広《はばひろ》い味も期待出来る味噌が合成出来たのだ！

「これは、革命だよ！ これまでの料理が一変する時が来たんだ!!」

「カ、カコがそこまで言うモノなのニャ……っ⁉」

私の勢いに気圧《けお》されたのか、ニャットがゴクリと喉《のど》を鳴らす。

そこまで言うものなのですニャ！

「よーし、さっそく料理を作るぞぉー‼」

味噌を抱《かか》えて部屋を飛び出した私は、宿の女将さんに頼んで厨房《ちゆうぼう》を使わせてもらう。

作るのは勿論《もちろん》お味噌汁だ。

こっちの世界に出汁《だし》の素《もと》は無いので、昔ながらの小魚の干物を使う。

幸い干物は保存食として作っているらしいので、女将さんに頼んで売ってもらった。

小魚を弱火で煮込んで出汁を作っていく。出汁の素だったらあっという間だったんだけどね。

その間に具の野菜を切るよ。

お婆さん達から売ってもらった野菜は大根みたいな野菜とナスみたいな野菜。

大根は皮をかつら剥《む》きにしたら、笹《ささ》がきにして火を通しやすい形状にする。

ナスの方は柔《やわ》らかくて簡単に火が通るから、こっちは輪切りにした後十字に切って4分割。一口大にしておくと食べた時に満足感が出るんだよね。

野菜を入れてしばし待ち、お湯が沸《わ》いてきたらお待ちかねの味噌を投入。

うーん、懐《なつ》かしい匂《にお》い！

はぁ～、まさか異世界に来て味噌に出会えるなんて！　ありがとう女神様‼

さて、味噌汁だけでもご飯を何杯《ばい》でも食べられそうなんだけど、それだと後ろでじっとこちらを見つめているニャットが怖《こわ》いので他のおかずも作る。

と言っても、せっかく味噌が手に入ったんだから、作るモノは一つしかないんだけどね！

そう、味噌煮です！

味噌煮と言うと鯖《さば》の味噌煮が基本だけど、他の魚でも全然大丈夫《だいじょうぶ》だ。

ただ、それだと今にも涎《よだれ》を地面に垂らしそうなニャットが待ちきれそうもない。

いや、我慢《がまん》はしてくれるだろうけどさ。

という訳で今回は簡易味噌煮にしよう！

お湯で溶いた味噌にみりん……はないから料理酒っぽいのを分けてもらって、次に砂糖……もないか。まぁ甘味《あまみ》って昔は貴重品だったらしいしね。

うーん、果物の汁でいけるかな？

試《ため》しに酸味の少ない果物の汁を混ぜてみたら、料理酒と合わさってトロピカルな感じの味わいになったので、まぁこれで良しとしよう。

どっか大きな町に立ち寄ったら砂糖も探してみよっと。

何ちゃって甘味噌風のタレにしたら、その中に魚を入れてフライパンが熱するまでの短時間浸《ひた》しておく。

そしてフライパンが十分熱くなったら、このタレごと魚をフライパンに投入！

ジュウジュウと甘味噌ダレの香《こう》ばしい匂いとかすかに果物の匂いが厨房に広がってゆく。

「なんだいこの匂い？　なんか美味《うま》そうだねぇ」

女将さんも味噌の匂いが気になったのか、興味深そうにこちらを見ている。

最初は中火で、途中《とちゅう》から火を弱めてタレがほぼ蒸発するくらいまで熱して中まで火を通したら完成！

「簡易川魚の味噌煮完成です‼」

お味噌汁も具に十分火が通ったらカマドから下ろして、お汁《つゆ》をお椀《わん》……がないからスープ皿に注ぐ。

……うん、後でお椀になる容器を探そう。

あとはご飯があれば完璧《かんぺき》だったんだけど、まぁ今回は味噌が手に入っただけでも良しとしよう。

お米の代わりにパンを用意して……。

「お味噌汁と簡易味噌煮込みの完成だよ‼」

「ニャッ！　待ってましたニャ‼」

完成したのでさぁご飯タイムだ！

お味噌汁で口の中を湿《しめ》らせたら、簡易味噌煮込みにフォークを立てる。

うーん、お箸《はし》も欲《ほ》しい。

後でお店に行って作ってもらおうかな？　鍛冶が出来るなら箸も簡単に作れると思うんだけど。

まぁそれは後でいいや。今はお魚の味のチェックです。

私はお魚をナイフで一口大に切ると、それを口に運ぶ。

「もぐ……」

瞬間、口の中に懐かしくも複雑な味噌と果物の味わいが広がる。

魚を噛《か》むと、中から味噌のしょっぱさと果物の甘さがじんわりと染《し》み込んでくる。

「うーん、美味しい‼」

ただ、あえて言うと、これはもう味噌煮じゃないな。味噌煮っぽい何かだ。まぁ美味しいけど。

そう言えばニャットはどうしたんだろう？　さっきから何の反応も聞こえてこないんだけど？

お肉に最高品質の香草《こうそう》を揉《も》み込んだ時は物凄く興奮してたから、今回も喜んでもらえると思ったんだけどなぁ……。

ちらりとニャットの方を見た私は、そこにあった光景に絶句した。

「……ニャ、ニャフ……」

「うぇっ⁉」

なんとニャットは口をポカーンと開けながら涙《なみだ》を流して震《ふる》えていたのだ。

「え⁉　何⁉　どうしたのニャット⁉」

予想外の光景にビックリしつつも私はニャットを揺さぶる。

もしかして異世界の猫《ねこ》って味噌駄目《だめ》だったの⁉

「う、美味いニャァ〜……」

ようやく口を開いたと思ったら、ニャットは震える声でそんな言葉を口にした。

「……へ？」

「こんな美味い魚は生まれて初めてニャ‼　これは魚料理の革命ニャ‼」

口を開いたニャットは、猛烈《もうれつ》な勢いで喋《しゃべ》り始める。

「これを食べたらもう他の魚料理は食べれないのニャ！　いや塩焼きも香草焼きも水煮もその他諸々《もろもろ》も美味いんニャが、それでもこれは別格ニャ‼　控《ひか》えめに言わなくても最高だニャ‼」

ええと、喜んでもらえたのなら何よりです……。

ただ、ニャットのあまりの興奮ぶりに興味津々《きょうみしんしん》になったお客さん達が、自分達にも味噌煮込みを出してくれと女将さんに注文を始めてしまったので、巻き込まれないうちに急いで退散することになったんだけどね。

「さて、無事味噌を合成出来るようになったのはいいんだけど、問題も出てきたなぁ」

それは調味料の在庫についてだ。

味噌を合成するにはお婆さんの調味料と女将さんの調味料が必要になる。

私達はまだ旅の最中で、この村に永住する気もない。

どうせならもうちょっと利便性の高い村がいいんだよね。

しかし味噌の味を思い出してしまった私達は、もう味噌無しで生きていける自信が無い。特にニャットがヤバイ。

未《いま》だに簡易味噌煮込みの衝撃《しょうげき》を思い出しては恍惚《こうこつ》とした表情で涎を垂らしている。

となると今後も味噌を合成する為には、お婆さんと女将さんに調味料の作り方を学ぶ必要があるということだ。

という訳でお婆さんに調味料の作り方を教えてもらえないか頼むことにしました。

流石に図々《ずうずう》しいかなぁ……でもお代を払えば何とかいけないかな？

「あらあらまぁ、私のスープの素をそんなに気に入ってくれたんだねぇ。嬉《うれ》しいわぁ」

はい、普通《ふつう》にオッケーが出ました。

「息子《むすこ》は町に出稼《でかせ》ぎに出たまま向こうで結婚《けっこん》しちゃったから、料理を習いたいなんて言ってくれなかったのよねぇ。娘が出来たみたいで嬉しいわぁ」

お蔭《かげ》で調味料を習っている間、老夫婦《ふうふ》から「毎日ご飯を作るなんて偉《えら》いねぇ」とやたら気に入られて、宿に帰る際には大量の野菜を持たされたのはまぁご愛敬《あいきょう》かな。

「でも問題は女将さんの方かな」

女将さんは商売として料理を作っているから、買うならともかく、さすがにレシピを教えてもらうのは難しいと思う。

とはいえ、ダメもとで聞くだけ聞いてみよう。

「調味料のレシピ？　いいよ、教えてあげるよ！」

まさかの一発ＯＫ、肩《かた》すかしにも程《ほど》がある。

「いやー、アンタに教えてもらったポトフもどきが大当たりでねぇ。連日大盛況《せいきょう》さ！　あれの礼になるのなら、こんなありふれた調味料のレシピくらい好きにしておくれ！」

とのことだった。うん、まぁ女将さんがそれでいいならいっか。

ありがたく教えてもらうとしよう。

「ところであの味噌ってやつの作り方も教えてくれると嬉しいんだけどねぇ……」

「すいません、アレは手元にある分しかないもので」

というか作り方は私にも分からないんですわ。なんせ合成スキルが勝手に作ってるもんで。

「そっかー、残念だねぇ」

あからさまにショボーンと落ち込んだ女将さんがちょっと可愛《かわい》いと思ってしまったのは内緒《ないしょ》だ。

とはいえ料理だけをしていた訳じゃない。

何をしていたのかと言うと、お店巡《めぐ》りだ。

うん、屑鉄と見習い武具漁《あさ》りをしていたのです。

屑鉄と見習い武具を買っては合成する日々。

そんな生活を繰り返していれば店員さん達も自然と私をお得意様と認識するようになる。

なのでこれ幸いと私は色々な話を店員さん達から聞いた。

仕入れのこと、客とのトラブルなど色々と役立つことを教えてもらえたんだけど、何より有益だったのは、シェイラさんの兄弟子と取引をしているお店がどの店か分かったことだ。

何せその連中はシェイラさんに屑鉄を売った連中だからね！

そいつらの情報を手に入れた私は、その店にだけは行かず他の店に通う。

そうなると何故《なぜ》私はあの店にだけ行かないのかと皆《みな》が疑問に思うようになった。

そして気になった人達が調べ始めると、避《さ》けているのはその店だけじゃなくシェイラさんの兄弟子の作った物も買っていないという情報が彼等《かれら》の話題に上っていった。

結果、自分の店にだけ私が爆《ばく》買《が》いをしに来ないことに疑問を持った店主が店員達に詰め寄ったことで、店員の一人が兄弟子達から金を貰って屑鉄を売りつけたことが判明したのである。

そんな不祥事《ふしょうじ》が判明したことで店主は激怒《げきど》したらしい。

まぁ当然だよね。一店員が原因で店と他の従業員全部が濡《ぬ》れ衣《ぎぬ》を着せられた形になったんだから。

そこはちょっとお店の人達にごめんねと思ってしまった。

そして件《くだん》の店員は店主にしこたま叱《しか》られ、遂《つい》には村から追い出される結果になったのだとか。

と言ってもクビになったわけじゃなくて、僻地《へきち》にある村へ行商に行くよう命じられたんだって。

でもただ遠いだけでなく、魔物《まもの》や山賊《さんぞく》も出るような地域なのでかなり危険な旅なんだとか。

けど商人にとって信用は非常に大事だから、このまま逃《に》げだしたら本店から回状が回ってどこに逃げてもまともな商売が出来なくなってしまう。

だから店員は泣く泣く従ったらしい。

まぁ自業自得《じごうじとく》だから同情しないけど。

そんな感じで悪ーい店員が消えてスッキリした……んだけど、困ったことに別の問題が湧《わ》き出てきたのである。

私が村の中を歩くと……。

「おお、屑鉄お嬢だ！」

あまりにも屑鉄を買い過ぎた所為《せい》で、私はお店の人達から屑鉄お嬢などという不名誉《ふめいよ》なあだ名を頂いてしまったのだ。更に……。

「見習い女神様だ！」

「ほんとだ！　見習い女神様だ！　女神様、今度は俺《おれ》の作った武器も買ってくださいよー！」

見習い達の作った安い武具を買い漁り続けたことで、気が付いたら私は見習い達のパトロンとして武具を買い漁る貴族のお嬢様か何かと勘違《かんちが》いされてしまったのである。

しかも見習い（の武器を買ってくれる）女神様ときたもんだ。

「うごご、どうしてこうなった……」

「そりゃこんな馬鹿《ばか》な買い物すれば誰《だれ》だって変な勘違いするに決まってるのニャ」

はい、おっしゃる通りです。

くそー！　シェイラさんの試験を見終わったらこんな村直《す》ぐに出て行ってやるからなーっ！

第5話　見習い達《たち》の競演

その日は朝から村中が騒《さわ》がしかった。

「んん～？　何かうるさい」

一体何事かとあくびを堪《こら》えて食堂に向かった私は女将《おかみ》さんに何でこんなに騒がしいのか尋《たず》ねる。

「何言ってんだい。今日は見習い達の試験の日だろ？」

「えっと、それと村が騒がしいことに何の関係が？」

「アンタ知らないのかい⁉　試験の日は村中に見習い達の作った作品が並ぶんだよ！」

「え？　それってどういう意味ですか？」

村中に並ぶ？　試験ってそれぞれの工房《こうぼう》でやるんだよね？

「見た方が早いよ。ほらほら、外に出てみた！」

「わわわっ」

女将さんに強引《ごういん》に背中を押《お》されて宿の外に出た私は、その光景に眼《め》を見開いた。

「うわぁ……⁉」

そこに広がっていた光景は女将さんの言っていた通りだった。

文字通り村中に様々な品が展示されていたのだ。

道端《みちばた》に箱や机が並べられ、その上に剣《けん》や鎧《よろい》など所狭《ところせま》しと並べられている。

「作品が並ぶってこういうこと……」

その光景はさしずめ学園祭の展示か武器のフリーマーケットか。

「最初はどこの工房も工房の中で弟子《でし》の作った品を見比べていたんだけどね、工房に見物人が増えてきて中が手狭になったことで外に作品を並べて見るようになったのさ。で、それを見た他の工房も真似《まね》を始めていつの間にかちょっとした祭りみたいになったたって訳さ」

へぇー、そんな事情があったんだ。

「まぁ本音は自分の工房の力を他の連中に見せつける為《ため》だろうけどね」

おっと、意外に自己顕示《けんじ》欲が強い話だったよ。

「そうなったことで見習いの作った品が部外者の目にも留まるようになって、武器を求める連中や売り物を探してやって来た商人が集まって来たことで猶更《なおさら》祭りみたいになったのさ」

色んな人が集まって本来の形とは違《ちが》う方向で盛り上がるのはこの村の成り立ちみたいだなぁ。

「見習いにとっても後援者《こうえんしゃ》が出来たり作った物を店に置いてくれるから都合がいいしね」

成る程《ほど》、見習いにとってもメリットがあるんだ。師匠《ししょう》としては自分の工房の力を周りに見せつけ、商人は新商品のチェックと見込《みこ》みのある職人に商品を卸《おろ》してもらうチャンス、そして武器を求める人は将来の一流職人の作る武具を見ることが出来ると。うーん、上手《うま》く出来てるなぁ。

「聞いたよ。アンタも商人なんだろ？　他の商人達は皆観《みなみ》に行ったよ。アンタも早く行った方がいいんじゃないのかい？」

「そうですね」

折角だから女将さんの言う通り展示会場になった村を見て回ろう。

でもその前に。

「朝ご飯にしてからにします」

ご飯はちゃんと食べないとね。

◆

「じゃあ行こうかニャット」

「んニャ」

しっかり朝ご飯を食べた私達は早速《さっそく》展示されている作品を観に行くことにした。

「でもホント凄《すご》いね。村中が作品だらけだ」

あっちを見れば剣、そっちを見れば鎧とあちこちに見習い達の作った作品が展示されていた。

流石《さすが》に師匠に見せる物だけあって、お店で見た見習い商品よりもしっかりと作り込まれている物ばかりだ。

まぁ中にはいまいちな物もあるけど。

「あっ、女神様《めがみ》だ！」

そんな風に展示されている作品を見ていたら聞き捨てならない単語が周囲の人々からあがる。

「女神様、俺《おれ》の作品を見て行ってください！」

「いや俺の作品を見てください！」

「お嬢様《じょうさま》、丁度そこに私が贔屓《ひいき》にしている職人の作品があるんですよ」

そして自分達の作品に興味を持ってもらおうと見習い職人や彼等《かれら》に目を付けている商人までもが

私に声をかけてくる。

正直言うと美術館の展示品を見る感じで気軽に見て回りたかったんだけどなぁ。

けどこの空気じゃ気軽に見るのも難しそうだ。

「だが、そっちがそのつもりなら……鑑定《かんてい》」

私は覚悟《かくご》を決めるとすぐそばにある両手剣を小声で鑑定する。

『多少質の良い両手剣：素材が良い為作りの甘《あま》さや形状由来の強度不足を補っている。装飾《そうしょく》には力が入っている』

「この両手剣は素材こそ良いものの作り込みが甘いです。それに形状に問題があるから強度に不安があります。装飾は凝《こ》っているので細工師としてなら評価出来ます」

「え？　あ、はい……」

予想外にしっかりした批評が出てきた為に面食《めんく》らう両手剣を作った見習い職人。

更に私は鑑定を利用した批評を続ける。

「こっちの鎧は素材がいまいちです。それに見た目に拘《こだわ》りすぎて大事な部分が守れていません」

こっちは防御力《ぼうぎょりょく》の面で完全にアウトだ。ただこの鎧も見た目のデザインは良いので大きなお屋敷《やしき》に飾《かざ》る装飾品《そうしょくひん》には良いかな。

私は次々と辛口《からくち》の批評をしては見習いと商人達を撃沈《げきちん》していく。

「以上、皆さんの作品は性能よりも見た目を良くすることにばかり意識が向かっています。実戦で使う装備なのですから命を守ってくれるかどうか、簡単に折れたりしないか、使う際に動きやすいかで作るべきでしょう」

これぞ辛口批評作戦！　ぐうの音も出ない程の正論は彼等に私への苦手意識を作り、自分から私に話しかけてくることもなくなるだろう。

そういう訳なので私の穏《おだ》やかな見物の為に君達にはへコんでもらうよ！

現に今この場に居る見習い達は私の批評に怖《お》じ気《け》づいたらしく、プルプルと震《ふる》えて……。

「す、凄い！」

……え？

「凄いぞ！　女神様はそこまで詳《くわ》しく俺達の問題点を把握《はあく》していたのか！」

はい？　何を言ってんの、この人達？

「俺達の師匠は『ダメだ、やり直し』しか言わないのに！」

おかしい、何でそんなキラキラした目で見てくる訳？　私は厳しいことしか言ってないんだけど？

「まぁこうなるのもやむニャし、というか寧《むし》ろ当然の帰結ニャ。懇切丁寧《こんせつていねい》にこうすればよくニャるって教えてるのと同じだニャ」

「女神様！　俺の盾《たて》はどうすればもっと良くなりますか⁉」

「いや、俺の斧《おの》の改善点を教えてください！」

げぇー！　厳しい物言いをしたはずが逆効果にぃーっ⁉　向上心の塊《かたまり》かコイツ等‼

「ほう、あのお嬢ちゃんなかなか良く見ているじゃないか」

「ありゃあただの道楽娘《むすめ》の鑑定眼じゃねぇぜ。きっと生まれた頃《ころ》から武具を見てきたに違いない」

「よほどの優秀《ゆうしゅう》な親に仕込まれたと見える。まぁ欲を言えばあいつ等には自分で気付いてほしかったが、ああいう話の分かるパトロンに出会えたのなら悪いようにはならんか」

なんか師匠っぽい人達が私の辛口批評を妙《みょう》に評価してる――っ⁉

誤解ーっ！　誤解ですよ師匠さん達ーっ‼

あかん、このままだと鑑定地獄《じごく》が始まるぞ。これは急いで逃《に》げねば！

だが時すでに遅《おそ》し。

周囲には自分の作品を抱《かか》えた見習い職人達が私を包囲していたのだ。

「「「「女神様！　俺達の作品も批評してくださいっっ‼」」」」

ぎゃーっ！　お前等未来のライバル同士の筈《はず》なのにこういう時だけ連携《れんけい》良すぎぃーっ‼

はっ！　そうだ！　こういう時こそ護衛のニャットの力を‼

「おやじ、そことそこの串《くし》焼き肉をくれニャ」

「あいよ！　いやーネッコ族の兄さんは良い肉を持ってくねぇ！」

「ふっ、ニャーの鼻にかかれば良い肉はすぐ分かるのニャ」

ってニャット！　護衛の仕事をほったらかして何のんきに屋台で串焼き肉を買ってるの⁉

「ちょっ、ニャット！」

「安心するニャ。モグ。そいつらからは悪意を感じないニャ。おっ、これ美味《うま》いニャ。安心して見習い共に改善点を指摘《してき》してやるが良いのニャ」

「お、分かるかいネッコ族の旦那《だんな》。そうよ、このタレには秘伝の……」

って料理談義してるなぁーっ！

「女神様！　批評を‼」

「「「「お願いします！」」」」

「〜〜っ‼　分かった！　分かりましたよ！　ボッコボコに叩《たた》きのめされても泣くんじゃないぞー！」

「「「「「おお――――っ‼」」」」」

マゾかお前等‼

こうして私は見習い職人達の批評を次から次へと行うことになるのだった……。

◆

「つ、疲《つか》れた……」

どこで聞きつけてきたのか、次から次へとやってくる見習い職人達の批評を片《かた》っ端《ぱし》からやった私は、ようやく全《すべ》ての批評を終えた。

「む、村中の見習いの作品を見た気がする……」

「お疲れ様だニャ、ついでに言うとよその町から来た鍛冶師《かじし》の関係者も紛《まぎ》れ込んでいたのニャ」

「何だと……⁉」

私を見捨てて串焼き肉を食べ散らかしていたニャットが、口元にタレを付けながら白々しく私を労《ねぎら》ってきた。
コ、コイツ！　私を見捨てたくせにぃーっ！
「ほれ、果実水だニャ。喉《のど》が渇《かわ》いたニャ？」

「あっ、ありがと」

はっ！　差し入れをくれたからって騙《だま》されないんだからね！

まぁ貰《もら》えるものは貰うけど……。

「っ！　美味《おい》しいーっ！」

何コレ何コレ！　超《ちょう》美味しいんだけど！

「プルアの実の搾《しぼ》り汁《じる》だニャ」

成る程、異世界版のアップルジュースだね！

でもすこしリンゴっぽくないさっぱりした味もするんだよね？　プルアってこんな味なのかな？

「隠《かく》し味にジレオンの汁が少し入ってるみたいだニャ」

「へぇー、ミックスジュースなんだ」

いや、隠し味って言うからにはミックスジュースって言うほどブレンドはしてないのかな？

でもまぁ美味しいからいっか！

「……チョロイニャ」

「ん？　何か言った？」

「そろそろおニャーの知り合いの所に行った方がよくニャいかニャ？」

「……あっ！」

そうだった！　そもそもこの村に残っていたのもシェイラさんの作品を見る為だったもんね！

「よし、それじゃあシェイラさんの展示を見に……」

「おーいカコーッ！」

行こう、と言おうとしたら当のシェイラさんがやって来た。

「あれ？　シェイラさん、どうしたんですか？」

シェイラさんは試験の準備やお師匠さんの批評で忙《いそが》しいと思ってたんだけど。

「アンタを迎《むか》えに来たんだよ」

「私を迎えに？」

そりゃまた何で？

「そりゃアンタは私に鉄をくれた恩人だからね！　アンタに一番最初に見てほしいのさ！」

「シェイラさん……」

うう、なんて義理堅《ぎりがた》い人なんだろう！

「それじゃあ行こうか！」

そう言ってシェイラさんは私の手を掴《つか》んで自分達の工房の展示場所に向かう。

「逸《はぐ》れるといけないからしっかり手を掴んでるんだよ」

いや、子供じゃないし。

◆

「ここが私達の展示場所さ」

「へぇー」

シェイラさんに連れられてきたのは、宿から少し離《はな》れた位置にある工房だった。

青い屋根が特徴《とくちよう》的な建物だね。

「それで、展示物はどこにあるんですか？」

私は待ちきれずにシェイラさんの展示物を探す。

けれど、どこにもそれらしいものが無い。

「何言ってんだい、私達の展示ならそこに……あれ？」

しかしシェイラさんが指差した方向にはなにも無かった。

あるのは展示用と思われるテーブルがいくつかだけ。

「あ、あれ？　私の作品が……それに兄弟子達の作品も無いぞ？」

え？　それってどういうこと？

「シェイラ！　今までどこほっつき歩いていたんだ！」

私達が困惑《こんわく》していると、工房から誰《だれ》かが姿を現した。

ああ、確かシェイラさんの兄弟子だったなこの人。

「ああ、丁度良かった。私の作品をどこにやったんだい？　まさかアンタ等、勝てないからって隠したんじゃないだろうね？」

「だ、誰がそんなことをするか！」

けれどシェイラさんの兄弟子は馬鹿《ばか》にするなと怒《おこ》ると、衝撃《しょうげき》的な言葉を告げた。

「盗《ぬす》まれたんだよ！　俺達の展示品が全部！」

盗まれた？　それってつまり……っ⁉

「……は、はぁ――っ⁉」

第6話　キマリク盗賊団《とうぞくだん》

村は騒然《そうぜん》となっていた。

と言うのもシェイラさん達《たち》の作った展示品が全《すべ》て盗《ぬす》まれてしまったからだ。

ただ、意外にも盗まれたのはシェイラさん達の展示品だけだったらしい。

「話は聞いたぞ。災難だったなお前等《ら》」

「師匠《ししょう》……」

この人はシェイラさん達の師匠で名前はマドックさん。

体つきはガッシリしていて腕《うで》なんて丸太みたいに太い。

もう鍛冶師《かじし》と言うよりボディビルダーって感じだ。

「まさか俺《おれ》が試験の打ち合わせに行っている間にこんなことになるとはな。だが何故《なぜ》俺の弟子《でし》達の展示品だけが盗まれたんだ？」

マドックさんは何故他の見習い達の品が盗まれなかったのかと首を傾《かし》げている。

「あー、それはそこのお嬢《じょう》が原因だと思うぞ」

「私？」

え？　何で私？

「お嬢？」

「ほれ、例の屑鉄《くずてつ》令嬢だよ」

「ああ、あの変わり者の！」

変わり者で悪かったな！　まぁやってたことは確かに普通《ふつう》じゃなかったけどさ。

現場に居たらしい職人さんがマドックさんに私の辛口《からくち》批評の話を説明する。

「という訳でお嬢の的確な批評を貰《もら》うために見習い達が自分の作品を持ち込《こ》んでちょっとした騒《さわ》ぎになってたんだよ」

「成る程《ほど》、他の展示品が無いから盗める物がウチの弟子達の品しか無かったってことか」

えっと、つまり私が皆《みな》の作品に辛口批評していたから他の工房《こうぼう》の展示品は盗まれなかったと？

「おお！　流石《さすが》は俺達の女神《めがみ》様！　ありがとうございます！」

「「「ありがとうございます‼」」」

いや、完全に偶然《ぐうぜん》だから。狙《ねら》ってないから。

「そんなことより犯人を捕《つか》まえるのが先だろ！　俺達の作品が盗まれたんだぞ！」

また見習い達の崇拝《すうはい》ムーヴが始まるのかと戦慄《せんりつ》した私だったが、ありがたいことにシェイラさんの兄弟子達の言葉によって見習い達が私にひれ伏《ふ》すのを中止する。助かったー。

「そうだな。犯人を見つけないと！」

「俺達の村から物を盗もうなんざふてぇ野郎《やろう》だ！　とっ捕まえて衛兵に引き渡《わた》してやる！」

村人達が犯人を捕まえるぞと気合いを入れる。

「なら村に居るよそ者を片《かた》っ端《ぱし》から捕まえるぞ！」

ちょっ⁉　さすがに片っ端からは乱暴過ぎません⁉

「いや取引をしている商人も居る。犯人は顔なじみの商人以外と考えた方が良いだろう」

「成る程、確かにな」

あっぶなー、危《あや》うく外から来た人が全員捕まるところだったよ！

「よし、それじゃあ見慣れない奴《やつ》らを捕まえるぞ！」

「いや、その必要はない」

職人達が顔なじみ以外の人を手当たり次第《しだい》に捕まえようとしたその時、何者かがそれを制した。

その声に皆が振《ふ》り向くと、そこには意外な人物の姿があった。

「メイテナさん!?」

そう、トラントの町でお世話になった冒険者《ぼうけんしゃ》、メイテナさんだったんだ。

「おーい、俺達も居るぞー」

「あ、イザックさん」

「私達も居ますよー」

「やぁ」

「パルフィさんにマーツさんも!?」

え？　何でメイテナさん達がここに居るの!?

「何モンだアンタ等！」

けどメイテナさん達を知らない職人達は彼女《かのじょ》達の登場を不審《ふしん》そうに見る。

いけない！　この状況《じょうきょう》じゃメイテナさん達が犯人にされかねない！

「ま、待ってください皆さん！　この人達はトラントの町の冒険者さん達で、私の恩人なんです！」

私は慌《あわ》ててメイテナさんと職人達の間に割って入る。

「なんだって？　お嬢の恩人？」

「「女神様の恩人⁉」」

「「じゃあしょうがないか」」

「え⁉　いいの⁉」

予想外にあっさりと説得が成功してしまって、逆にこっちが肩《かた》すかしを喰《く》らってしまう。

「お嬢は売り物にならねぇ屑鉄を大量に買ってくれたしなぁ」

「それに俺達の作った作品を大量に買ってくれて今日は的確な批評までしてくれましたし！」

「そんなお嬢が信用してるならまぁ信用出来るだろ」

「「その通りです‼」」

「はぁ……」

本当にいいの？　なんていうかこの村の人達ピュア過ぎない？

「真面目《まじめ》な話。その連中とお嬢がつるんで悪さをしてたとしても、お嬢が村にしてくれたことを考えれば、見習い共の作った品がいくつか盗まれたところでお嬢達の方が損だからな」

すみません、本当は合成スキルのお蔭《かげ》でめっちゃ得してます。

「ふむ、どうやらこの村でもカコは大暴れしていたようだな」

「いや大暴れなんてしてませんって」

しかしメイテナさんは分かっていると生温かい眼差《まなざ》しで私を見つめる。

「ふふ、謙遜《けんそん》せずともよい。村の者達のこの姿を見れば一目瞭然《いちもくりようぜん》だ」

いや、謙遜じゃないから。

「まぁ怪《あや》しい者じゃない証拠《しょうこ》はちゃんとあるがな。トラントの町の商人ギルドからの指名依頼書《いらいしょ》だ」

そう言ってイザックさんは懐《ふところ》から2枚の紙を取り出して職人さんに見せる。

「た、確かにトラントの町の商人ギルドの紹介状《しょうかいじょう》だな。何々、連続窃盗《せっとう》事件の調査および捕縛《ほばく》依頼？」

「連続窃盗事件？」

ええ⁉　何その推理小説か刑事《けいじ》ドラマみたいな展開⁉

「結論から言おう。この事件の犯人はキマリク盗賊団だ」

「キマリク盗賊団？」

って誰《だれ》？　正直名前を言われてもさっぱり分からないんですけど。

「カコ、キマリク盗賊団はキーマ商店と関《かか》わりのある盗賊集団なのだ」

「ええ⁉　キーマ商店⁉」

キーマ商店と言えば、私を誘拐《ゆうかい》してイスカ草の群生地の場所を知ろうとした連中じゃない！

あの人達が盗賊と関係してたの⁉

「キーマ商店の事件を調べていたところ、連中が盗品を扱《あつか》っていることが分かった。そして捕まえたキーマ商店の人間を尋問《じんもん》して、盗品を持ち込んでいたのがキマリク盗賊団だと分かったのだ。そして連中はキーマ商店の盗品以外にも法に触《ふ》れる裏の仕入れや荒事《あらごと》を担当していたらしい」

おおう、知らずに盗品を買ってたとかじゃなくてガッツリ関わってるじゃんキーマ商店！

「そこで我々が商人ギルドから依頼を受けてキマリク盗賊団を追うことになったのだ」

「キマリク盗賊団は腕の立つヤツがいるからな。商人ギルドの人間だけじゃ返り討《う》ちに遭《あ》うし、賊が他の領主が治める町に逃《に》げたら衛兵も騎士団《きしだん》も管轄《かんかつ》外で手が出せなくなる。だからそういったしがらみを無視出来る俺達冒険者の出番って訳だ」

成る程、だからメイテナさん達が盗賊団を追っているんだね。

「今回の見習いの武具が狙われたのは陽動で、本命は別にあると我々は考えている」

「目的が別にある、ですか？」

でも他に盗賊が盗みたがるものなんてあったっけ？

職人達に目を向けても彼等《かれら》も何のことやらと首を傾げる。

「この村の職人が作った武具だよ」

「はい？」

マーッさんの発した言葉にそんなことの為《ため》に？ と思わず首を傾げてしまう。

「だって見習いの作った物よりも一人前の職人の作った物の方が価値があるでしょ？」

「「「「あっ」」」」

言われてみればその通りだ。

盗まれたのがシェイラさん達見習いの作った武具だったから気づくのが遅《おく》れたよ。

慌ててマドックさん達職人と商人達が工房と店に戻《もど》ると、建物の中から悲鳴があがる。

「やられた！ 納品前の品をごっそりやられてやがる！」

「ウチもだ！ 金目の品を狙い撃《う》ちされた！」

メイテナさんの言う通り、キマリク盗賊団は驚《おどろ》くべき手並みで村中から武具を盗んでいた。

「キマリク盗賊団は狡猾《こうかつ》でいて大胆《だいたん》だ。キーマ商店の店主が捕まったとみるや、あっさりと主《あるじ》を見限り逃げ出したかと思うと逃亡《とうぼう》の最中に大規模な窃盗を行うほどに。普通こういった大規模な窃盗は時間をかけて念入りに行うものだ」

「逃亡の為の軍資金狙いだろうが、ただ盗むんじゃなく村民の気が緩《ゆる》む祭りを利用するあたりタチ悪いよな」

「それとほぼ確実に賊は魔法《まほう》の袋《ふくろ》を複数持っているね。盗んだ物には重くて嵩張《かさば》る武具もある。これらの品を持ったまま逃亡すれば逃亡の邪魔《じゃま》にしかならない。わざわざ盗んだということは、それらの問題を解決する手段があるってことだ」

マーツさんの推測はもっともだ。

私だって魔法の袋の恩恵《おんけい》を沢山《たくさん》受けているしね。

「何より問題なのは、キーマ商店という取引先を失ったのに躊躇《ためら》うことなく大規模な窃盗を行ったことね。つまりキマリク盗賊団にはキーマ商店以外にも大口の取引先が複数あるのよ」

パルフィさんの衝撃《しょうげき》的な発言に私は驚きを隠《かく》せなかった。

キーマ商店みたいな店が他にもあるってこと⁉

「でも、そんなどこに居るのか分からない相手を探すなんて……」

無理でしょそんなの。

となるとシェイラさん達の作った作品は二度と戻ってこない可能性が高かった。

「いや、おそらくだが犯人は東都を目指していると思われる」

「トウト？」

そんな町があるの？

「カコちゃん、東都はね、この国の東にある大都市のことよ」

「え？　あ、ああ東都ですね」

町の名前じゃなくて東の大都市って意味かー。

「確証はあるのか？」

「ああ、この村に来るまでに賊らしき気配には遭遇《そうぐう》しなかった。となれば賊が向かったのは反対方向。つまりは東都だ」

マドックさんの問いにメイテナさんは自分達が遭遇しなかったから間違《まちが》いないと断言する。

「そういう訳で私達は賊を追って東都に向かう。そして現地の商人ギルドに協力を求めて連中の販《はん》売《ばい》ルートを割り出し盗まれた品を取り戻す！」

「おおーっ」

これはシェイラさんの武具を取り戻す希望が見えてきたんじゃないの!?

いやー、一時はどうなることかと思ったけど、何とかなりそうで良かったね！

「さて、そういう訳なのだが、カコ、君も一緒《いっしょ》に来ないか？」

これで盗まれた物も戻ってくるだろうと安心していたら、何故かメイテナさんが私に一緒に行こうと言い出した。

「え？　何で私と？」

ちょっと訳が分からないんだけど。

「なに、カコは以前にも誘拐されたことがあるからな。護衛は多い方が良かろうと思ったんだ。それにこの街道《かいどう》は東都まで分かれ道がないからな。ならお前達も同じ道を行くことになる」

へぇ、そうだったんだ。

「カ、カコ、アンタ誘拐されたことがあるのかい⁉」

どう答えたものかなと思っていたら、シェイラさん達が私が誘拐されたことに驚く。

「えぇまぁ、ちょっと前に変な勘違《かんちが》いをされちゃいまして」

「こんな子供を誘拐するとは何て連中だ！」

「俺達の女神を誘拐しただって⁉　許せねぇ！」

「変な勘違い？　まさかこんな小さな女の子が自分に気があるとでも勘違いしたのか⁉　ロリコン野郎め！」

いや待て、誰だ今子供って言ったヤツと小さな女の子って言ったヤツは。表に出ろ！

「ちょっと！　私は子供じゃないですよ！」

「「「うぉぉ――――っ‼」」」

くっ、ダメだコイツ等。興奮して話を聞いてない！

そんな中、メイテナさんは何事もなかったかのように返事を聞いてくる。

「で、どうだカコ？」

うーん、動じないなぁこの人。

「え、ええと、確かに行く方向は同じですけど、私がいたら足も遅《おそ》いですし盗賊を追う邪魔になりそうですから……」

うん、一般人《いっぱんじん》の私がいたら確実に盗賊団を追うスピードが遅くなるもんね。

「安心しろ。今回は馬車を用意してある。お前達が乗っても速度に問題はない」

馬車とはまたクラシックな。いや寧《むし》ろこの世界じゃ普通なのかな？　ファンタジー世界だし。

けど確かに馬車で連れていってもらえるのなら、私が付いていっても足手まといにならないか。

「それとな、東都には是非《ぜひ》カコに会わせたい人物が居るのだ」

「私に会わせたい人ですか？」

「うむ、カコの商売に協力してくれるアテがあるのだ」

へぇ、メイテナさんがわざわざ紹介《しょうかい》してくれるなんてどんな人なんだろう？

うむむ、これは興味が湧《わ》いてきたぞ。

私はちらりとニャットの方を見る。

ニャットは私の護衛をしてくれているけれど、それはあくまで一緒に旅をする間の話だ。

ニャットにはニャットのペースがあるだろうから、馬車での移動を嫌《いや》がるかもしれない。

「ニャーは馬車の移動でもかまわニャいニャ。おニャーの好きにすると良いニャ」

ニャットはどっちでもいいか。それなら歩きよりも馬車の方が楽でいいよね！

「分かりました。それじゃあご一緒させてくださいメイテナさん！」

「うむ！　任せろ！」

こうして私達はメイテナさんと一緒に東都に行くことになったのだった。

じゃあさっそく旅の準備をしないと、と思っていたら……。

「なぁ、私も連れて行ってくれないか？」

なんとシェイラさんが自分も一緒に行くと言い出したのだ。

「悪いが追跡《ついせき》は危険な旅だ。素人《しろうと》を連れて行くわけにはいかない」

シェイラさんの申し出をメイテナさんはあっさり断る。

まぁ危険だもんね。

「盗まれたのは私の作った剣《けん》だ！　職人として自分で取り返さなきゃ気が済まないんだよ！　それに私がいれば村の職人が作った武具を見極《みきわ》めることが出来る！　師匠の作る武器は間近で見てきたし、店に飾《かざ》ってある他の職人の作った品も研究の為に穴が開くほど見てたからな！」

「何言ってやがる。見習いのお前が付いていって何になる。こういうのは俺達大人に任せておけ」

突然《とつぜん》シェイラさんが自分も付いていくと言い出したことでマドックさんが困り顔になる。

「師匠こそ何言ってんのさ。師匠達が居なかったら店に卸《おろ》す品を作れない。長旅なんて出来ないだろ？　だったら行くのは作った作品を盗まれた私の仕事だ！」

「うぐっ、それはまぁ、そうなんだがな」

痛い所を突《つ》かれたことで、マドックさんをはじめとした師匠達が唸《うな》る。

「それに私の作品はカコが私を見込んで用意してくれた鉄で作った物なんだ！　職人として、そこまで信頼《しんらい》されて作った物を盗まれたら黙《だま》って待つなんて出来ないんだよ‼」

マドックさんはうーんと眉間《みけん》にしわを寄せて悩《なや》む。

「……分かった、行って来い」

「ありがとう師匠！」

マドックさんから許可を貰ってシェイラさんが飛び上がる。

「そういう訳でウチの弟子も連れていってはくれないか？　俺が仕込んだ弟子だ。連れていけば何かの役に立つだろう」

「確かに盗まれた品が確認《かくにん》出来るのは助かる。だが、やってもらうとしても盗品の確認作業だけになるぞ？　賊の捕縛現場までは連れていけんぞ」

「それでもかまわないさ！」

「よかろう、それならお前の同行を許可しよう」

「やった！　ありがとう騎士さん！」

同行を許可されたシェイラさんが飛び跳《は》ねそうな勢いでメイテナさんにお礼を言う。

「元だ。今はただの一冒険者だ」

「よろしくなカコ！」

「はい。こちらこそよろしくですシェイラさん」

予想外の展開だったけど、シェイラさんも一緒に来ることになったのだった。

「待ってくれ！　それなら俺達も連れていってくれ！」

と思ったらシェイラさんの兄弟子達も付いていくと言い出した。

「盗まれたのは俺達の作った武器だ！　俺達にも付いていく権利がある」

「そうだ！　素人同然のシェイラの目なんかあてになるか！　俺達が見た方が確実だ！」

ちょっと、その言い方は無いいんじゃないの⁉

「お前等はダメだ」

私が文句を言おうとしたら、その前にマドックさんが待ったをかけた。

「何でですか師匠⁉」

「決まってる、お前等はとても外に出せたモンじゃないからだ」

「「ええ⁉」」

んん？　なんか変な展開になってきたよ？

「俺はお前等の師匠だぞ。自分の弟子に何があったのか、何をやらかしたのかくらい把握《はあく》してる」

「え……？」

「自分よりも出来の良い妹弟子に嫉妬《しっと》して嫌がらせをしたり」

「むぐっ⁉」

「馴染《なじ》みの店の店員に頼《たの》んで鉄をすり替《か》えたり」

「うぐ⁉」

「俺が知らないとでも思っていたのかっっっ‼」

「「「ひぃーっ‼」」」

師匠に自分達の悪事を把握されていたと知り、兄弟子達は真っ青な顔で脂汗《あぶらあせ》を垂れ流す。

「つまらねぇ小細工なんぞにうつつを抜《ぬ》かして技《わざ》を磨《みが》くことをおろそかにしてるから妹弟子に追い抜かれるんだ！　シェイラが戻るまでの間、余計なことを考えないようにみっちり扱《しご》いてやるからな！」

「「「ひぃ～⁉」」」

マドックさんの扱きがよっぽど恐《おそ》ろしいのか、兄弟子達が情けない悲鳴を上げる。

でも、シェイラさんに酷《ひど》いことをしてきたんだから当然だよね。

ちらりと横を見れば、シェイラさんもいい気味だという顔を……。

「………ひぇっ」

してなかった。兄弟子達と同じように真っ青な顔になっている。

えっと、そんなに厳しいんですか？　マドックさんの扱きって？

第7話　東都の土を踏《ふ》む

「これはまたやってくれたものだな」

鍛冶師達《かじしたち》の村を出た私は、メイテナさん達鋼《はがね》の翼《つばさ》、シェイラさんと共にキマリク盗賊団《とうぞくだん》を追って東都に向かっていた。

逃《に》げる盗賊を追うため、食糧《しょくりょう》などの必要物資の補給以外は可能な限り急いで馬車を走らせていたのだけど、行く先々の町や村が盗賊団の被害《ひがい》に遭《あ》っていたのだ。

「酷《ひど》いですね。手当たり次第盗《しだいぬす》みを働くなんて」

「流石《さすが》にこれはおかしいね」

そう呟《つぶや》いたのはマーツさんだった。

「マーツさん、おかしいってどういうことですか？」

「物資補給の際に町の人達から話を聞いたんだけどね、どうも町や村を襲《おそ》った賊は高価な品をピンポイントに狙《ねら》って盗んでいたみたいなんだよ」

んん？　それって普通《ふつう》のことじゃないのかな？

だって安い物を盗むよりも高い物の方が高く売り捌《さば》けるだろうし。

そんな私の疑問を察してマーツさんが説明をしてくれる。

「考えてごらん。キマリク盗賊団は自分達が追われていることを知っていた筈《はず》だ。なら一刻も早く追手を撒《ま》こうと逃げることに専念する筈。なのにただ盗みを働くだけでなく、まるで最初から知っていたかのように金目の物がある家や店が被害に遭ったんだ」

「あっ、確かに！」

そうだ、言われてみればおかしいよね！

何で分かったんだろう？

「恐《おそ》らくキーマ商店と取引をしていた頃《ころ》からあらかじめ金目の物がある場所に目星を付けていたのだろうね」

そして隠《かく》れ蓑《みの》のキーマ商店が無くなったことで逃げるついでに盗みを働いたって訳かぁ。

「これだけ派手にやったということは、国外へ逃亡《とうぼう》を考えている可能性もあるな」

「国外に逃亡!?」

これまた刑事《けいじ》ドラマや映画でお約束の展開だよ！

それに監視《かんし》カメラの無いこの世界じゃ逃げた犯罪者を追うのは難しいだろうし、国家間での犯罪者の引き渡《わた》しなんて概念《がいねん》もないだろう。

そうなると外国に逃げられたらもう見つけられない可能性もある。一刻も早く捕《つか》まえないと！

「安心しろカコ。すでに東都には連絡《れんらく》を入れてある。不審《ふしん》な集団が都に入ろうとしたら衛兵達が捕《と》らえてくれるさ」

「そ、そうなんですね」

よかったぁ。悪党の逃げ得にはならないみたいだね。

◆

「ここが東都かぁ……でっかぁ」

東都に着いた私は、町を覆《おお》う外壁《がいへき》の大きさに驚《おどろ》いていた。

だってトラントの町の防壁の数倍の高さがあるんだもん！

いや、流石ファンタジーの世界だわ。

もう壁《かべ》が高層ビルレベルだよ。

「驚いたかカコ？　この壁は魔法《まほう》と錬金術《れんきんじゅつ》で作られたのだ」

「魔法と錬金術⁉」

うおー、魔法と錬金術凄《すご》すぎ‼

あれかな？　魔法で壁の基礎《きそ》になる素材を作り出して、職人が造形を担当して錬金術師が補強したとかかな？

「うわっ、凄い行列だな！」

私が防壁の高さに驚いていると、シェイラさんは地上の光景に驚いていた。

つられて私も見てみると、町の入り口には物凄く長い行列が出来ていたのだ。

「うわー、あれは入るのに時間がかかりそう」

日が暮れる前に入れるかなぁ？　最悪町の外で一泊《ぱく》とかありそう。

「安心しろ。すぐに入れる」

「え？　どうやってですか？」

馬車はどんどん行列に近づいていくんだけど、その途中《とちゅう》で横に逸《そ》れて行列の横を走っていく。

すると馬車の速さもあってそう時間をかけずに門の入り口にたどり着くことが出来た。

でもやっぱり入り口付近は渋滞《じゅうたい》していて、このままだと入れそうにない。

「おーい、ちゃんと列に並ばないと入れないぞー」

案の定、門番さんが最後尾《さいこうび》に戻《もど》れと馬車に近づいてくる。

「そう言うな、急ぎの用があったゆえ帰ってきたのだ」

そう言ってメイテナさんが馬車の外に顔を出す。

「ん？　何言ってるんだアンタ……あああぁっ⁉」

門番さん達は慌《あわ》てて背筋を伸《の》ばすと敬礼っぽいポーズをとる。

「も、申し訳ありませんでした！　メイテナ姫様《ひめさま》！」

めいてなひめ？

え？　姫って何それ？　メイテナさんお姫様だったの？

「メイテナさん……お姫様だったんですか⁉」

今の話は本当なのかと問おうとしたら、メイテナさんは違《ちが》う違うと手を大きく振《ふ》って否定する。

「い、いや、この者達が勝手にそう言っているだけだ。私は自分で名乗ったことなどない！」

「で、ですがメイテナ姫様は東都を治めるクシャク家のご令嬢《れいじょう》。我々としては間違いなく姫と呼ぶべきお方です！」

まじかー。実はメイテナさんって超《ちょう》ＶＩＰ？　ただの元女騎士《きし》じゃなかったのか。

「もしかして私達もメイテナさんをメイテナ姫様と呼ばないといけないんでしょうか？」

「か、勘弁《かんべん》してくれ！　身内にまでそんなことを言われたら恥《は》ずかしいだろ！」

へぇ、ってことは私はメイテナさんにとって身内にカウントされてるんだ。

ふふっ、ちょっと嬉《うれ》しいかな。

「そ、そんなことよりも通してもらうぞ！　急ぎ父上に伝えたい情報があるのでな」

「はい！　すぐに！」

「お前等《ら》、下がれ下がれ。門を開けるが許可があるまで勝手に入るんじゃないぞ！　許可なく入った瞬間《しゅんかん》犯罪者の仲間入りだからな」

こうして、私達はあっさり東都の土を踏むことが出来たのだった。

ＶＩＰパワーすげぇー。

◆

「うわー、凄い人！」

馬車の中から覗《のぞ》く東都はトラントの町以上に人で溢《あふ》れかえっていた。

「ふふっ、今度東都を案内してやろう。だがその前に私の屋敷《やしき》に行くぞ」

「メイテナさんのお家《うち》ですか？」

「ああ。ここで賊と盗品を探すのなら、拠点《きょてん》は必要だ。幸い私の屋敷には使っていない部屋が余っているからな」

おおー、なんかメイテナさんのお家ってデッカいお屋敷っぽいよね。お姫様だし。

あれかな、もしかしてメイドとかいたりするんだろうか？

本物のメイドかぁ、ちょっとワクワクするね。執事《しつじ》とかもいるのかな？

……なんて思っていましたが、正直言って予想以上でした。

「おかえりなさいませ、メイテナお嬢様《じようさま》」

目の前にはズラリと並んだメイドさん達。

更《さら》に執事さんも沢山《たくさん》並んでいる。

なんだこれ、映画に出てくる超お金持ちのシーンみたいじゃん。

現実にこんな光景を見る日が来るとは夢にも思わなかったよ……。

というかですね、お屋敷の壁がトラントの町の防壁並みの高さだったんですけど。

あと門からお屋敷まで馬車で10分くらいかかったんですけど!?

そして肝心《かんじん》の屋敷の敷地も広いっ!!　予想の100倍大きい！　なんか塔《とう》もある！　正直登ってみたい!!

「メイテナさんって、実は思った以上にお嬢様だったんですね……」

「ははっ、大した屋敷ではないさ」

いや、これは大したことありすぎですよ？　なんかもう感覚がマヒしてきた……。

「な、なぁ。私ついてくる意味あった？　正直商人ギルドに行った方が早く情報を集められたと思うんだけど？」

私と同じように緊張《きんちよう》しているシェイラさんは完全に萎縮《いしゆく》しきっていた。

寧《むし》ろ地球の高層ビルとかテレビでの情報も無いシェイラさんの方が、ショック大きいんだろうな。

「な、何言ってるんですかシェイラさん。それだと私一人でここに来ないといけなかったじゃないですか！」

いや、ホント気持ちは分かりますよ。

でも逃《のが》さん！　私が一人にならないために！

「バッカお前、私を巻き込《こ》むなよ！」

「死ぬなら一緒《いっしょ》ですよ！」

シェイラさんの腕《うで》をがっしりと掴《つか》んでホールド！

「おかえりなさいませ、お嬢様」

そんなバカなコントをしていたら、渋《しぶ》いロマンスグレーの執事さんがやってきた。

ザ・執事って感じのお爺《じい》ちゃんだ。

「久しいなマーキス」

「旦那様《だんなさま》も奥様《おくさま》も首を長くして待っておいでですよ」

「そうか。ではカコ、付いてきてくれ。ああ、すまんが今回シェイラ達は外してほしい、次の機会に紹介《しょうかい》するのでな」

「ええ⁉」

何で私だけ⁉

「よっしゃ！　あ、いや。分かりました」

「シェイラさんは一緒じゃないんですか⁉」

「悪いなカコ。私は師匠《ししょう》の知り合いに会いにいかないといけないからさ」

「くっ、裏切り者！」

シェイラさんは満面の笑《え》みで、いやー残念だなーと心にも無さそうなことを言う。

「何か情報が入ったら呼んでくれよ。すぐ駆《か》けつけるからさ！　んじゃ私は下町にでも宿を取るさ」

「ん？　何を言っている。シェイラも我《わ》が家に泊《と》まるのだぞ？」

「え？」

軽快な歩みで屋敷を去ろうとしていたシェイラさんの笑みが固まる。

「賊の摘発《てきはつ》と盗難品《とうなんひん》探しは時間がかかる。仕事も無しに宿に泊まってはすぐに路銀が尽《つ》きるぞ」

「い、いや、でも私は平民ですから……」

しどろもどろに辞退しようとするシェイラさん。

「カコの友人なのだ。気にすることはない」

「ひゃう……」

だが笑顔でそれを封《ふう》じるメイテナさん。

ふはははっ！　勝った！　大勝利！　道連れが増えたぁー！

「まぁ真面目《まじめ》な話、その方がいいぜ」

と、私が喜んでいたら、イザックさんがそんなことを言ってきた。

「イザックの旦那？」

「盗品の調査をするのなら、敵からも目を付けられる。そうなると下町の宿はいつ襲われるか分からん。安全を考えるならメイテナの家に厄介《やっかい》になった方がいいぞ」

「うぐぐっ」

確かに、安全は大事だもんね。

町の中だからって安全とは限らないのは、誘拐《ゆうかい》された私が良く知っている。

「そういう訳だ。安心して我が家に逗留《とうりゅう》するが良い！」

「……お世話に、なり、ます」

「うむ！」

死んだ眼《め》で頭を下げるシェイラさんに対し、善意全開の笑みで頷《うなず》くメイテナさん。

うん、善意って必ずしも人を幸せにしないいんだね。

「お部屋に案内いたします」

話がまとまるのを待っていたのか、メイドさん達が皆《みな》の案内にやってくる。

「それじゃあまた後でニャ、カコ」

「え!? 待って待って、ニャットは私の護衛なんだから居てくれないと困るって！」

寧ろ私の精神衛生上の問題で一緒に居て！

私はニャットだけは逃がさんと彼《かれ》に抱《だ》きつく。

「……はぁ、尊い」

「少女と大きなモフモフ、御馳走様《ごちそうさま》です」

ん？　今誰《だれ》か何か言った？

顔を上げて周囲を見回すも、メイドさん達はピシッとした姿勢のまま。

違うのはイザックさん達くらいだけど、あの人達の声じゃなかったと思う。

気のせいかな？

「……まぁ貴殿《きでん》なら構わんか。カコも一人では怖《こわ》いだろうしな。ただし聞いた内容は秘匿《ひとく》してもらうぞ」

「ネッコ族の誇《ほこ》りにかけて喋《しゃべ》らないニャ」

よかったー、これでニャットも来てくれるよ！

「そんじゃ俺《おれ》達は休ませてもらうぜ。部屋まで案内よろしくなメイドちゃん」

「イザック様は門までご案内致《いた》します」

何故《なぜ》かメイドさん達はイザックさんの両腕をガシッと掴む。

ん？　どういうこと？

「って、何で俺だけ追い返されるんだよ！」

「旦那様のご命令ですので」

そう言うや否《いな》や、他のメイドさん達もイザックさんに群がり、彼をお神輿《みこし》のように担《かつ》いで屋敷の門に向かって運んでいったのだった。

「おわぁぁぁぁぁー！」

うわー、メイドさん達って意外と力持ちー。

「あの、イザックさんいいんですか？」

「あー、まだ父上はイザックとのことを許してくれていないからな」

ああ、そういうこと。

どこの馬の骨ともしれん男に娘《むすめ》との交際など許さーんってやつか。

「そ、それは大変ですね」

「なに、子供を産んで既成事実《きせい》を作ってしまえばこっちのものだ。お母様は私の味方だしな」

「解決策がパワフル過ぎる……」

「本当に欲《ほ》しい物は力ずくで手に入れろ、そこまで思わないのなら大して欲しいものではない、というのがお婆様《ばあさま》の教えだ」

お婆様が武闘派《ぶとうは》過ぎる……。

「では行こうか」

◆

「おお……ゴージャスな部屋」

絨毯《じゅうたん》がふわっふわ、ソファーもふわっふわ、テーブルはシンプルな見た目なのに物凄く高級感に溢れていて、周囲に飾《かざ》ってある装飾品《そうしょくひん》は鑑定《かんてい》をかけるまでもなく高級品なのが丸分かりで、なんならカーテンからも、それが感じられた。

正直言って超落ち着かない。

こ、これが金持ちの家ってやつかぁ。

漫画《まんが》の金持ちのイメージって部屋中がキラキラしてたりするか露骨《ろこつ》に成金臭《くさ》いんだけど、本物の金持ちは違った。

使って分かる高級感や、シンプルなのに品の良さが目立つのだ。

ううん、こういった日用雑貨の合成も試《ため》しておくべきだったなぁ。

まぁ鑑定が出来てたらこの部屋に足を踏み入れることすら躊躇《ためら》っていただろうから、出来なくて良かったのかもしれない。

ああ、これが知らなければ良かった真実ってやつなのかな？　ははっ、何言ってんだ私。

「カコ様、こちらをどうぞ」

周囲にある全《すべ》ての高級品に緊張していたら、いつの間に現れたのかメイドさんが飲み物をテーブルの上に置いてくれた。

「プルアの実の果実水でございます」

プルアの実と言えば鍛冶師の村で飲んだヤツだ！

でも屋台で飲んだのとちょっと透明度《とうめいど》とか違うような。

「ありがとうございます」

緊張していた私は、ありがたくプルアの実のジュースを頂く。

「っ!?　美味《おい》しい！」

凄い！　屋台で飲んだヤツよりもっと美味しい！

屋台のは果肉が混ざっていたのかざらりとした感じだったけど、こっちはさらっとしてて地球のジュースに近い。

搾《しぼ》り汁《じる》と果実水で作り方が違うのかな？

「はー、美味しかった」

緊張で渇《かわ》いていた喉《のど》に染《し》み渡ったよ！

「はっはっはっ、お気に召《め》して何よりだ。プルアは我が領地の名産品だからね」

「へぇー、そうなんですね。でも納得《なっとく》の美味しさです」

うんうん、確かにこれなら名産品と言われても納得の出来だよ！

スーパーで見る値段が明らかに高い果物とかはこんな感じの味なんだろうね。

「……んん？」

今何か知らない男の人の声がしたような気が？

さっきの執事さんとも違う声で……。

顔を上げるとテーブルの反対側には知らないおじさんとお姉さんの姿があった。

「え？」

「初めましてお嬢さん」

「ふふっ、メイテナちゃんの手紙にあった通り可愛《かわい》らしい娘《こ》ね！」

「えっと……」

あ、あれ？　この人達いつ入って来たの？

私は困惑《こんわく》しながらメイテナさんに説明を求める。

するとメイテナさんが肩《かた》を落としながらため息を吐《つ》く。

「あー、すまない。母上達は悪戯《いたずら》好きなんだ」

「はは、うえ？」

この人がメイテナさんのお母さん⁉

歳《とし》の離《はな》れたお姉さんでなく⁉

「改めて紹介しよう。私の父のエルヴェント＝クシャク侯爵《こうしやく》と母のフォリア＝クシャクだ」

「よろしく」

「よろしくね、カコちゃん」

何事もなかったかのようににこやかに挨拶《あいさつ》をしてくる二人。

「あ、はい。間山香呼《まやまかこ》です。えっと、マヤマが苗字《みようじ》でカコが名前です」

「あらあら、ちゃんと自己紹介出来て偉《えら》いわね」

いや、ちっさい子じゃないんですから。

「カコちゃん、私のことは今日からお母様って呼んでね」

「はい？」

何故にお母様？

「私ね、貴女《あなた》が来る日をずっと楽しみに待っていたのよ。メイテナちゃんは騎士になるって言って、あんまりオシャレをしてくれなかったから、カコちゃんがウチの子になってくれて嬉しいわ！」

「は？　ウチの子？　何の話です？」

フォリアさんは何を言ってるの？

私は話についていけずメイテナさん達に助けを求める。

「メイテナ、もしかしてあの話をこの子にしていないのか？」

私の狼狽《ろうばい》ぶりを察したクシャク侯爵が、しょうがない奴《やつ》だなという顔でメイテナさんに何やら尋《たず》ねる。

あの話って一体何の話⁉

「は、はい。手紙を送って程《ほど》なく出立《しゅったつ》しましたので。父上達の許可が確認《かくにん》出来ない状《じょう》況《きょう》で話を進めて許可が下りなかったらカコをぬか喜びさせてしまいますから」

「ああ、確かにそうだね。フォリア、少し早まりすぎたようだ」

クシャク侯爵はフォリアさんを宥《なだ》めるように肩に手を置く。

「ええ？　良いじゃないですか。カコちゃんがウチの子になるのは決まったようなものなんですし」

「その本人が事情を呑《の》み込めずに困惑している。まずはこの子にちゃんと説明をしてあげないとね。メイテナ」

「分かりました」

「あの、これは一体どういうことですかメイテナさん？」

私は事情を知っている、というかこの妙《みょう》な状況の原因になったらしいメイテナさんを問い詰《つ》める。

「いや、これは屋敷に着いてから落ち着いて話そうと思っていたことなんだがな」

メイテナさんが神妙な顔になって私にこう告げた。

「カコ、私の妹にならないか？」

……いもうと？　いもうとって妹？

「…………っ⁉　え、ええ――――――――っ⁉」

何ソレ⁉　どういうこと――っ⁉

キマリク盗賊団を捕まえる為の相談をしに来たはずなのに、何でそんな話に⁉

っていうか妹って何がどうなって⁉　スールとかそういうアレ⁉

「正確にはクシャク家の養女として迎《むか》え入れる、だね」

「ようじょ⁉」

幼女、じゃなくて養女⁉　私が⁉

「え？　な、何でですか？」

正直言って私を養女として迎え入れる理由がさっぱり分からん！

「カコ君。君は失われた筈のロストポーションを使って娘の仲間を救ってくれたそうだね。そしてそれが原因で悪辣《あくらつ》な輩《やから》に誘拐された」

「え⁉　な、何で⁉」

何でクシャク侯爵がロストポーションのことを知ってるの⁉

もしかしてメイテナさんが喋っちゃった？

「娘には聞いていないよ。ただ娘の仲間の傷の深さと、その傷が治った事情を考えれば、おのずとその方法は予想出来る。勿論《もちろん》君を誘拐した者達の思考もね」

「うっ」

うう……確かに失われた体の一部を再生させるにはロストポーションが必要なことも、ロストポーションの材料が失われていることも、私よりこの世界の住人であるクシャク侯爵の方が詳《くわ》しいのは当たり前だよね。

「娘は自分達が原因で君が誘拐されたことを酷く悔《く》やんでいてね。今後そのような出来事を起こさないために君を当家の養女として迎え入れたいと頼《たの》んできたのだ」

メイテナさん、あの時のことにそこまで責任を感じて……。

「それに商人として名が売れてくれれば、嫌《いや》でも悪意を持った人間に狙われる。どちらにしてもいずれ狙われるのなら、貴族の養子という後ろ盾《だて》があった方がよいだろう」

そうクシャク侯爵が補足すると、メイテナさんが私の肩に触《ふ》れる。

「カコ、君は私にとって恩人だ。だから私は君への恩を返す為にその身を守ってあげたいのだ」

「でもキーマ商店から助けてもらったので、恩は十分に返してもらいましたよ」

そう、あの夜メイテナさん達は私を助けに来てくれた。

だからもう十分恩返しはしてもらっている。

「いや、アレは私達が警戒《けいかい》を怠《おこた》ったことが原因だ。アレの価値を考えれば、暫《しば》くイザックの腕が治ったことを隠しておくべきだったのだ。私がそれに気付かなかったせいで、結果的に情報を秘匿するという君との約束を破ってしまうこととなった。それにカコの居場所を探し当てたのも直接助けたのも彼だ」

そう言ってメイテナさんは反対側に寝転《ねこ》ろぶニャットに視線を向ける。

「ニャットが……」

そう言えば追手を倒《たお》したのはニャットだったっけ。

っていうか、この状況で物凄くマイペースですねニャットさん。

その唯我独尊《ゆいがどくそん》な姿、まさに猫《ねこ》！

いや、そうじゃない。何かメイテナさんの罪悪感を和《やわ》らげる出来事は……あっ、そうだ！

「でもお礼に短剣《たんけん》を貰《もら》いましたし、戦闘《せんとう》訓練や森の歩き方も教わりました」

そう、騎士団に口利《くちき》きをしてもらえる短剣はキーマ商店に誘拐された時の事情聴取《ちょうしゅ》で役に立ったし、逃げる時はメイテナさんに森の歩き方を教わっていて本当に助かったもん。

「いや、短剣はあくまで報酬《ほうしゅう》の一部だ。手ほどきに関しても短剣を与《あた》えた以上、使い方を教えるのは当然だ」

「……」

うーん、メイテナさん生真面目《きまじめ》過ぎるよ。

「メイテナ、そんな言い方ではカコ君が困ってしまうよ」

「そうよ～、もっと私達への手紙に書いていたことを伝えれば良いじゃないの」

どう説得したものかと悩《なや》んでいたら、クシャク侯爵とフォリアさんが間に入ってくれた。

「侯爵様達への手紙ですか？」

手紙って何？　と聞こうとしたら、メイテナさんが突然《とつぜん》慌てだす。

「お、お母様！　それは関係な……」

「カコちゃんがすっごく可愛らしくて、小さくてフワフワでまるでぬいぐるみやお人形さんみたいだったって」

「ふえっ⁉」

ご両親宛《あ》ての手紙に何書いちゃってんのメイテナさん⁉

「だからお母様っ‼　いや違うぞカコ！　違うんだ！」

……何が違うんですかねぇ？

「カコちゃん。うちの子はこの通り堅苦《かたくる》しい物言いをしちゃうだけだから難しく考えちゃだめよ。ただ単に、大好きになった貴女を助けたいって思っているだけなの。ただそれだけなのよ」

「私を助けたい……ですか」

つまり困っている人を見たら助けたいと思ったくらいの感覚と？

「そして一緒に暮らしてお茶会をしたりオシャレをしたり一緒に寝《ね》たいと思っているのよ」

「それはお母様の願望でしょうっ！」

「そうよ～。そしてメイテナちゃんの願望でもあるわね。だって私達母娘《ははこ》なんだもの。好きなものが似ているものね～」

「だ、だだだ断じてそのような願望はありません！」

「え～、それじゃあカコちゃんの為に用意したドレスは見たくないの？」

「それとこれは別です！」

「ほら～、やっぱり見たいんじゃないの」

「えーっとぉ……」

これ、どうすればいいの？

なんか完全に私を無視して二人で仲良く喧嘩《けんか》を始めちゃったんだけど。

いや、喧嘩というよりはフォリアさんがメイテナさんを一方的にからかってるだけか。

「妻の言う通り難しく考える必要は無いよ」

「侯爵様」

途方《とほう》に暮れていた私に今度はクシャク侯爵が話しかけてくる。

あの二人はほっといていいんですかねぇ？

「大人として、一人でいる子供を助けたいと思うのは当然のことだ」

そこでクシャク侯爵は一旦《いったん》言葉を区切る。

「だが君がそれを心苦しく思うのなら、君の取り扱《あつか》う商品で役に立ってくれれば良い。君は商人なのだろう？」

「え？　商人を続けていいんですか⁉」

貴族の養女になったら外に出られなくなるかと思ったけど違うの？

「構わないとも。貴族でも商売をする者はいるからね。それに君を当家に迎え入れるのは才能のある若者を保護する為でもあるのだよ」

「保護ですか？」

むむ？　それは一体どういうこと？

「そうさ。神より賜《たまわ》りし加護を持つ者、そして加護に見合う才覚を持つ者は貴重だ。しかしそういった有用な力を持つ子は悪辣な者に狙われることも多い。だから貴族は優秀《ゆうしゅう》な子を養子にして保護するんだよ。孤児院《こじいん》で暮らす子供を引き取ることも少なくないからね」

「貴族ってそんなこともしているんですか⁉」

なんていうか足長おじさんって感じだ。

「そうさ。だから君を養女に迎えることは貴族社会としては珍《めずら》しいことじゃないんだ」

「でも私には特別な力なんてありませんよ？」

まぁ本当は合成スキルがあるけど、表向きはただの商人だからね。

「そうかい？　君には失われた体の一部を再生させる力があるじゃないか」

「そ、それは私の力じゃありません！　ポーション、ポーションの力ですから！」

ヤバイヤバイ！　何か変な勘違《かんちが》いされてない⁉

そっちはロストポーションの力だから！

「どちらでも良いのさ。君の魔法でも、君が作った物でも、君が取引で得た物でも、寧ろそこまで貴重な品を仕入れることの出来る伝手《つて》は立派な才能に等しい。その手腕《しゅわん》を、私は素晴《すば》らしいと思うよ」

手腕が一番評価出来る、か。

本当はスキルのおかげだけど、商人として評価してもらえたのはちょっと嬉しいな。

「商才も才能の内ということさ。君が私の領地で店を経営してその店が繁盛《はんじょう》したなら、その税収で我が領地はますます栄える。貴重な品を仕入れてくれれば商人や金持ちがそれを求めてやって来るだろう。そうなれば彼等が領内に金を落としてくれるから更に領内が栄える。ほら、私にも利益が発生するだろう？」

おおう、これは確かに経営者目線の判断だね。

クシャク侯爵は私が東都で働くことで得られる将来的な利益を見ているのか。

正直メイテナさんの恩返しよりも、こっちの方が理由としては納得出来るんだよね。

これって、もしかして、他の貴族の領地じゃなくて、自分の領地で店を構えてほしいから養女にならないかって勧誘《かんゆう》してるってこと？

ただ正直、恩返しで偉い貴族様の養女にしてもらうのはさすがに重いよね……。

でも侯爵様の話を聞いた感じだと、この世界の養子って地球の、そして日本の養子のイメージにくらべて随分《ずいぶん》と緩《ゆる》い印象もするんだよね。

「それにだ、カコ君。君も商人として大成したいのなら、我々に迷惑《めいわく》をかけるかもと遠慮《えんりょ》するのではなく我々を利用するくらいの気概《きがい》を持つべきだ。世の中は善意だけでは回らない。悪事を肯定《こうてい》しろとは言わないが、裏の悪意を読み取り、時には飲み込むくらいには清濁併《せいだくあわ》せ持つべきだろう。君自身の身を守るためにね」

これは厳しいお言葉。

確かに悪い人達に狙われる危険を考えると、貴族の後ろ盾があるのは凄く重要だ。

でもそれはお互《たが》い様だね。

自分達の善意を受け取る為に利用しろっていうのは、悪人の言うことじゃない。

「さらに言えば、娘の仲間、優秀な戦力である上位冒険者《ぼうけんしゃ》の引退の危機を救ってくれたことは領地を治める者として好ましい結果となった。彼等は騎士団や衛兵隊に属していないからこそ、自由に動くことが出来る。その機動性、柔軟性《じゅうなんせい》の高さは非常に有益なのだよ。そう、有益なのだ……」

んん？　その割には物凄く苦み走った口調なんだけど？

あとさっきから仲間って単語に妙に力が入ってるような気が……。

「娘に手を出したりさえしなければ本当に言うことはないのだがね。領主としての責務が無ければ寧ろ治さなくてもよかったと言わずにはいられないのだが……」

あっ、これはタダの親バカですわ。

娘を奪《うば》ったイザックさんへの恨《うら》みが尽きることなく湧《わ》き出ていらっしゃる。

クシャク侯爵が闇《やみ》を吐《は》きだしている今のうちに考えを纏《まと》めよう。

侯爵様は私が商人として色んな所に行くことは寧ろ推奨《すいしょう》してくれた。

更に有用な人間を養子として迎え入れるのは貴族ならよくあることで、私にはその価値があるとも。

恐らくだけど、クシャク侯爵は役に立つんだから知られたくないことは見て見ぬふりをするよ、とも言ってくれている気もする。

更に安全に商人として活動する為にも自分達を利用すればいい、と。

クシャク侯爵の本心が本当に今言った通りなのかは分からないけれど、少なくともメイテナさんは本当に後ろ盾として私を支えようとしてくれたんだろうね。

前世の地球でも、昔は貴族や武士の後ろ盾は信用の面でも重要だったみたいだしねぇ。

唯一《ゆいいつ》気がかりがあるとすれば……。

「ねぇニャット」

私は寝転がっているニャットに話しかける。

「何だニャ？」

ニャットは眠《ねむ》ってはいなかったみたいで、すぐに顔を上げて応《こた》えてくれた。

「私が侯爵家の養子になっても護衛として雇《やと》われてくれる？」

「……数年くらいなら問題ないニャ」

数年か。それだけの時間があれば、十分かな。

私が一番怖かったのは、養子になったからもう安全だろう。だから護衛は終わりだ、と私の前からニャットがいきなり消えることだ。

だってニャットはこの世界に転生して一番最初に会った良い人、いや良い猫。

彼が居てくれれば、何かあっても必ず助けてくれる。

キーマ商店の追手から間一髪《かんいっぱつ》ニャットに助けられたことで、私は彼に全幅《ぜんぷく》の信頼《しんらい》を寄せていた。

でも養子になった瞬間ニャットが居なくなってしまったら、万が一侯爵家から出て行かないといけなくなった時に、私は自分の身を守れなくなってしまう。

ニャットもそれを察したからこそ、私が侯爵家と東都に馴染《なじ》むまでは護衛を続けると答えてくれたんだろう。

「ありがとうニャット！」

「構わんニャ。カコの料理が食えなくニャるのはニャーにとっても損失だからニャ」

「あら？　カコちゃんお料理上手なの？」

「うひゃっ⁉」

さっきまでメイテナさんをからかっていた筈のフォリアさんが後ろから会話に割って入る。

び、びっくりしたぁー！

「ふふん、お母様は知らないのだな。カコの料理は絶品なのだぞ」

確かに旅の途中でメイテナさんにも料理を提供したけど、そんな大したものは作ってないよ！

寧ろ貴族なら私の料理よりも全然美味しい料理を食べてる筈だよ！

「ほう、それは興味深いね」

の筈なのにクシャク侯爵まで会話に加わってきた。

「ちょっ⁉　そんなことないですよ。普通です普通‼」

「これは是非《ぜひ》ともカコちゃんのお料理を食べてみたいわ～」

「だーかーらー！　私の料理の腕は普通ですって！」

「はっはっ、皆落ち着きなさい。それでどうするか決まったかい？」

また話が脱線《だっせん》しそうになったところでクシャク侯爵が騒《さわ》ぎを止める。

もしかしてさっきのイザックさんへのアレも、私が落ち着くまで待つ為の演技だったのかな？

……いや、あれは多分マジもんの本心だったと思う。めっちゃ毒吐いてたし。

とはいえ、それについて考えるのは後でいいや。

私はクシャク侯爵の目を真正面から見つめて答える。

「はい！　皆さんのお話、受けさせていただこうと思います」

そう、私は遠慮なくクシャク侯爵の保護を受けることにした。

でもこの屋敷の人達に迷惑をかけそうになったら、そうなる前にどこか遠くへ逃げることにしよう。

ニャットがいてくれれば逃げ切ることだって出来るだろうからね！

「キャーやったわー！　これで私も二児の母ね！」

「いや息子《むすこ》も居るじゃないか」

「母上、兄上を忘れていますよ」

「娘が二人っていう意味よ～」

うわぁ、まだ見ぬお兄さんが不憫《ふびん》だ……。

けどメイテナさん、お兄さんが居るんだ。

「メイテナさん、お兄さんが居るんですか？」

「ああ、ただ兄上は今、王都にいらっしゃるがな」

へぇ、王都かぁ。王都は東都よりもさらに大きいのかなぁ。

「ではカコ君。こちらの養子縁組《えんぐみ》の書類にサインを。読み書きは出来るかい？」

「はい、大丈夫《だいじょうぶ》です」

女神様《めがみ》がこちらの世界の文字を読めるようにしてくれたからね。

「ちゃんと書類は全部読むんだよ。勿論裏面もね」

「はい」

私は言われた通りに書類を読み込み、裏面に何か書いてないかも確認する。

しかし裏面には何も書かれておらず、紙を戻して署名しようとしたらクシャク侯爵に止められる。

「紙がくっついていないかも確認しないと駄目《だめ》だよ」

「え⁉」

慌てて書類を確認するも、二枚目が引っ付いているということは無かった。

「悪意を持った者はどこにでもいるからね。契約書《けいやくしょ》の内容だけでなく、紙やインクに何か細工されていないかもよく調べる癖《くせ》をつけておきなさい」

「は、はい！」

こ、こわーっ！　これは紙の合成もして鑑定で確認出来るようにした方がいいかもだね！

何度も契約書を確認して、今度こそ問題ないと判断した私は、ようやく自分の名前を記入した。

「書きました」

「うん、確かに受け取ったよ」

なんかちょっとドキドキするなぁ。

本当に書いて大丈夫だったんだよね？

「「よぉぉぉぉぉおしっ‼」」

突然クシャク侯爵とフォリアさんが大声を上げてビクリと震《ふる》えてしまう。

「可愛くてちっちゃい娘が出来たぞぉぉぉぉぉおっ‼」

「これでお茶会やドレスの着せ替《か》えがいっぱい出来るわぁーっ‼」

「え？　何？　このテンション？」

さっきまでとキャラ違いすぎません？

私は一体何事かとメイテナさんに説明を求める。

するとメイテナさんは……。

「ぷいっ」

顔を背《そむ》けていた。

「メイテナさぁぁぁぁん⁉」

「すまない。私の両親はちょっとだけ感情表現が豊かなんだ」

「いやアレは豊かとかいうレベルではないのでは⁉」

わずかに視線を戻せば、踊《おど》り出しそうな勢いで「「むっすっめがでっきたっ」」とスキップを踏んでいるクシャク侯爵とフォリアさんの姿が見えて慌てて視線をメイテナさんに戻す。

「ほら、私は貴族令嬢らしさには興味がなかったし、兄も男だからな。二人共娘を可愛がりたい欲求が溜《た》まっていた……らしい」

溜まっていたみたいってアンタ……ん？　あれ？

「はっ、まさか私を生贄《いけにえ》に⁉」

「い、いや断じてそんなことはないぞ！　両親にカコの後ろ盾になってもらおうと思っていたのは事実だ！　ただまぁ、カコが私の後ろ……盾になってくれたら嬉しいなぁとはちょっとだけ、ちょっとだけ思ったりしたこともあったりなかったりしたが……」

「物凄く思ってたんじゃないですかぁーっ‼」

だーまーさーれーたーっ‼

第8話　お嬢様《じょうさま》生活の朝

チチチチッという鳥の鳴き声を聞きながら私は目覚めた。

「……ここは」

周囲を見回せば怖《こわ》いくらい綺麗《きれい》で広い部屋。

そして大きくてフワフワのベッド。

「スピニャー」

あとは物凄《ものすご》く見覚えのある白い巨大猫《きょだいねこ》がヘソ天で寝《ね》ている。

「……ああ、メイテナさんの家に泊《と》まったんだっけ」

そうだ。東都にやってきた私はメイテナさんの家に泊まったんだった。

「いいえ、ここはカコお嬢様のお部屋ですよ」

「……ふぇ⁉」

突然《とつぜん》聞こえてきた声に振《ふ》り向けば、そこには見知らぬメイドさんの姿があった。

「おはようございます、カコお嬢様。わたくしカコお嬢様付きのメイドとなったティーアと申します」

ティーアと名乗ったメイドさんがペコリと頭を下げる。

その流れるような動作はまさにプロという感じだ。

「えっと、ティーアさん？　私はお嬢様なんかじゃ……」

「いいえ、カコお嬢様はお嬢様です。カコお嬢様は我《わ》が主《あるじ》であるクシャク侯爵《こうしゃく》様の養子となられたのですから」

「……そうだった」

ああ、やっぱり昨日のアレは夢じゃなかったんだ。

私は色々あってクシャク侯爵の養女になった。

ひとえに自分の身を守る為《ため》に。

その後に見た光景は見なかったことにしておこう。

そして話が終わった私はこの部屋に案内されたんだけど、巨大なベッドに驚《おどろ》きつつも興奮してさっそく横になってみたんだよね。

でもそのままぐっすりと眠《ねむ》ってしまったらしい。

そして気付けば朝になっていた訳だ。

うん、このフワフワベッドは反則だよ。

「それとわたくしのことはティーアで結構です。わたくしは使用人ですので」

「はぁ」

そう言うとティーアはテーブルの上に置かれていた布の塊《かたまり》を持ってこちらに近づいてくる。

「カコお嬢様、お着替《きが》えの用意が出来ております」

「ありがとうございます」

私は着替えを受け取ろうとしたんだけど、ティーアはスッと着替えを持った手を引っ込《こ》める。

「お手伝い致《いた》します」

「え？」

お手伝い？　何の？

「僭越《せんえつ》ながらカコお嬢様がこれまで着ていらっしゃった服とは作りが違《ちが》う服ですので、わたくしがお手伝いさせていただきます」

作りが違う？　でもそのくらいで手伝いなんていらないと思うけどなぁ。

「えっと、ちょっとくらい違っても大丈夫《だいじようぶ》ですよ」

「いえ、お手伝い致します」

「いや、だから」

「お手伝いさせてくださいませ」

「……はい」

千日手というか、『はい』を選ばないと永遠に話が進まない昔のゲームの如《ごと》き気配を感じた私は、仕方なく、はいと答える。

「ではこちらに。はい、ばんざーいをしてくださいませ」

「ばんざーい」

ティーアの言う通りばんざいをすると、寝間着《ねまき》を剥《む》かれる。うわっ、超早業《ちようはやわざ》。

「下着も着替えますので椅子《いす》に手をついてください」

「え？　いや流石《さすが》に下着くらいは自分で……」

「手をついてくださいませ」

「……は、はい」

な、なんだこの有無《うむ》を言わさぬ空気は。

なんというか、ちょっと怖いです。

「ではドレスを着せますのでまたばんざーいしてくださいませ」

「ばんざーい」

もはや何も考えまい。無だ。無になるのだ。

ツッコミとか抵抗《ていこう》とかそういうのをひたすらに抑《おさ》え込んだ私は、心を無にして耐《た》える。

「次は御髪《おぐし》を梳《す》きますので椅子に座《すわ》ってくださいませ」

心を無にして椅子に座ると、ティーアが私の髪《かみ》の毛を触《さわ》る。

そして櫛《くし》が髪の間をとおり抜《ぬ》けてゆくと、櫛が引っかかる感覚が伝わってくる。

おおう、こっちの世界に来てから手入れしてなかったから結構引っかかるな。

でも人に手入れしてもらうのはちょっと気持ちいい。

なんというか、プロの手つきって感じだ。

「カコお嬢様、リボンは何色が良いですか?」

そう言ってティーアがテーブルの上の箱を開けると、中から何色ものリボンが姿を現す。

「うわぁ綺麗!」

それは何とも不思議な色合いのリボンだった。

地球で見たリボンと違って、どのリボンもキラキラしていたり角度を変えると色が変わったりするのだ。

どのリボンも綺麗でどれも捨てがたくて困ってしまう。

「う〰〰ん……これっ！」

私が選んだのはキラキラと輝《かがや》くミントグリーンのリボンだった。

他のリボンもいいんだけど、今日はコレの気分かな。

「ではお付けしますね」

ティーアが私の毛に触《ふ》れてリボンを結んでいく。

「はい出来ました。カコお嬢様、鏡をご覧になられますか？」

「あっ、じゃあお願いします」

鏡かぁ。こっちの世界に来てからは使ってなかった、というか鏡を見たことがなかったからなぁ。

「カコお嬢様、鏡の用意が出来ました」

てっきり手鏡を持ってくるのかと思ったら、予想以上に大きな姿見が現れた。

「どうぞ」

ティーアは姿見を私に向ける。

するとそこには……。

「え？」

見知らぬ小さな女の子の姿があった。

女の子は綺麗な桜色のワンピースに似たドレスを着ていて、髪の毛は私と同じ黒色をしている。そして黒髪に浮《う》かび上がるようにキラキラ輝くミントグリーンのリボンは私とおそろいだ。

でもその顔は小さい頃《ころ》の私と違って物凄く可愛《かわい》らしく、将来は絶対美人になるのが分かるくらい愛らしかった。

ちょっとあの世で出会った女神様《めがみ》に似ている気もする。

もしかしてメイテナさんの妹さんかな？

私は後ろを振り向いて女の子に挨拶《あいさつ》をしようとしたのだけれど、女の子の姿はどこにもない。

おかしいなと思いながら周囲を見回すも、居るのはティーアだけ。

え？　どういうこと？

「カコお嬢様？　どうかなさいましたか？」

「えっと、知らない黒髪の女の子が姿見に映っているんですけど……」

「はい？」

ティーアは姿見を見て何のこっちゃと首を傾《かし》げている。

はっ、まさか幽霊《ゆうれい》!?　異世界にも幽霊っているの!?

「姿見にはカコお嬢様しか映っておりませんよ？」

「え？」

私しか映ってない？

いや、でも姿見には知らない女の子しか……。

と、そこで私は気づいた。

私が指差した女の子が私を指差していることに。

「は？」

私は手をパッパと動かしたり、両手をバタバタと振ってみると、姿見の中の女の子も私と同じ動きをする。

「か、かぁーわいぃ……」

「えっ⁉」

突然ティーアが意識の外から悶《もだ》えるような声をあげたのでビクリと我に返る。

「はっ、も、申し訳ございません。その、僭越ですがもしかしてカコお嬢様は姿見を見るのは初めてでいらっしゃいますか」

「え？　いえ、昔見たことはありますけど……」

「成る程《ほど》、そういうことですか。カコお嬢様、そこに映っているのはカコお嬢様ですよ」

「いや、でもこれは私じゃ……」

「カコお嬢様が姿見をご覧になられたのは随分《ずいぶん》と昔のことなのでしょう？　今のカコお嬢様は成長していらっしゃいますから、姿見に映ったご自分を別人と勘違《かんちが》いしてしまうのも仕方がありません」

い、いやいや。前って言ってもほんの数週間前のことだから。

この子は前世の私と違ってめちゃくちゃ可愛いし、更《さら》に言うと子供だよ！

「ん？　子供？」

ふと私は自分がこっちの世界に転生してからやたらと子供扱《あつか》いされたことを思い出す。

いや、まさか……だが、しかし……。

私は姿見の中の自分をじっくりと見つめる。

その姿はさっき感じた通り女神様にちょっと似ている。

でも完全に似ている訳ではなく、前世の私の子供の頃の姿にも気持ち似ている気がする。

そして私はあの世で出会った女神様の言葉を思い出す。

『生前の肉体の性能では生きていくのは困難ですから、元の肉体をベースに向こうの世界の人間の平均値に調整しておきます。ついでに虫歯も治しておいてあげましょう』

確か女神様はそう言っていた。

問題はここだ。

『元の肉体をベースに向こうの世界の人間の平均値に調整しておきます』

このセリフ、元の肉体をベースにこの世界の人間の平均値でって言ってたけど、同じ年齢《ねんれい》とか同じ見た目とかは言ってなかった。

つまりこの見た目と年齢は……。

「女神の所為《せい》かぁぁぁぁぁぁぁぁぁぁぁっ‼」

「お、お嬢様⁉　いったいどうなさったのですか⁉」

悲報、異世界に転生した私、子供になっていた。

第9話　商人ランクアップ

なんということでしょう。異世界に転生した私は子供になっていました……。

うぉぉーっ！　どうせいっちゅーねん！　子供やぞ子供‼

魔物《まもの》が跋扈《ばつこ》する異世界で戦闘《せんとう》能力のない子供とかバッドエンドまっしぐらじゃん‼

お、落ち着け私。落ち着くんだ。

戦闘能力に関しては仕方ない。自分で戦いは無理と判断して生産系スキルを選んだんだから。

外に出る分には護衛としてニャットが居てくれるし、町に居れば……いや大丈夫《だいじようぶ》。そうそう誘拐《ゆうかい》されることなんてない……無い筈《はず》。誘拐されたけど。

待った待った、こういう時はメリットを考えるんだ私。

そう、子供になったということはその分寿命《じゆみよう》が延びたと言える。

それはこれまで私が経験した数年分の人生経験をただでゲットしたと思えば得じゃないかな？

実質ゼロ円とかゼロカロリーとかいうアレだ。違《ちが》うか？

他にはそう、めっちゃ可愛《かわい》くなったのも得と言えば得かな。

どうも今の私は元の私とは違う自分になっているみたいだし。

つまり異世界ナイズされた美少女私！　美幼女じゃないぞ。

「……はっ、ということは！」

そこで私はある衝撃《しようげき》的な真実に気付く。

そう……こっちの世界に転生し私は胸が全然大きくなっていなかったことにがっかりしたけど、今の私は子供。

つまり、成長すれば今より胸が大きくなる可能性が出てきたのだ‼

前世の私は成長期を過ぎて可能性という名のモンスターが寿命を迎《むか》えてしまったが、文字通り生まれ変わった私は違う！

そう！　大人になったらバインバインになる可能性が出てきたのだ！

「ありがとう女神《めがみ》様‼」

人生に希望が出てきたぁーっ‼　ヒャッホー！

よーしよし、良い感じだぞ。

他には……そう、この超《ちょう》キュートな外見は対人交渉《こうしょう》に最適なのでは？

愛らしく可愛らしい外見を活《い》かせば商人として……商人として……。

「はっ⁉　アカンくないこれ⁉」

そうだマズいよ私！　だって子供だよ！

常識的に考えて子供相手にまともに取引してくれる商人なんている訳ないじゃん！

うおお、やっべぇ……良く考えるとここに来るまでやたらと子供扱《あつか》いされたもんなぁ。

これまでの取引も……取引も……あれ？　特に子供だからって取引で損はしてないような？

というか普通《ふつう》に商売出来てたわ。

商人ギルドじゃ価格はお店で交渉するより安いけどその分安定した買い取りをしてもらえたし、お店じゃ値段を気にせず爆買《ばくが》いしてたから貴族のお嬢様《じょうさま》と勘違《かんちが》いされて不当な価格で売り付けられることもなかった。

「……うん、問題ないかも」

なんということでしょう。子供の姿でも特に問題ありませんでした。

よくよく考えるとこの姿で商人ギルドに加入出来た以上、商品さえしっかりしていれば問題なかったのかな？

異世界の職業事情バンザイ‼

ふぅ、そう考えると今後も売買は安定した価格の商人ギルドでやった方が良いかもね。

商人同士で値段交渉をするのはこの世界の相場を勉強して、ある程度体が成長してからの方が良いだろうし。

まぁどうせ商品は格安の安物を合成で最高品質に出来るから、多少ボッたくられたり買い叩《たた》かれても損はしないから問題なし！

うーん、合成スキル様々だね！

「よし！　特に問題なかった‼」

ふぅー、不安要素が無くなって一安心だよ。

「あの〜、カコお嬢様？」

「はい？」

私を呼ぶ声に振《ふ》り向けば、そこには心底心配そうな顔をしたメイドのティーアの姿があった。

いっけね、忘れてた。

「え〜っと……何でもないです！」

「な、何でもない、ですか？」

とてもそうは見えなかったぞと言いたげな眼差《まなざ》しのティーア。

しかし私としても事情を説明する訳にはいかない、というか迂闊《うかつ》に話したらこじれること間違いない内容なので言える訳がない。

「ニャー、うるさいニャァ」

と、そこに救いの女神ならぬ救いの猫《ねこ》が現れた、というより起きた。

ニャットは前脚《まえあし》で顔をクシクシと拭《ぬぐ》うと、後ろ脚で耳の裏をピピピッとかく。

うーん、どう見ても猫です。

「おはようニャット」

「おはようだニャ」

「おはようございますニャット様」

よし、上手《うま》くスルー出来た！

「カコお嬢様、ニャット様、朝食の用意が出来ております」

どうやらこれ以上私を問い詰《つ》めても答えが返って来ないと判断したらしいティーアは、素直《すなお》にメイドとしての仕事に戻《もど》ることにしたみたいだ。

「食堂にご案内致《いた》します」

ティーアに案内され、私は食堂にやってきた。

「うわ長《なが》っ」

食堂に入ると目に入ったのはやたらと長いテーブルだった。

アレだ。良く漫画《まんが》とかで貴族がお互《たが》い端《はし》っこの席に座《すわ》って陰謀《いんぼう》を巡《めぐ》らせながら食事するシーンみたいなヤツ。

「おはよう、昨日はよく眠《ねむ》れたかいカコ？」

声の方向に視線を向ければ、予想通りテーブルの一番奥《おく》、いわゆるお誕生日席にクシャク侯爵《こうしゃく》の姿があった。

意外だったのはそのすぐそばに奥さんのフォリアさんとメイテナさんの姿があったことだ。

というか、それならもっと小さいテーブルでも良くない？

「おはようカコちゃん」

「おはようカコ」

「おはようございます、クシャク侯爵様、フォリア様、メイテナさん」

こちらも挨拶《あいさつ》を返すのだけれど、何故《なぜ》か全員が難しい顔になる。

あれ？　私何か間違えた？

もしかして凄《すご》い失礼なことをしてしまったのかと思わず身構える。

「カコちゃん、私達は家族になったのよ？　だからそんな他人行儀《ぎようぎ》な呼び方をしないで」

「え？」

予想外の発言に私は困惑《こんわく》してしまう。

「私のことはお母様って呼んでね」

「私のこともお父様で構わないよ」

「……カ、カコが呼びたいのならお姉様で構わないぞ」

構わないぞ、と言いつつクシャク侯爵とメイテナさんからは『呼べ！』という強い圧を感じる。

なおフォリアさんは確定で呼べと言ってきたあたりより圧が強いと思う。

うん、あれだね。これは呼ばないとアカンヤツだ。

観念した私は軽く息を吸うと、声を発する。

「おはようございますお義父《とう》さん、お義母《かあ》さん、お義姉《ねえ》ちゃん」

くっ、何かちょっと照れくさい。

「うむっ！」

「ええっ！」

「くっ、可愛いっ！」

三者三様にやたらと嬉《うれ》しそうな顔になるクシャク侯爵……じゃなくてお義父さん達《たち》。

なんだか恥《は》ずかしいんですけど……。

「さぁさぁ、ここにお座《すわ》りなさいカコちゃん」

そう言って自分の横の席に私を誘《さそ》うお義母さん。

「ズルいですよ母上！　カコ、私の隣《となり》でもよいのだぞ？」

対抗《たいこう》するようにメイテナさ……お義姉ちゃんも自分の横の席に誘ってくる。

「カコ、私の所でも良いんだぞ」

そう言いながら椅子《いす》を下げると、自分の膝《ひざ》をパンパンと叩くお義父さん。

「……」

うん、あそこは無いわ。無いわ。

この状況《じょうきょう》、座るとしたら二択《たく》。お義母さんの隣かメイテナお義姉ちゃんの隣だ。

だが二人の力関係を考えれば、選択肢《せんたくし》は一つ！

そう、私はお義母さんの隣を選んだのだった。

「やーん、嬉しいわ！」

「くっ、何故だカコ！」

ごめんねメイテナお義姉ちゃん。この埋《う》め合わせはそのうちしますので。

「それにしてもそのドレス、メイテナのお下がりだったけれど良く似合っているわ」

お義母さんが私のドレスを褒《ほ》めながらそんなことを言う。

「これ、メイテナさ……お義姉ちゃんのお古だったんですか？」

へー、子供の頃《ころ》のメイテナさんはこういうのを着てたんだ。

「いや、私は着ていないぞ。カコくらいの年の頃にはすでに騎士《きし》として修行《しゅぎょう》を積んでいたからな。そういった服とは無縁《むえん》の生活だった」

え？　じゃあお古じゃないのでは？

「そうなのよね。メイテナちゃんってばせっかく買った服を着てくれないんだもの。だからカコちゃんがウチの子になってくれて嬉しかったわ。でも今度はおさがりじゃなくてカコちゃんに合わせたドレスを作りましょうね」

いや、正直新しいドレスとか緊張《きんちょう》するのでお古で良いです……とはちょっと言えないレベルでお義母さんがウキウキしていらっしゃるぅ。

「あれ？　そういえばニャットは？」

ふと私はニャットの姿が無いことに気付く。

おかしいな、さっきまで一緒《いっしょ》だったのに。

「お客様は別室にて朝食をお食べになっております」

ニャットの姿を探していた私にそっとティーアが囁《ささや》いてくる。

「別室？　わざわざ別々でご飯を食べるの？」

「こちらは侯爵一家用の食卓《しょくたく》ですので、お客様も緊張されるかと」

私にだけ聞こえるよう小さな声で説明してくれるティーア。

「……成る程《ほど》、確かに」

よく考えると、ここに居るのは侯爵様本人とその奥さんと娘《むすめ》さんという超ＶＩＰだもんね。

そりゃあお客さんもご飯の味が分からなくなるというものだ。

「あっ、じゃあシェイラさんも」

「はい。別室で召《め》し上がっておられます」

そっか、シェイラさんも居るんならニャットも寂《さび》しくないよね。

寧《むし》ろ私が寂しいです。

「では食事にしましょうか。カコちゃん、どれから食べたいかしら？」

そう言ってお義母さんがスプーンを片手にどれから食べると聞いてくる。

うん、これは寂しいとか言ってられないわ。

と言うか幼児扱いするのは勘弁してください。

その後、私とお義母さんによる熾烈《しれつ》な「はいアーン」合戦が繰《く》り広げられたのだった。

◆

「つ、疲《つか》れた……」

何とか自分で食べることを固持した私だったが、そうなったらそうなったでこの世界の貴族の食事マナーを知らないことを思い出してしまったのだ。

どうやって食べれば良いのか分からず固まる私に、何時でも食べさせてあげると鋭《するど》いまなざしを向けるお義母さん。

これで下手な食べ方をしたら、これ幸いとお義母さんにアーンされるのは明白！

どうすればよいのかと困惑していた私に救いの手を差し伸《の》べてくれたのは、メイテナお義姉ちゃんだった。

「カコ、私の真似《まね》をすれば良い」

そう言ってメイテナお義姉ちゃんはゆっくりと私にも分かるように食事を始める。

私はそのチャンスを逃《のが》すまいと、メイテナお義姉ちゃんの真似をしながら食事を始めた。

「もぉー、バラしちゃ駄目《だめ》じゃないメイテナちゃん」

おかげでなんとか食事を終えることが出来たのだけれど、そんな神経を尖《とが》らせた食事で味など分かる筈もない。

それどころか自分が何を食べたのかも思い出せない有様だった。

「おっ、カコじゃないか」

朝から疲れていた私に声をかけたのはシェイラさんだった。

「おはようございますシェイラさん」

「その姿を見ると本当にお嬢様だったんだな」

「え？」

本当にお嬢様？

「メイドさんから聞いたぜ。アンタ侯爵様の娘だったんだってな」

「えーっと……」

んん？　確かに養子になったけど、それは昨日の話だ。

養子になったんだな、じゃなく娘だったんだなという言葉には違和《いわ》感を覚える。

これはアレかな？　お義父さんの指示で昔からこの家の子だったって設定になってるのかな？

多分私を養女にする際にその方が都合が良いとかあったのだろうな。

「えっと、シェイラさんはよく眠れましたか？」

「ん、あ、あー……なんてゆーかさぁ」

私が話題を変えるとシェイラさんは何とも気まずい感じになる。

「部屋が豪華《ごうか》すぎるっつーかなんつーか……落ち着かないんだよな」

その気持ちは凄く分かる。

「うっかり金目の物を壊《こわ》したり汚《よご》したりしそうでさぁ」

超分かる。

「けど飯は美味《うま》かったぜ！　めちゃくちゃ美味かった！」

「ソレハヨカッタデスネ」

くっ、満面の笑《え》みを浮《う》かべやがって‼

こっちはご飯の味なんて全然分かんなかったよ！

お昼はちゃんと味わって食べてやるんだ！

「シェイラさんはこれからどうするんですか？」

「私は師匠《ししょう》の知り合いの所に行くよ」

「そういえば昨日もそう言ってましたね」

「ああ、師匠が紹介状《しょうかいじょう》を用意してくれててさ。ここに行って働かせてもらえって」

へぇ、マドックさん、そんなことまで考えてくれてたんだ。

良いお師匠様だなぁ。

「カコはどうするんだい？」

「私は……どうしようかな」

東都で色々やりたいことはあったんだけど、この状況だと外に出ていいのか分かんないんだよね。

出かけてきまーっすって言えばいいのかな？

「カコ様、ここにおられましたか」

そう言って現れたのは執事《しつじ》の……確かマーキスさんだ。

「おはようございますマーキスさん」

「おはようございますカコ様。私のことはただのマーキスとお呼びください」

「それで、マーキスさ……マーキスは何か御用《ごよう》ですか？」

マーキスさんと呼ぼうとしたら妙《みょう》な圧を感じた為《ため》に、慌《あわ》てて呼び捨てで呼び直す。

でもやっぱり年上の人を呼び捨てにするのは気が引けるし、心の中ではマーキスさんと呼ぼ……。

「カコお嬢様、私のことはただのマーキスとお呼びください。心の中でも」

「あっ、はい」

何で私の心の中が分かったの⁉

「ホッホッホッ、カコお嬢様は分かりやすいですから」

……なんていうかこの屋敷《やしき》の人、使用人まで含《ふく》めて変な圧が強すぎない？

「カコお嬢様、お嬢様は商人ギルドに登録していらっしゃるのですよね？」

マーキスはシェイラさんに聞かれないようにか、私の耳元にこっそりと語り掛《か》けてくる。

「はい、そうですがそれが何か？」

「ではギルドに登録情報の変更《へんこう》に行かねばなりませんね」

「登録情報の変更？」

何ソレ？　住所変更みたいなの？

「カコ様はクシャク侯爵家の養女になられましたので、商人ギルドにもその旨《むね》を伝える必要がございます」

「え？　そういうの要《い》るんですか？　あそこって偽名《ぎめい》で登録することも出来るくらい規則が緩《ゆる》い感じだったんですけど」

わざわざ登録情報の変更なんて要るのかな？

「はい、カコ様はご自身の身を守る為に侯爵家の養女となった訳ですから、ギルドに情報を伝えることでその事実を周囲に広めることが出来ます。そうなればキーマ商店のような不心得者にも情報が伝わりますので、カコお嬢様に手を出したら危険だと悪質な者達も警戒《けいかい》するようになります」

あー、警告の為に情報を広めるってことね。

「成る程、そういうことですか」

「はい、その通りでございます」

「分かりました。では商人ギルドに行きましょう」

丁度外に出たい気分だったし、さっそく商人ギルドへ行こう！

ついでに色々お店を見て回ろうかな！

「それでは馬車の用意を致します」

「あっ、はい」

馬車かぁ、いやまぁ足が疲れなくていいよね。

◆

マーキスが用意してくれた馬車に乗って、私達は商人ギルドにやってきた。

メンバーは私、マーキス、ティーア、ニャット、そしてシェイラさんだ。

「私は師匠の知り合いの所に行くから、帰りは一人で戻るよ」

「行ってらっしゃいシェイラさん」

私が見送りの声をかけると、シェイラさんは振り向かずに手だけを振って去っていった。

……このまま私を置いて自分だけ適当な宿に泊《と》まったりしないよね？

「では我々もまいりましょうか」

「はい」

東都の商人ギルドに入ると、外の通りとは違った形の喧騒《けんそう》が聞こえてくる。

「うわぁ、広い！」

トラントの町の商人ギルドも大きかったけど、東都のギルドはその何倍も大きかった。

「お嬢様、こちらでございます」

いつの間にかギルド職員と話をしていたマーキスが私達に手招きする。

「奥にご案内いたします」

マーキスと合流すると、ギルド職員が私達を案内する。

ただし彼《かれ》が案内してくれたのは、大勢の商人がごったがえすカウンターではなく、建物の奥にある部屋だった。

「こちらでお待ちください」

案内されたのは侯爵家の部屋程ではないけど上品で色々と高価な感じがする部屋だった。

もしかして、これはいわゆるＶＩＰ室ってやつ？

その証拠《しょうこ》にすぐにギルドの職員がお茶とお茶菓子《がし》を持って現れる。

けれどテーブルに置かれたのは一人分だけだった。

「あれ？　マーキス達の分は？」

「私共は使用人ですので」

うーん、言いたいことは分からないでもないけど、そういうのは何となくイヤだな。

なんていうか、美味《おい》しい物は皆《みな》で食べた方が楽しいと思うんだよね。

純粋《じゅんすい》な味だけじゃなくて、その場の空気を食べるっていうかさ……。

そんなことを考えていたら部屋の扉《とびら》が開かれ、ちょっと慌てた様子の男の人達が入ってきた。

「お、お待たせしましたクシャク侯爵令嬢様。わたくし当ギルドの副ギルド長を務めておりますヤルドと申します。ギルド長はただ今席を外しておりまして、代わりに私がまいりました」

ギルドのお偉《えら》いさんらしいヤルドさんが申し訳なさそうに何度も頭を下げてくる。

これは私も自己紹介《しょうかい》しておけばいいのかな？

「初めましてヤルドさん。私は……」

「お嬢様、カコ＝マヤマ＝クシャクと名乗ってください」

そっと耳元でティーアが囁く。

あー、それが貴族としての私のフルネームってことね。

「カコ＝マヤマ＝クシャクと申します」

「おお、これはお美しいお名前ですな！」

ヤルドさんはいかにも感動した！　と大げさなジェスチャーを見せてくる。

勤め人も大変だなぁ。

「本日はギルドカードの情報変更とのことで」

「ええ、ギルドカードにカコお嬢様のフルネームを記載《きさい》することと、商人ランクを黄色に昇格《しょうかく》することです」

「え？　黄色⁉　何で⁉」

私の代わりに答えたマーキスの予想外の発言に私は困惑する。

何でそこで黄色？　今の私は青色だから、黄色の前に緑と赤になるんじゃないの？　何で三足飛びに黄色？　ってていうか何でギルドのランクを上げるの⁉

「畏《かしこ》まりました。ではすぐに黄色のギルドカードをご用意いたします。カコ様は現在青色商人ですので、3ランク分の上納金で金貨1550枚となります」

「せっ⁉」

せんごひゃくごじゅうまいぃぃぃぃぃぃぃぃぃぃぃ⁉

青色商人の上納金金貨10枚の150倍じゃん⁉　インフレし過ぎでしょ⁉

ロストポーション一個半の値段じゃん‼

本来手に入らない品一個半分の金額だよ⁉

「上納金はクシャク侯爵家に請求《せいきゅう》してください」

しかもマーキスはその金額をさらりと受け入れる。

金持ちの会話やっべぇ！

短い会話が終わると、ヤルドさんはすぐに新しいギルドカードを用意するために部屋を出ていく。

「あの……」

「何故黄色商人に昇格するのか？　そしてそんな大金を支払《しはら》っていいのか？　ですね」

「え、ええ」

どうやら向こうには私の考えは筒抜《つつぬ》けだったみたいだ。

「分かりやすく言えば侯爵家の娘としての箔付《はくづ》けですね。侯爵家の者が青色商人では格好《かっこう》がつきませんから。社会的信用を上げる為にも黄色商人の方が良いと旦那《だんな》様が判断されたのです」

なーるほど、全《すべ》てはお義父さんの筋書き通りって訳か。

「で、でもさすがに黄色はやり過ぎなのでは？　金貨1550枚ですよ？」

「カコお嬢様がイザック様に行った治療《ちりょう》の2回分弱と考えれば、すぐに取り戻せる金額ですよ」

そ、そう言われると意外と安いような気も……いや惑《まど》わされるな自分！　金銭感覚がおかしくなってるだけだから！

「なに、親の金で上納金を得したと思えば良いのです」

何その親の金で車を買うみたいなノリ。

確か金貨一枚で安いホテルに1ヶ月泊まれる額なんだよ？

日本円換算《かんさん》でおよそ2億3000万円なんだよ⁉

あかん、日本円換算したらヤバイ額なのが実感で分かった。

都内で億ション買うレベルの価格じゃん！　申し訳ないとかいうレベルの金額じゃないよこれ。

「あとはオークションですな。この東都で大きな商《あきな》いをなされるのでしたら、オークションは切っても切り離《はな》せません」

マーキスは高額商品を扱うならオークションに参加出来た方が良いと話す。

そりゃあねぇ、2億強の上納金を支払えるような人達ならオークションにどれだけのお金が動くやらだわ。

「……まぁ実際には旦那様が娘に良い顔をしたくてお命じになられただけですがね」

待って、なにその石油王みたいな経済観念の親バカ？

「私、養子なんですけど……」

「旦那様と奥様にとってはそれだけの価値がある可愛い我《わ》が子ということなのでしょう」

うぇぇ～、昨日の今日でそこまでする理由が全く分からん！

メイテナさんの手紙がそれ以前に届いたとしても数日程度の差だろうし。

いったい何考えてるんだ、あの人達は!?

「さっそくお抱《かか》えの服職人達を呼び集めておりましたしね」

今恐《おそ》ろしい呟《つぶや》きが聞こえたような気が!?

「お待たせいたしました」

一体義両親は何を考えているのかと悩《なや》んでいたら、意外と早くヤルドさんが戻ってきた。

そしてその手の中には金色に近い色合いのギルドカードが。

「こちらがカコ様の新しいギルドカードでございます」

「……ありがとうございます」

私は差し出された黄色には見えない黄色いカードを受け取る。

これが私の新しいギルドカード……つっても実感も感動もないなぁ。

寧ろ金額がやばすぎてうすら寒いものしか感じない……。

うぅむ、これが権力と有り余る財力を使った裏口入学の気分というヤツなのか？　……いや違うな。うん、違う。

これ、本当に喜んでいいのかなぁ。

第10話　クズ石を見よう

という訳でギルドカードの色が金色みたいな黄色になった私です。

「まさか三足飛びで最高ランクの商人になっちゃうとはなぁ……」

昨日から怒涛《どとう》の展開で頭がついていかないわぁ。

「カコお嬢様《じようさま》、この後は何かされたいことはございますか？」

呆然《ぼうぜん》としていた私にマーキスがこれからの予定を聞いてくる。

「えっと、そうですね……」

これからやりたいことかぁ。

「まずはキマリク盗賊団《とうぞくだん》の捜索《そうさく》かな」

元々東都に来たのはそれが目的だしね。

「カコお嬢様、そちらは旦那《だんな》様とメイテナお嬢様が動いておられます」

「お義父《とう》さんとメイテナお義姉《ねえ》ちゃんが？」

メイテナお義姉ちゃんは分かるけど、何でお義父さんまで？

「キマリク盗賊団は複数の領地で活動する賞金首ですので、騎士団《きしだん》の出動案件なのです。上手《うま》く捕《と》らえれば他の領主に恩を売れますしな」

成る程《ほど》、だから領主であるお義父さんが動いてるんだ。

「なら私の商売のネタを見繕《みつくろ》いつつ、村から盗《ぬす》まれた盗品《とうひん》が無いかを見て回る感じかな」

うん、盗賊団の捜索は私達《たち》だけじゃ危険すぎるけど、盗品の捜索なら本業をやりながら自然に行えるからね。

幸い盗まれた見習い達の武具のマークは何度も評価を頼《たの》まれた所為《せい》ですっかり覚えてしまっていたしね。

問題は盗品を扱《あつか》っているお店がどこにあるのか分からないことかな。

まぁそういうのはこれから東都で商売をすれば分かるようになるでしょ。

「あとは市場調査かな」

この東都のどこにどんなものが売っているか、そして物価のチェックをしよう！

「それとカコお嬢様、旦那様方はお義父様お義母様と呼ばれた方がよろしいかと。カコお嬢様は侯《こう》爵《しやく》家の養子となられましたが、元庶民《しよみん》ということから侮《あなど》る者達もおります。そのような者達に侮られぬよう、言葉遣《ことばづか》いには気を付けた方が宜《よろ》しいかと」

と、マーキスが私の言葉遣い、というか呼び方に関して注意をしてくれた。

「な、成る程、確かにそうですね」

そっか、確かに周りに舐《な》められないように、私は人一倍マナーに気をつけないといけないのか。

知っていてわざとやらないのと、知らないから出来ないのじゃ全然違《ちが》うもんね。

あの織田信長も、結婚《けつこん》する時に義理の父になる斎藤道三《さいとうどうさん》と会う際には、わざとうつけ者丸出しの格好《かつこう》で美濃《みの》に出向いて、本番ではビシッとした格好で挨拶《あいさつ》をして気に入られたって話もあったくらいだし。

ちなみにお父さんと一緒《いつしよ》に見た時代劇情報なので、もしかしたら本当はちょっと違ったかもしれないけど。あれ、内容がエンタメに振《ふ》ってたしなぁ。

「メイテナお義姉ちゃ、お義姉様も凛々《りり》しい言葉遣いですしね」

「……メイテナお嬢様の場合は幼い頃《ころ》から騎士を目指した所為で、騎士団の言葉遣いに慣れてああなってしまっただけです。カコお嬢様はどうか淑女《しゆくじよ》らしく育ってくださいませ」

……あの、本家本元がそれじゃダメなのでは？

◆

なんてことがありつつも、マーキスの案内で商店街にやってきた私は、さっそく良いお店が無いかと辺りを見回す。

武具は鍛冶師《かじし》の村で散々鑑定《かんてい》したから、今日はそれ以外の品を仕入れてみようかな。

「何かいい物はないかなぁ」

その時だった。見知らぬお店の中で何かがキラリと光ったのである。

「ん？　何だろアレ？」

お店の看板を見ると……なんだろ、紫色《むらさきいろ》のついた模様？

「あれは宝石屋ですね」

「宝石屋？」

えっと、つまり指輪とか売ってる宝石店ってこと？

ああ、あれは宝石の絵だったわけね。

「あそこは装飾品《そうしょくひん》にも使えないような質の悪いクズ石を売っている店です。遠方の村から物を売りにやって来た者や旅の者が子供の土産《みやげ》に買うような店ですね」

成る程、土産物売り場に売ってるパワーストーンみたいなアレかぁ。

ふむ、しかしクズ石とな？

それはあれだよね。私のスキルと相性《あいしょう》最高のお店なのでは？

「せっかくなので入ってみましょう！」

という訳でいざ宝石屋！

◆

「うわぁ、何コレ⁉」

店内に足を踏《ふ》み入れると、そこは雑多な石で溢《あふ》れかえっていた。

テーブルの上には色とりどりで不ぞろいな形の石が雑に箱に詰《つ》められ、それでも置き場が足りないのか、床《ゆか》にも石の入った箱がいくつも並べられている。

これはうっかり足をぶつけないようにしないとね。

「いらっしゃーい。ウチは良いのが揃《そろ》ってますよぉ」

その声に視線を向ければ、店のカウンターにはお婆《ばあ》さんの姿が。

ただしその姿は優《やさ》しそうではなく、どっちかと言うと意地悪そうで胡散臭《うさんくさ》い顔つきだ。

あとすっげーやる気無さそう。

私はお婆さんから視線を戻《もど》すと、クズ石に目を向ける。

色んな色の石があるけど、黄色い石と白い石が多いかな？

ただ濁《にご》っていたり亀裂《きれつ》が入っていたりするものばかりだ。

「成る程確かにこれはクズ石だね」

しかし、これは私にとっては都合が良い。

私は考えを纏《まと》めると、お婆さんに声をかける。

「お婆さん、宝石部分の大きいクズ石を全種類50……いえ、箱一杯《いっぱい》で買いたいんですけど」

「はいは……はぁ⁉」

お婆さんは「えっ、マジッ⁉」と言わんばかりに目を大きく見開く。

「箱でくださいな」

「は、はひっ！　少々お待ちを‼　トール！　メリー！　すぐに来て手伝いな！　上得意様だよ！」

お婆さんが慌《あわ》てた様子で店の奥《おく》に声をかけると、なんだなんだと家族らしい子供達がやってくる。

そして私の姿を見たメリーと呼ばれた女の子は、私のドレスを見て「お姫様《ひめさま》だー」とはしゃぎ、トールと呼ばれた男の子は顔を真っ赤にする。

ほほう、あれかね？　私の魅力《みりょく》にメロメロですかな？

「……」

ん？　なんか視線の向きが違うような……あっ、コイツ私じゃなくティーアを見てやがる！

くっ、男は皆《みな》メイドが好きなのか！　いや私も結構好きだけどねメイドさんキャラ。

「ほらボヤボヤしてんじゃないよ！　お客様のご注文だ。全部の石を箱に詰めるんだよ！」

「「全部⁉」」

まさかの指示に二人が驚《おどろ》きの声を上げる。

「宝石部分の大きいヤツだけを入れるんだよ！　急ぎな‼」

お婆さんに急《せ》き立てられ、子供達は慌てて石を箱に詰め始めた。

「ああいけない。ど、どうぞお嬢様。こちらの椅子《いす》に座《すわ》ってお待ちくださいませ」

私が上客だと判断したお婆さんはさっきの胡散臭い笑顔《えがお》が嘘《うそ》のようにニコニコしながら椅子を持ってくる。寧《むし》ろ余計胡散臭くなってるけど。

「お召《め》し物が汚《よご》れてしまいますので、こちらをお使いくださいカコお嬢様」

ティーアはお婆さんの用意した椅子の上に地の厚い布をクッション代わりに置いてくれた。

「ありがとうティーア」

私は遠慮《えんりょ》なく椅子に座ることにする。

そうしてしばらく待つと、子供達がクズ石を箱に詰め終わる。

「お待たせしました。全部で金貨4枚になります」

金貨4枚か。

箱一つで大体100個くらいと考えて、このサイズだと地球じゃ1個500〜1000円くらいかな？

種類によって値段が変わるだろうけど、1箱5万円と考えてそれが10種類で合計50万円ってとこか。

金貨一枚が約15万円だからちょい割高かな？

まぁ土産物だしそんなものなんだろう。なんかボったくってそうなお婆さんだし。

もっともこれから私がとんでもない暴利をむさぼるんですけどね。

良いカモが来てくれたぜ！　って喜んでいるお婆さんご愁傷《しゅうしょう》さまです。

「支払《しはら》いは侯爵家に請求《せいきゅう》してください。君達、荷物を馬車に運ぶので手伝ってください」

「「は、はい！」」

お金を支払おうとしたら、突然《とつぜん》マーキスが前に出てきてそんなことを言った。

「え？　お金は自分で……」

「カコお嬢様、貴族は自分でお金を支払ったりはしません」

と耳元でティーアが小声で囁《ささや》く。

ほわぁ、耳がゾワゾワするぅ。

「で、でもこれは私の仕入れだし……」

「そちらは屋敷《やしき》に帰られてから考えればよいかと」

むう、確かに店の中で誰《だれ》が支払うとか騒《さわ》ぐのも良くないか。

しゃーない、ここは一旦《いったん》ティーアの言う通りにしよう。

馬車に荷物を積み込《こ》んだ私は、買い物を切り上げ一旦屋敷に戻ることにした。

このままじゃ全部の支払いを侯爵家がやってしまいそうだしね。

◆

とはいえ屋敷に戻るまで暇《ひま》なので、私は馬車の中でマーキスに支払いの話をすることにした。

「マーキス、さっきの買い物の代金なんですけど」

「ご自分で支払いたかった、ですか？」

なんだ、分かってんじゃん。

「そうです」

「カコお嬢様、先ほどティーアも言っていましたが、貴族令嬢は自分の手で支払いをすることはありません。どのような買い物であっても支払いは侯爵家で支払うことになります」

「でもこれは私の仕入れですよ？」

「はい。ですので、後程旦那様にお支払いされればよろしいかと」

「あっ、それでいいんだ」

「ええ。他人《ひと》の見ていないところでなら問題ありません」

成る程ねぇ、貴族のマナーってヤツか。

とはいえ何でもかんでも侯爵家が間に入ると買い物しづらいよなぁ。

合成スキルの関係上、仕入れた品と所持品の数が変わるから、何をいくつ仕入れたのか知られたくないこともあるし。

「カコお嬢様、難しく考えることはございませんよ。カコ＝マヤマ＝クシャク令嬢として買い物をする際は侯爵家に請求するように注文すれば良いだけという話です」

「令嬢として買い物をする時は？　……ああ、そういう！」

そこで私はようやくマーキスの言葉の意図を理解した。

つまり今回のように貴族令嬢として動いている時は貴族の買い物の仕方をして、本来の私として、つまりお忍《しの》びという形で買い物をする時は普通《ふつう》にお金のやり取りをすればいいよとマーキスは言っているんだ。

「何事も使い分けでございます」

「そういうことなんですね。分かりました」

「とはいえ、なるべくクシャク令嬢として買い物をした方が宜しいかと」

え？　貴族令嬢として買い物をした方がいい理由があるの？

「親娘《おやこ》の会話が増えて旦那様がお喜びになります」

もの凄《すご》くどうでもいい理由だった。

お金の問題が解決したところで私はある疑問についても聞いてみることにした。

「ところで宝石屋があるってことは、この領地って宝石の鉱山があるの？」

そう、クズ石を売るくらいに宝石があるってことは、鉱山もある筈《はず》だ。

「仰《おつしや》る通りです。どこにあるかは領主と一部の側近、そして鉱山関係者のみの秘匿事項《ひとくじこう》ですので言えませんが、このクシャク領ではオパールと水晶《すいしよう》が採掘《さいくつ》出来ます」

「おおー、オパール！」

宝石が採掘される領地かぁ。これは色々期待出来そうだよ。

それにファンタジー世界だから地球にはない宝石もあるかもしれないね！

「またこの町は主要街道《かいどう》とつながっておりますので、他の領地で採掘された宝石が流れてくることもありますよ」

「他の領地の宝石も!?」

うわー、これは他のお店も行ってみないと！

ああでも、次に行く時はお忍びで行こっと。

だって自分の目でお店を開拓《かいたく》して、自分のお金で支払いたいしね！

◆

「という訳でお待ちかねの合成タイムです！」

「頑張《がんば》るニャー」

ニャットは日当たりの良い場所に向かうと、ごろりと寝転《ねころ》ぶ。

うーん、サイズ以外どう見ても猫《ねこ》です。

まぁそれはいいや、私もやることをやらないとね。

「それじゃあまずはこの茶色っぽい石を合成しようかな。こっちの大きな石にこの小さい石を合成！」

ピカッと光って小さな石が消え、大きな石だけが残る。

石を良く見ると、さっきまであった亀裂や濁りが減っていて、色も少し明るくなった感じがする。

「これまた分かりやすく質が良くなっているね。鑑定」

『低品質のシトリン：亀裂、濁りがある質の悪いシトリン』

「あれ、トパーズじゃないんだ。黄色いからトパーズかと思ったんだけど」

まぁ宝石は宝石だし質を良くすれば売れるでしょ。

「シトリンを一括合成《いっかつ》！」

箱の中のシトリンを一括合成すると、一気に箱内部の宝石の質量が減少する。

そして残ったシトリンの一つを鑑定してみる。

『最高品質のシトリン：最高品質の純度を誇《ほこ》るシトリン。このレベルまで来ると貴石に等しい価値を持つ。また通信系、土属性の魔法《まほう》の威力《いりょく》を増幅《ぞうふく》する効果がある』

「お、おおおっ!?　魔法威力を増幅!?」

来たーっ！　来ました！　最高品質ボーナス!!

しかも通信系と土属性の魔法の威力を増幅してくれると来たもんだ!!

これなら売るときに付加価値が付くね!!

ところで通信系魔法ってなんだろ？　テレパシーみたいなのかな？

「よし、他の箱も合成してみよう！　こっちの箱の中身を一括合成！」

どうせ全部最低品質なのは分かっているので、一括合成で合成してから鑑定を行う。

『最高品質のトパーズ：最高純度のトパーズ。探査系魔法、火属性魔法の威力を増幅する効果がある』

「おおっ！　こっちも二つの属性を増幅!!」

これも凄そうな効果が付いたよ！

でもシトリンと同じ黄色い石なのに土属性じゃなくて火属性の増幅効果なんだね。

色が属性に影響《えいきょう》する訳じゃないのかな？

「こんどはこっちの透明《とうめい》な石を一括合成！　そして鑑定！」

『最高品質の水晶：最高の純度を持つ水晶。器《うつわ》として大変優《すぐ》れており、魔力を貯《た》める蓄《ちく》魔石の媒体《ばいたい》として使われる』

「蓄魔石ってなんだろ？　魔物からとれる魔石とは違うのかな？」

「蓄魔石は魔法を使う際に使う魔力を貯めておける石のことニャ」

日向《ひなた》ぼっこをしながらニャットが蓄魔石について説明してくれる。

「蓄魔石は魔力が足りなくニャッたら代わりに石の中の魔力を使うのニャ。あとは一人では使えニャい大魔法を使う際の予備魔力としても使うニャ」

成る程、電池のようなものなんだね。

中の魔力を使うあたり、魔力を回復させるマジックポーションの類とは違うみたいだ。

けど魔力電池の材料として使えるとなると色々お金になりそうな予感がするよね！

一通り合成を終えた私は、これまで得た情報を整理する。

宝石は最高品質にすると魔法の威力を増幅する効果が付くみたいだね。

そして一個ずつ合成をして確認《かくにん》してみたら、高品質の宝石から魔法増幅効果が付くようになった。

品質が低いとただの宝石みたいだ。

「高品質の宝石は魔法使いの杖《つえ》に付けて魔法の威力を増幅させるのニャ。だから魔法使いの中には杖だけがやたらと豪華《ごうか》なヤツ等《ら》も少なくニャいニャ」

服はボロで杖だけキラキラなのかぁ。

うわー、それはなんともアンバランスな……。

「でもそれなら品質の良い宝石は魔法使いに高く売れるんだね」

「魔法の威力に直結するからニャ。金に糸目を付けない連中も多いのニャ」

成る程、なら今後新しい宝石を見つけたら箱で買って合成した方が良いね！

「ただ何でも高く売れる訳じゃニャいのニャ。火属性の魔法使いに水属性の宝石は不人気ニャ。あと需要《じゅよう》の少ニャい魔法の増幅効果のある宝石も売れニャいのニャ。蓄魔石として使える水晶は安定した需要を誇るのニャ」

成る程、その辺りは武器と同じで需要に差があるんだね。

そして皆が欲《ほ》しがる蓄魔石の材料である水晶は常に需要があると。

「となると水晶をメインに他の宝石も確保する感じが一番安定した売り上げを期待出来そうだね」

これは良い飯の種になる予感がしてきましたよ！

よし！　水晶君、我《わ》がマヤマ商店（仮）の主力商品は君に決まりだ！

第11話　宝石合成とハンバーガーランチ

クズ石を大量合成した結果、宝石が高品質になると魔法《まほう》の威力《いりょく》を増幅《ぞうふく》する効果を発揮することが分かった。

そして水晶《すいしょう》は魔力を貯《た》める蓄《ちく》魔石の原料になるということ。

「そうなると次に試《ため》したいのは宝石と他のアイテムの合成かな」

手持ちで使えそうなのは鍛冶《かじ》師の村で買った武具くらいかぁ。

他にも色々合成してみたいなぁ。

「とりあえず手ごろな剣《けん》に合成してみようかな。合成」

私は最高品質の剣に最高品質のシトリンを合成してみる。

ピカッと光った後に残った剣は一見変わっていないように見えたけど、よく見ると柄頭《つかがしら》の部分にシトリンが嵌《は》まっている。

「んー、成功したのかな？　鑑定《かんてい》」

『最高品質の剣（土属性、通信系魔法の発動体）：最高品質の剣。魔法の発動体としても使える。最高純度のシトリンが組み込《こ》まれており、土属性、通信系魔法を使う際には魔法の威力が増幅される』

んん？　発動体？

「ニャットー、魔法の発動体ってなにー？」

分からないことはニャット先生に教えてもらおう。

「発動体は魔法を使うために必要なアイテムのことだニャ。それがあると魔法を発動させ易《やす》くなるのニャ。戦闘《せんとう》中に魔法が発動するまでの時間は短い方が良いのニャ。魔法の威力や命中精度も上がるし、何より消費魔力も僅《わず》かだけど少なくなるのニャ」

「へぇー、それじゃあ魔法使いには必須《ひっす》なんだね」

「熟練者になれば杖《つえ》が無くても魔法を使えるようになるのニャ。けどあった方が確実で便利だニャ」

成る程《ほど》、道具に宝石を合成すると魔法の発動体になるんだね。

武器であり魔法の杖でもある装備、なかなか燃える設定だよね！

「これは私の短剣にも合成するべきだよね！」

そう、いつか私が魔法を使えるようになった時の為《ため》に！

「あっ、でもこの剣みたいに宝石が付くと明らかに形が変わっちゃうから、トラントの町で買った予備のミスリルの剣に付けよっと」

私は合成実験用に残しておいた予備のミスリルの短剣を取り出すと、今度はトパーズと合成する。

「合成！　そして鑑定！」

『ミスリルの短剣（火属性、探査系魔法の発動体）：ミスリルの短剣。魔法の発動体としても使える。最高純度のトパーズが組み込まれており、探査系魔法、火属性魔法の威力を増幅する効果がある』

「よし成功!!」

これで短剣で戦いながら魔法も使えるようになったよ！　まぁ、まだ魔法は使えないけど。

ふっふっふっ、ミスリルが放つ紫《むらさきいろ》色の輝《かがや》きに加え、トパーズの黄色い輝きが加わったこの剣の美しさを見よ！

「うーん、もはや芸術品の一種では？」

こうなると他の宝石も合成出来るのか試してみたくなるよね。

いきなりミスリルの短剣に使うのは怖《こわ》いから、シトリンを合成した剣で実験しよう。

「この剣にトパーズを合成！　そして鑑定！」

『最高品質の剣（火、土属性、探査、通信系魔法の発動体）：最高品質の剣。魔法の発動体としても使える。最高純度のトパーズとシトリンが組み込まれており、火属性、土属性、探査系、通信系魔法を使う際には魔法の威力が増幅される』

「おおーっ！　出来た出来た！」

よかったー、別の属性の宝石を合成しても特に問題は起きないみたいだね。

じゃあ次は水晶かな。

「この剣に水晶を合成！　そして鑑定！」

『最高品質の剣（火、土属性、探査、通信系魔法の発動体）：最高品質の剣。魔法の発動体としても使える。最高純度のトパーズとシトリンが組み込まれており、火属性、土属性、探査系、通信系魔法を使う際には魔法の威力が増幅される。水晶を装飾《そうしょく》として使っている』

「ありゃりゃ、特に何も起きないのかぁ」

どうやら水晶は蓄魔石にしないと意味はないみたいだね。

生産系ゲームで言う中間素材みたいな感じなのかな？

それじゃあ次は……と思ったその時だった。

『合成スキルが成長しました。複数合成が解放されました』

「おっ⁉」

久しぶりにアナウンス来た⁉

「どうしたニャ？」

「なんかスキルが成長したみたい。複数合成ってのが使えるようになったよ」

「どんなスキルだニャ？」

「えっとね……」

私は目の前に現れたポップアップウインドウの中の説明文を確認《かくにん》する。

『複数合成：素体となるアイテムに同時に複数のアイテムを合成出来る』

「どうやら合成する時に複数のアイテムを同時に選択《せんたく》出来るみたい。一回ずつ今度はこれ、その次はこれをってやらなくてよくなったみたいだね」

でも突然《とつぜん》スキルが成長したのはなんでだろう？　何か解放条件があるのかな？

剣（武器）に別種のアイテムである宝石を複数種類合成したから？

それともこれまでに合成してきた素材の種類が一定数を超《こ》えたから？

うーん、スキルの成長は条件が分からないから、何をすれば成長するか検証しにくいんだよね。

「案外時間経過が鍵《かぎ》だったりね」

とはいえ、答えが出ないことを考えてもしょうがないか。

「色々試してみようか。まずは複数合成のテストから！　槍《やり》にトパーズとシトリンと水晶を合成！」

一気に四つの素材を合成だ！

光が止《や》むと、槍の棒部分に黄色と茶色と透明《とうめい》な輝きの石が組み込まれる。

「それじゃ鑑定！」

『最高品質の槍（火、土属性、探査、通信系魔法の発動体）：最高品質の槍。魔法の発動体としても使える。最高純度のトパーズとシトリンが組み込まれており、火属性、土属性、探査系、通信系魔法を使う際には魔法の威力が増幅される。水晶を装飾として使っている』

成る程、剣の合成結果と同じだね。

合成の検証をする時には使えないけど、普通《ふつう》に複数纏《まと》めて合成をする時には便利そうだね。

「これ、複数合成と一括《いっかつ》合成は出来るのかな？　ちょっとやってみよ」

私は新しい剣を複数取り出すと、同じようにトパーズとシトリンと水晶も複数取り出す。

「剣にトパーズとシトリンと水晶を一括複数合成‼」

どうかな？　と見ていると、いつも通りに素材がピカッと光る。

そして光が止んだ後には剣とトパーズとシトリンと水晶が残っていた。

「ありゃりゃ、だめだったか」

一括合成でも複数合成でもなく、何も起きないんだ。

まぁ失敗で素材が無駄《むだ》になるよりはマシかぁ。

「これは複数の機能を一度に全部使えないのかな？　それとも今の私ではまだ出来ないってことなのかな？」

分かったのは出来なかったということのみ。

今後出来るようになるのかはスキルの成長を待つしかないね。

「ふー、疲《つか》れた」

合成の検証はこの辺でやめとこう。これ以上は素材が足りないし。

「さて、これからどうしようか」

今日は朝から出かけていたから、そんなに時間が経《た》ってないんだよね。移動も馬車だったし。

うーん、また外に出かけようかな？　今度はお忍《しの》びで。

まだまだ東都の中を全然見てないしね。よーし、それじゃあ出かけ……。

「ぐぅ～～～」

と思ったら突然部屋の中に音が響《ひび》いた。

「腹が減ったニャ」

どうやらニャットのお腹《なか》の音だったみたいだ。

「じゃあお昼ご飯を先にしようか。えっと、ティーアに頼《たの》めば作ってもらえるのかな？」

とりあえず部屋の外に出て誰《だれ》か探そう。

「いや、カコの作ったのが良いニャ」

「え？　私の？」

まさかのリクエストにちょっと驚《おどろ》く。

「でもここの料理人は貴族のお抱《かか》えだよ？　絶対私よりも美味《おい》しい物作ってくれるよ？」

けれどニャットはいーやと首を振《ふ》る。

「貴族の料理は食べにくいのニャ。それに間違《まちが》いなくカコの料理の方が美味《うま》いのニャ」

イヤ、マジで私の料理の腕《うで》は普通だぞ？　単に物珍《ものめずら》しさと合成スキルで食材を最高品質にしてるからだよ？

「契約《けいやく》を履行《りこう》するのニャ」

うぐっ、そう言われると弱ぃ。

ニャットとの護衛契約は私がご飯を作ることだからなぁ。

後で町に出る為にもニャットのご機嫌《きげん》を損《そこ》ねる訳にはいかない。

「分かった。厨房《ちゆうぼう》を使わせてもらえたら作ってあげる」

「決まりニャ！　メイドくるのニャー！」

立ち上がったニャットがピョーンと飛び跳《は》ねると、テーブルの上に綺麗《きれい》に着地する。

そして上に置かれていたハンドベルをカランカランと鳴らす。

すると数秒と経たずにドアがノックされる音が響いた。

「ど、どうぞ」

「失礼いたします、カコお嬢様《じようさま》。いかなるご用件でございますか？」

「カコを厨房に連れていってほしいのニャ！」

「カコお嬢様をですか？　食堂ではなく厨房に？」

ニャットの要求を聞いたティーアは不思議そうに首を傾《かし》げる。

「そうニャ。カコの料理を食べるのニャ！」

「カコお嬢様がお料理を⁉」

私が料理を作ると聞いてティーアが驚きの顔になる。

「お嬢様がお手を煩《わずら》わせることなどありません。当家の料理人達が最高の食事を提供いたします」

まぁそういう反応になるよね。

けれどニャットはそれを良しとしなかった。

「それはダメニャ。カコがニャーに料理を作ることが護衛の契約内容だニャ」

「ですが……」

主《あるじ》が使用人である自分を使わず、自ら家事をしようとしていることにティーアは強い抵抗《ていこう》を見せる。

まぁお手伝いさんを雇《やと》ったのになにもさせず、何でも自分でやったら雇った意味ないもんね。

とはいえ、これは私も納得《なっとく》して受けた契約だ。それをたがえる訳にはいかないだろう。

「ティーア、これは私とニャットの約束だから」

「カコお嬢様……」

ティーアはまだ逡巡《しゅんじゅん》する様子を見せたものの、最後には分かりましたと諦《あきら》めて肩《かた》を落とした。

そうしてようやく厨房へやって来ると、何人もの料理人達が忙《いそが》しそうに働いていた。

「ん？　ティーアちゃんじゃねぇか。どうしたんだ？」

料理人の一人が私達に気付いて声をかけてくる。

「ザックさん、カコお嬢様に厨房を使わせてほしいのですが」

「はぁ!?」

ティーアの頼みごとにザックと呼ばれた料理人が困惑《こんわく》の声をあげる。

「ティーアちゃんよう、さすがにそれは無理な注文だぜ」

ザックさんは私をちらりと一瞥《いちべつ》する。

「厨房は子供が思うよりもずっと危険なんだ。刃物《はもの》を扱《あつか》うし火だって扱う。遊び気分で近づいたら大怪我《おおけが》の元だ」

「だっ……んんっ！」

おっといけないいけない。今の私は本物の子供になってしまっているんだった。

だが落ち着け。私の中身は大人、大人の女なのですよ。

だから子供扱いされても怒《おこ》ったりしない。

「ニャーとの契約なのニャ」

さてどう説得したものかと考えようとしたら、ニャットが動いた。

「契約？」

「そうニャ。ニャーはカコに料理を作ってもらう代わりに護衛をする契約を結んでいるのニャ」

「なんだその妙《みょう》な契約は？」

うん、反論の余地が無いツッコミだ。

そもそもお金の問題はもう解決している訳だから、金銭での報酬《ほうしゅう》にしても良いんだけどね。

「カコの料理は美味いニャ。この町に来るまでカコの料理を食べてきたニャーが保証するのニャ」

「ほう、そっちのお嬢ちゃんは本当に料理を作れるのか」

ニャットの説明で私が料理を作れると分かったザックさんだけど、まだ疑いの眼差《まなざ》しは完全に消えていない。

「ザックさん、カコお嬢様は旦那《だんな》様のご令嬢ですよ」

「は？　旦那様の？」

「昨日説明したじゃないですか。新しく養子を迎《むか》えられると」

「まさか、それがこの嬢ちゃ……お嬢……様？」

ザックさんが恐《おそ》る恐る私の方を見てくる。

「初めまして。カコ＝マヤマ＝クシャクです」

マンガで覚えたうろ覚えの知識でスカートをつまんで軽く頭を下げる。

確かカーテシーだっけ？

「す、すみませんでしたーっ‼」

などという一幕がありながらも、私は厨房を使わせてもらえることになった。

「お嬢様、こちらのエプロンをどうぞ」

「ありがとう、ティーア」

どこからかエプロンを持ってきたティーアがいそいそと私に着用する。

うわぁ、めっちゃフリフリのエプロンだぁ。

子供の体じゃなかったらメチャクチャ痛かっただろうなぁコレ。

いや、大丈夫《だいじょうぶ》。今の私は立派な異世界美少女！　フリフリエプロンも似合っている筈《はず》！

はい、自己肯定完了《こうていかんりょう》！　料理を始めるよ‼

ところで私が料理をする予定はなかった筈なのに、何でこんなエプロンがあるの？

「さて、それじゃあ何を作ろうかな」

ニャットもお腹が空《す》いているだろうから、あんまり手間をかけた料理は止めた方が良いかな。

私もさっさと食べたいし。

「ニャットと言えばお肉だよね」

ニャットは野菜はいらないから肉が食べたいというくらいだし、肉料理が良いだろう。

「でも簡単な肉料理って言うとステーキとかだけど、それは普通に食べれるしなぁ。分かりやすい肉料理はそれなりに手間がかかっちゃうし」

あとこの世界の調味料とかまだ把握《はあく》しきってないしね。

簡単に作れて美味しいお肉料理か……。

「もうハンバーガーで良いかなぁ」

何となく、お昼に食べる簡単な肉料理と言ったらハンバーガーが思い浮《う》かんだ。

だってほら、アレ食べるの楽だし。

あっ、そんなことを考えてたら口の中が完全にハンバーガーになってしまった。

うん、ジャンクフードが食べたい。

「えっと、バンズはないからこのコッペパンみたいなの使うか。あとは油を熱して……」

「カコお嬢様、危険なので油は俺《おれ》がやります」

フライドポテトの為に油を火にかけようとしたら、ザックさんが自分に任せてくれとやってくる。

まぁ確かに子供の体で油を使うのは危険かもしれないね。

「分かりました。では油の扱いはお任せします」

「任せてください！」

私は過去に食べたジャガイモっぽい芋《いも》を見繕《みつくろ》うと、皮をむいて細長く切る。

「油を十分に熱したら、このお芋を入れてこんがりキツネ色になるまで揚《あ》げてください」

って異世界でキツネ色って通じるのかな？

「任せてください！」

あっ、通じた。

どうやらこっちの世界にもキツネが居るのか、女神様《めがみさま》から貰《もら》った異世界会話能力が良い感じに翻訳《ほんやく》するかしてくれたんだろう。

あとはメインのハンバーグなんだけど、これも作るのが手間なので代わりに普通のお肉で代用。

まずは食べやすさ優先で筋を切ってパンに挟《はさ》める形にカットする。

あと薄《うす》切りにして早く熱が通り、味も染《し》みやすくなるようにしよう。

でもただ焼くだけじゃ芸がないから、調味料で工夫《くふう》っと。

「あの、料理用のお酒ってありますか？」

「料理用か？　いえ、ですか？」

料理長が、慌《あわ》てて言葉遣《ことばづか》いを正す。別にそのままでも良かったのに、あっ、駄目《だめ》だ。ティーアが料理長を怖い笑顔《えがお》で見つめてる。

「そうだ……ですね。これなんかどうでしょう？」

料理長が取りだしたのは、薄《うす》く白っぽい色のついた透明な液体だった。

「どれどれ」

少量スプーンで掬《すく》って舐《な》めてみると、みりんに似た味がする。

「良いですね。これを砂糖と一緒《いっしょ》に味噌《みそ》に混ぜて……」

流石侯爵家《さすがこうしゃく》、みりんだけじゃなく砂糖もちゃんとあった。

よーし、これでちゃんとした甘《あま》味噌が出来るぞー！

私は味噌に砂糖とみりんを混ぜて甘味噌もどきを作ると、それに肉を浸《ひた》す。

ちなみに甘味噌って意外と砂糖の量が多いのよ。

大体使用する味噌の6～7割相当の砂糖を投入する必要があるので、炭酸飲料に使われている角砂糖の量を見る気分です。

だ、大丈夫、しょっぱさで甘さを相殺《そうさい》すれば実質ゼロ糖分……にはならんな。

「何だこりゃ？　見たことない調味料だな」

「味噌っていうんですよ」

「へぇ、こんな調味料があるのか。珍しいな……ですね」

肉を漬《つ》けている間に野菜を準備だ。

さすがに異世界で生野菜は怖いので、軽く湯に潜《くぐ》らせて熱湯消毒することにしよう。

更《さら》にお湯が沸騰《ふっとう》する鍋《なべ》にレタスっぽい葉野菜を軽く潜らせたら、水気をきって皿に置いておく。

そしてフライパンに十分火が通ったら味噌の中からお肉を取りだして投入。

更にいくつかの乾燥《かんそう》させてあった香草《こうそう》を混ぜ、すり潰《つぶ》して粉末状にしたものをお肉に振りかける。

そうしてお肉が焼けたら過剰《かじょう》な油を落として温野菜で包みこみ、半分に切ったコッペパンもどきに挟んで完成。

「お嬢様、芋が良い感じに揚がりましたよ」

「ありがとうございます」

私は少し大きめの皿にバーガーとポテトを載《の》せ、炭酸飲料の代わりに果実水を用意する。

「完成！　なんちゃって味噌ステーキバーガーセットだよ！」

「食べるのニャ！」

待ってましたとばかりにニャットがバーガーをほおばる。

「……」

ど、どうかな？　今回は人が居るから合成スキルで品質を上げることが出来なかったんだけど……。

「う……」

「う？」

「美味いニャアァァァァァァ!!」

「「「おおーっ」」」

大喜びでなんちゃって味噌ステーキバーガーを食べるニャットを料理人達が興味深そうに見つめている。

「一見するとただ単にパンに肉を挟んだだけだが、あれには意味があるのか？」

「フォークやスプーンを使わないから、外で買い食いすることの多い冒険者《ぼうけんしゃ》は嬉《うれ》しいんじゃないか？」

「温野菜も挟んでいるから、栄養価も悪くないな」

ごめんなさい、栄養価に関してはめっちゃ雑に作ってます。

「パンに挟まれた肉が甘じょっぱくて美味いのニャ!!　香草も良い感じにピリピリしてて、甘いだけじゃニャいのがまた良いのニャ!!　肉を薄く切って味を染み込ませつつ、重ねることで分厚い肉の代わりにしてあるのも面白《おもしろ》いのニャ！　対して芋は塩を振りかけただけのシンプルニャものニャけど、肉の味が複雑な分、このシンプルさが良いのニャ！」

おお、意外にもニャットはなんちゃって味噌ステーキバーガーを気に入ってくれたみたいだ。

さて、それじゃあ私も自分の分を作っ……。

「まぁ！　これをカコちゃんが作ったの⁉」

作って食べようと思っていたら、聞き覚えのある声が厨房に響く。

「うわぁ⁉　お義母様《かあさま》⁉」

気が付けばお義母様の姿がそこにあった。

何でお義母様がここに⁉

「「「お、奥様《おくさま》⁉」」」

「カコちゃん、私も娘《むすめ》の手料理を食べたいわぁ」

食べたいわぁと言いながらすでに着席しているお義母様。

これはもう作ること確定してるやつですね。

「……分かりました。人数分作りますので少し待っていてください」

「ニャーの分もおかわりニャ！」

「はいはーい！」

こうなったら一人分も二人分も同じだ。

厨房の料理人とティーアの分も作ってやらぁ！

さっきから食べたそうにしてたの分かってんだぞー！

こうして、私が自分の分のハンバーガーセットを食べることが出来たのは、皆《みな》の食事が終わりかけてからになるのだった……。

第12話　ドレスを作ろう

さて、お昼ご飯も食べ終わったし、今度こそ町に繰《く》り出そうかな！

「とっても美味《おい》しかったわぁ。お肉と野菜をパンにはさんだだけなのに、何であんなに美味しいのかしら？」

私が立ち上がろうとしたその時、食後のお茶を堪能《たんのう》していたお義母様《かあさま》がそんなことを呟《つぶや》いた。

「ああ、それはパンが余分な脂《あぶら》を吸い取ってくれるからですよ」

「まぁ、それだけであんなに美味しくなるのね」

この世界ハンバーガーとか無いのかなって思ったけど、よく考えるとお義母様はガチの上流階級の人間だ。

たとえあったとしてもジャンクフードなんて食べる機会はないだろうね。

それにハンバーガーやサンドイッチは手軽に手を汚《よご》さず食べる為《ため》の料理だし、平民ならともかくある程度格の高い貴族が日常的にそんなマナーの悪い食べ物を食べたがるとは思えない。

今日みたいにたまになら面白《おもしろ》がるだろうけど。

「カコちゃんはとっても物知りなのね。私のお友達《ともだち》にもぜひ紹介《しょうかい》したいわ」

「いえいえ、大したことは知りませんよ」

それは本当だ。だって私には地球の学者や技術者が持つ専門知識なんてないんだから。

あくまで庶民《しょみん》の知識だからね。

「謙遜《けんそん》しちゃって。でも紹介したいのは本当だから……」

と、そこで私の両腕《りょううで》がガシッと掴《つか》まれる。

「え？」

左右を見れば、そこには私の腕を掴むメイド達の姿が。

「ドレスを作りましょうか」

「はい？」

スッと椅子《いす》が引かれるとともにメイド達が私の体を支えて立ち上がらせる。

「では行きましょう」

そして同じように立ち上がったお義母様の後を追うようにメイド達が私を連行してゆく。

「え？　え？　え？」

待って、何が起こってるの？　行くってどこに？

「メイテナちゃんのドレスも可愛《かわい》らしいけれど、色合いやデザインがメイテナちゃんに合わせてあるのよね。だからやっぱりカコちゃん専用に作ったドレスが必要だと思うのよ」

「は、はぁ……」

え？　何でドレスを作る流れになってるんです？

「ここよ～」

ドアの前に待機していたメイドが扉《とびら》を開けると、私の体が吸い込まれるように連れ込《こ》まれる。

「申し訳ございません。これから採寸を行いますので、ニャット様は入室をお控《ひか》えください」

後ろからメイドがニャットの立ち入りを禁止する声が聞こえてくる。

いや待って、この状況《じょうきょう》で私を一人にしないで！

「分かったニャ、ニャーは寝心地《ねごこち》のいい場所で昼寝をすることにするのニャ」

待って、置いて行かないでニャット‼

「頑張《がんば》るのニャー。人間は自前の毛皮が無くて大変ニャのニャ」

う、裏切り者ぉー！

そして無慈悲《むじひ》にも扉はパタンと閉じられた。

「お待ちしておりました。奥様《おくさま》、カコお嬢様《じょうさま》」

視線を戻《もど》せば、部屋の中には見知らぬ女性と数人のメイド達の姿があった。

メイド達はそれぞれがメジャーやらの服飾《ふくしょく》の道具らしきものを準備し構えている。

いや構える必要ある？

「ではお願いね、ランプルーヒ夫人」

「お任せください。では測定開始！」

「「「「はい、マム！」」」」

「え？　何？　なんぞ？」

ランプルーヒ夫人と呼ばれた女性が号令を発すると、一糸乱れぬ動きでメイド達が近づいてくる。

いや怖《こわ》い、これ超《ちょう》怖い。何でこんなに動きが揃《そろ》ってるのこの人達⁉

そしてメイド達は私のドレスを凄《すさ》まじい手際《てぎわ》で剥《む》いていき、あっという間に下着姿にされてしまったのだった。

「ではサイズを測らせていただきますねぇ～。あらー、綺麗《きれい》なお肌《はだ》。それに髪《かみ》の毛も黒曜石かナイトクロウの羽のようにツヤツヤ！　お手入れ無しでこの張りは若さだわぁ」

ランプルーヒ夫人と呼ばれた女性が私の肌にメジャーを当てるんだけど、その際の手の動きがなんか怖い怖い怖い！　どさくさに紛《まぎ》れて撫《な》でる必要はないですよね！

「カコお嬢様はメイテナお嬢様とは違《ちが》う意味でドレスの作り甲斐《がい》がありますねぇ」

「そ、そうなんですか？」

「ええ。メイテナお嬢様は愛らしさよりも凛々《りり》しさが際立つお方でしたので、ドレスも普通《ふつう》の令嬢とは違うデザインにする必要がありました。その所為《せい》か殿方《とのがた》よりも令嬢に人気がありましたね」

ああ、トレジャーでマウンドな男装役者さんみたいなアレだね。それとも聖母様が見たお姉様の方かな？

「はい、お疲《つか》れ様です。サイズの計測は終わりました」

ようやく解放された私にまたメイドさん達がドレスを着せてゆく。

「カコお嬢様のドレスのデザインですが、お嬢様に似合うふわりと花が舞《ま》うような膨《ふく》らみのあるスカートなどどうでしょう？」

そう言いながらランプルーヒ夫人は私らしき女の子がふわりとしたドレスを着た絵を描《か》いてゆく。

うわぁ、ざっくりとしたラフだけどちゃんと私と分かるあたり、この人絵が上手《うま》いわ。

それにドレスのデザインが可愛い！

「……去年の年末のパーティでコーデリア夫人の長女が着たドレスに似ているわね。もう少しデザインの印象を変えられないかしら？」

しかしお義母様は気に入らないのかリテイクを要求する。

「あら、そうですわね。失礼しました。カコお嬢様に似合うデザインばかり考えてしまいました」

「良いのよ、それが貴女《あなた》の良いところなのだから」

コーデリア夫人？　その人も貴族っぽいけど、その人の子供が着た服と同じやつじゃダメなの？

「カコお嬢様、コーデリア夫人は奥様とあまり仲の良くない派閥《はばつ》の方なのです。その方のご令嬢と同じデザインラインのドレスを着たとなると、カコお嬢様はコーデリア夫人のご令嬢の後追いをしたとして、下に見られてしまうのです」

「な、成る程《ほど》、そういうことなんだ……」

お義母様達がデザインに熱中している隙《すき》に、ティーアがコーデリア夫人について教えてくれた。

いわゆる派閥間の争いってヤツかー。

でもドレスのデザインで格上とか格下とか出来ちゃうのは面倒《めんどう》だねぇ。

皆《みな》好きなデザインの服を自由に着られたら良いのにね。

◆

「お疲れ様、カコちゃん」

結局採寸で体力を使い果たしてしまった私は、午後の予定を翌日に回して、お義母様とプチお茶会をしていた。

ちなみにランプルーヒ夫人は創作意欲が湧《わ》いたとウッキウキで帰っていった。

うーん、パワフルな人だったよ。

「でもドレスなんて作っても着る機会なんてないですよ」

いやホント、養子の私がパーティに出ても意味ないだろうしさ。

あとアレを普段使《ふだんづか》いのドレスにする勇気は私にはない。

「そんなことないわよ」

けれどお義母様は意味ありげな笑《え》みを浮《う》かべる。

「今度とある貴族が開催《かいさい》するパーティがあるんだけど、もしかしたらそこでカコちゃんの探しているモノが見つかるかもしれないのよ」

「え⁉」

それってもしかして、シェイラさん達の盗《ぬす》まれた武具のこと⁉

「詳《くわ》しくはメイテナちゃんに聞いてね」

「メイテナお義姉様《ねえさま》に？」

「という訳で後はよろしくねメイテナちゃん」

「え？」

お義母様の視線を追うと、部屋の入り口にメイテナお義姉様の姿があった。

「メイテナお義姉様⁉」

え⁉　いつの間に⁉

「もう、ランプルーヒ夫人が帰ってから来るんだもの。もっと早く来てくれたらメイテナちゃんのドレスも作ってもらったのに」

「い、いえ、その必要はありません」

ああ、成る程。ドレスを作るのが面倒で入ってくるタイミングを図《はか》ってたんだな。

おのれお義姉様！　私を見殺しにしたな！　っていうか完全に囮《おとり》として利用された感じじゃん！

この貸しは大きいぞー！

「あー。ともかくだな。父上と合同で調査した結果、ある貴族がパーティを行うという情報が手に入ったのだ」

「貴族のパーティですか？」

それが何で盗品《とうひん》に関係してるんだろう？

「その貴族はある品の蒐集家《しゅうしゅうか》でな。珍《めずら》しい物が手に入るとパーティで自慢《じまん》するのだという話だ」

「蒐集家って何の蒐集家なんですか？」

「武具だ。オグラーン伯爵《はくしゃく》は武具のコレクターなのだ」

「武具のコレクター⁉」

「うむ、オグラーン伯爵は騎士《きし》に憧《あこが》れていたそうだが、才能の問題で騎士にはなれず、その代わりとばかりに武具の蒐集に力を入れるようになったと聞く」

何とまぁ。つまり才能が無くて騎士になれなかったことを諦《あきら》めきれず、その代わりとして珍しい武器を集めて欲求を満たそうとしていると。いわゆる代償行為《だいしょうこうい》ってやつかな？

……と言うかですね。

「すごいです！　もうそこまで情報が集まるなんて！」

「そうよ～。貴女達のお父様が頑張って情報を集めてくれたのよ。オグラーン伯爵が蒐集品を自慢する時は、同好の士だけで集まるパーティしか開催しないから情報を集めるのは大変だったそうよ」

「お義父様《とうさま》が⁉」

なんと！　私が養子になってからまだ一日しか経《た》っていないのにもうそこまで調べてくれたの⁉

「もともとキマリク盗賊団《とうぞくだん》と村の盗難事件の件は父上にあらかじめ連絡《れんらく》を入れておいたのだ。そして私達が来る前から調べてくれていたのだ」

「そうだったんですか！」

「まぁ父上としては以前からマークしていた相手の一人だったようでな、情報を集めるのは容易だったらしい」

これはビックリ。正直仕事の合間に余裕《よゆう》があったら調べる程度だと思っていたよ。

「キマリク盗賊団の被害《ひがい》は我々の予想以上に深刻になっていたらしくてな。東部の顔役である父上のとりなしでこの件に限り日頃《ひごろ》のしがらみを越《こ》えて協力することにしたそうだ。まぁ被害に遭《あ》った領主達も、いい加減対応が追い付かなくて頭を抱《かか》えていたみたいだから、寧《むし》ろ願ったり叶《かな》ったりの提案だっただろうな」

おお、貴族達による被害者の会ネットワークは凄《すご》いな。

それだけ日頃の縄張《なわば》り意識を棚上《たなあ》げしてでも退治したいってことだね。

「つまりキマリク盗賊団はやり過ぎたということだ」

「後でお父様にお礼を言っておくのですよ」

「はい！」

「正直なところ、私だけで調べたかったのだがな」

と、メイテナお義姉様はちょっぴり悔《くや》しそうに言う。

でも本当に感謝の言葉もないよ！

まさか関係者以外立ち入り禁止な身内パーティの情報を集めてきてくれるなんて！

貴族の養子にならなかったら絶対手に入らなかった情報だよ！

「ただ一つ問題があるのだ」

だけど、そこでメイテナお義姉様の顔が曇《くも》る。

「問題ですか？」

「ああ、実はオグラーン伯爵のパーティは同好の士でないと参加資格が無いのだ」

「同好の士ですか⁉」

「うむ、珍しい武器の蒐集家で、しかもそれなりに知識もないといけないとか」

おおう、これはまた厄介《やっかい》な。せっかく問題が解決するかと思ったらまた問題発生かぁ。

コレクター仲間しか入れないとなると、単純にコネで参加するのは難しいよねぇ。

貴重な武器かぁ。貴重と言うからにはただ品質が高いだけじゃなくて、珍しい性能も無いとねぇ。

例えば魔法《まほう》が使える武器……ん？　魔法？

「あの、メイテナお義姉様」

「なんだカコ？」

私はふと思い浮かんだ考えをメイテナお義姉様に告げる。

「それ、もしかしたら何とかなるかもしれません」

「何⁉　本当か⁉」

うん、アレを使えばその問題、解決出来るかもしれない！

第13話　マジックアイテムを探そう

「成る程《ほど》、これを使ってオグラーン伯爵《はくしゃく》の興味を誘《さそ》うか」

お義父様《とうさま》が私の合成剣《けん》を見つめながら、そう呟《つぶや》いた。

メイテナお義姉様《ねえさま》からオグラーン伯爵の話を聞いた私は、ある作戦を思いついた。

それは私が合成で作り上げた凄《すご》い剣を餌《えさ》にしてオグラーン伯爵を誘い出そうというものだ。

「非常に良く出来た剣だ。そして魔法《まほう》の発動体となる最高品質の宝石が2種類も組み込《こ》まれ、更《さら》に装飾《そうしょく》としてはめ込まれている水晶《すいしょう》も最高級の品。素晴《すば》らしい逸品《いっぴん》だ」

お義父様は私の剣にため息を漏《も》らしながらも様々な角度から眺《なが》めている。

「これ程の品はめったに見つからないだろう。蒐集家《しゅうしゅうか》達《たち》もこれを見れば絶賛するのは間違《まちが》いない」

「じゃあ！」

「だが駄目《だめ》だ」

ベタ褒《ぼ》めだったにも拘《かかわ》らず、お義父様はこれでは駄目だと首を横に振《ふ》る。

「駄目……なんですか？」

何で⁉　最高品質の剣だよ⁉　宝石だって最高品質なのに⁉

「長期的な目で見れば、これでも十分オグラーン伯爵の目に留まるだろう。だが今回はパーティまでの期間が短い。噂《うわさ》がすぐに広まって、彼《かれ》が無理を言ってでも誘いたいと思わせるような特別な品でないとね」

くっ、そういうことかぁ。時間をかければ良いコレクションを持っている人だと自然に話題になるけど、今は情報が広まるまで待つ時間が無いと。

「でもこれ以上の品となると、どんな物なら興味を持ってくれるんでしょう」

それこそ伝説の聖剣でも用意しないとダメってこと？

「そうだね。武器自体の出来は私も見たことが無い程の出来だ。となれば後は素材と……」

「素材と？」

素材ということはミスリルみたいなレア素材ってことだよね。あとは何が必要なんだろう？

「マジックアイテムであることかな」

「マジックアイテム……ですか？」

マジックアイテムと言えば、メイテナお義姉様から貰《もら》った短剣みたいに魔法が込められた道具のことだよね。

そしてミスリル製の道具には錬金術師《れんきんじゅつし》が魔法を込めてマジックアイテムに出来る筈《はず》。

つまり錬金術師を探さないといけないってことかな？

「それも古代遺跡《いせき》で発掘《はっくつ》されるような強力な力を持った古代マジックアイテムが必要だろうね」

「古代遺跡で発掘されるような強力なマジックアイテム……」

錬金術師に魔法を込めてもらう品じゃなくて遺跡で発掘されるアイテムでないといけないのは何でだろう？

普通《ふつう》に考えると使いたい魔法を込めてもらう方が便利だと思うんだけど。

「とはいえ、それ程の品となるとそう簡単には手に入らないものだ。パーティは諦《あきら》めて別の方法で近づくしかないだろうね」

いや、それだと盗品《とうひん》の行方《ゆくえ》がどうなるか分からない。

パーティまではコレクター仲間に自慢《じまん》するために手元に置いておく可能性が高いけど、それが終わったらどこかに仕舞《しま》い込んでしまい、見つけるのが困難になる可能性があるからだ。

「いえ、用意してみせます」

だから盗《ぬす》まれた品かどうか確実に確認《かくにん》出来るパーティに間に合わせる必要がある。

「何？」

「私の伝手《つて》で古代マジックアイテムの武器を用意してみせます」

「カコ、高性能な古代マジックアイテムはそう簡単に手に入るものではないのだよ？」

お義父様は少し困ったような顔で私に語りかける。

これ、聞き分けのない子供だと思われてるんだろうなぁ……いや、子供じゃないよ！

でもこっちも決めてるんだ。

シエイラさんが頑張《がんば》って作り上げた作品を奪《うば》い返すって！

「大丈夫《だいじょうぶ》です。私の伝手なら何とかなります」

「ふむ……分かった。だが無理をしてはいけないよ」

お義父様は肩《かた》を竦《すく》めて小さくため息を吐《つ》くと、優《やさ》しい笑《え》みを浮《う》かべながら、約束出来るね？　と語り掛《か》けてきた。

「はい‼」

よーし、何とかしてみせるぞー！

◆

「という訳でマジックアイテムを見に来た訳だけど……」

私達は町にあるマジックアイテムを取り扱《あつか》う店にやって来た。

目的はマジックアイテムの相場チェックと、合成に使える素材を探すためだ。

「お客様、こちらが当店の自慢のマジックアイテムとなります。性能は刀身に炎《ほのお》を纏《まと》い、魔力を込めれば攻撃《こうげき》魔法として放つことが出来ます」

そう言って店員は持ってきた剣のマジックアイテムの説明を始める。

「なかなか良い品ですね。こちらの品のお値段はおいくらなのですか？」

ぶっちゃけ炎の剣とか普通過ぎて地味だよね。

普通にこれを買ってもいまいち撒《ま》き餌《え》にはならなそうだけど、これを合成すれば最高品質の炎の魔剣に出来る。

そこまでいけば地味な炎の剣でも話題になるだろう。

あとはこれがいくらくらいか、かな。

まぁそこまで法外な値段ではないだろうけど。

「そうですな。これ程の品なら、金貨８００枚といったところですね」

「金貨８００枚⁉」

ええ⁉　マジックアイテムってそんなにするの⁉

ロストポーションより少し安いくらいの値段じゃん！　いやロストポーションが異常に高いのか？

「意外とお高いのですね」

正直かなり驚《おどろ》いたけど、なんとかお嬢様《じようさま》モードを崩《くず》さずに済んだ。

いやー。危なかったぁ。今の私は一応お嬢様なんだから。

「はははは。っ、古代マジックアイテムならこれくらいの値段はしますよ」

しかし店員は冗談《じようだん》でも何でもないと、この値段が適正だと答えた。

「そうなのですか？　と言うか古代マジックアイテムとは？　普通のマジックアイテムとは違うのですか？　確かミスリル製の品なら魔法を込めることが出来ると聞いたことがあるのですが」

うん、これはトラントの町で聞いたから間違いない筈。

名前の響《ひび》きから察するに、多分古代文明の遺跡から発掘したアイテムとかなんだろうけど。

「確かに錬金術師に頼《たの》めばマジックアイテムを作ることが出来ます。しかし現代の錬金術師の魔法は古代の錬金術師のそれに比べて大きく劣《おと》るのです。それ故《ゆえ》、専門家達の間では遺跡から発掘されたマジックアイテムを古代マジックアイテム、現代の錬金術師が作ったマジックアイテムを現代マジックアイテムと呼ぶのです」

やっぱり私の想像通りの答えだった。

「あの、なんで現代のマジックアイテムは性能が劣っているんですか？」

「おや？　お嬢様は大空白の時代をご存じないのですか？」

「大空白？」

なに、そのいかにも何か大事件が起きた時代みたいな呼び方！

アニメやゲームなら、超《ちょう》古代文明の力が暴走して文明が崩壊《ほうかい》したとか、魔王が現れて世界を滅《ほろ》ぼしたとかありそうなヤツ！

「大空白時代とは、ほんの数百年ほど前に起きた世界的な大災害です」

「世界的な大災害？」

「一説にはありとあらゆる災害が発生したと言われております。それが原因で錬金術などの一部の技術が断絶してしまったのです」

ありとあらゆる災害かぁ。地震《じしん》と雷《かみなり》と台風と火山の噴火《ふんか》と津波《つなみ》と猛吹雪《もうふぶき》とかが一斉《いっせい》に起きた感じなのかなぁ？

「でも数百年前なら、言い伝えなどで何が起きたのか分かりそうなものですよね」

「おっしゃる通りです。しかしあまりにも発生した災害の数が多すぎて、情報が混乱していた時代なのです。自然災害、魔物による災害、混乱を好機ととらえて侵略《しんりゃく》を始めた国家、破滅《はめつ》的な災害が原因で他国から食料、場合によっては土地そのものを奪わなくては暮らしていけなくなった国家との戦争、中には神の裁きを受けたなど、それが真実なのか不安と勘違《かんちが》いが原因の誤報だったのか分からなくなってしまったとされています」

うわぁ、凄い時代もあったんだなぁ。

私はこの時代に転生して良かったよ。ありがとう女神《めがみ》様！

「大空白の時代は相当に酷《ひど》い被害《ひがい》を受けたらしく、当時の建築物の大半が壊滅《かいめつ》的な破壊を受けており、当時を記した書物も大半が雨風に晒《さら》されて駄目になってしまったと聞き及《およ》んでおります」

そう教えてくれたのはマーキスだった。

「大半ってことは、少しはあったの？」

「はい。ですが辛《かろ》うじて残されていた本も相当に状態が悪かった為《ため》、既《すで》にすべての本は朽《く》ちてしまったとされています。現在残されているものは発見した本の読み取ることが出来た部分だけを写した写本のみだそうです」

ほえー、そこまでボロボロになっちゃってたんだ。

あ、でもそれなら侯爵《こうしゃく》家の書庫にも大空白の時代の写本があるかもなんだね。

でもそうか、そんな大災害がこの世界で起きてたんだ。おっかないなぁ異世界。

うーん、そうなると古代マジックアイテムも二度と同じ物を作り出せないあたり、ロストポーションと同じような存在だったんだね。

「では現代マジックアイテムはどのくらいのお値段がするんですか？」

疑問が解けたところで、次の問題は現代マジックアイテムのお値段だよね。

まぁそれだけ性能が違うと現代マジックアイテムは格安販売《はんばい》だろうけど。

とはいえ、私は合成で性能を上げるから、その方が良いんだけどね。

「そうですね、性能は比べるまでもないですが、それでも貴重なミスリルを使っているので、金貨100枚は下らないかと」

ええ⁉　そんなにするの⁉　性能が低い割にちょっと高くない？

「魔法の込められていないミスリルの武具と比べると随分《ずいぶん》とお値段が変わるのですね」

「おや、お嬢様はミスリルの武具の相場をご存じでしたか。ですが、ええ、その通りです。マジックアイテムを作れる錬金術師は非常に少ないのです」

「それはマジックアイテムの研究者になれるだけの才能が無いということですか？」

どの業界でも才能の有無《うむ》は大きいだろうしねぇ。

「いいえ、そうではないのです。マジックアイテムを作る錬金術師が少ない最大の理由は、研究と開発に予算がかかりすぎることなのです。しかも現代のマジックアイテムは古代マジックアイテムと違って性能が非常に低いにも拘らず、開発費がかかっているせいでどうしても高くなってしまうのです。そのせいで結局現代マジックアイテムはお金にならないのです」

あー、普通の見習い鍛冶師《かじし》と違って、売って開発費を回収出来ないから、お金が足りなくなって研究が出来なくなるんだな。

「その為、大半の錬金術師も確実にお金になる魔法薬の開発に専念してしまうのです」

なんともせちがらい話だねぇ。

「じゃあマジックアイテムを研究する人はほとんどいないんですか？」

「そうですね。一部の変わり者と、後は国に雇《やと》われている錬金術師達でしょうか。国の援助《えんじょ》があれば個人での研究とは比べ物にならない程の予算と素材が与《あた》えられますから」

うーん、ということは見習い錬金術師が作ったマジックアイテムを大量にゲットして合成しまくる作戦は無理かぁ。

これは買うのは止《や》めておくか。でもその前に一つ確認。

「ところでこの炎の剣ですが、こちらは蒐集家の方達が強く欲《ほ》しがるような貴重な品なのですか？」

念の為、オグラーン伯爵とその仲間達が欲しがるような品かどうかも確認しておく。

「蒐集家ですか？　あー、そうですね。騎士《きし》や軍人ならば欲しがると思いますが、蒐集家の方々にとっては持っていて当然の品ですね」

「あら、こういう時はその通りですと言って買わせようとしてくるかと思ったのですが」

うん、てっきり在庫処分を買わせようとあの手この手で言いくるめてくるかと思っていた。

「いえいえ、この町を治める侯爵様のご息女に、そのようないい加減な商売は出来ませんから」

ああ、そういえば今の私は侯爵家の令嬢として来てるんだった。

マーキスにマジックアイテムを売っている店を聞いたら、ここに案内してもらったんだよね。

「マジックアイテムは非常に高価な品ですので、見物に行くのでしたら侯爵家令嬢として向かう方がよろしいかと」

って言われたんだけど、確かにその通りだったよ。

だってお客さんが全員身なりが良くて上品な人達ばかりだったんだもん！

ただのマヤマカコとして店に行ったら入り口でつまみ出されていただろうね。

けどこんなに高いんじゃ、マジックアイテムを合成素材として仕入れるのはちょっとキツいなぁ。

寧《むし》ろ性能の低い現代マジックアイテムの方がいいかも。

よし、現代マジックアイテムを研究している錬金術師を探そう！

◆

適当に話を切り上げて店を出た私は、錬金術師を探す方向に計画をシフトする。

出来れば安く買い叩《たた》ける見習い錬金術師だと良いなぁ。

「とはいえ、錬金術師なんてどこにいるんだろう？」

ここはまたマーキスに探してもらうかなぁ。

でも何度も頼むのも申し訳ないし……。

「おっ、カコじゃん」

どこから探そうかと悩《なや》んでいた私の背後から、誰《だれ》かが声をかけてきた。

っていうか誰⁉　何で私の名前を知ってるの⁉

そう思って振り向くと、そこにあったのは私の良く知る人の姿だった。

「あれ？　シェイラさん⁉」

「こんな所で何してんだい？」

「えっと、商品の仕入れです」

「ああ、そういやアンタ商人だったもんな」

シェイラさんはそう言えばそうだったと納得《なっとく》の声をあげる。

「シェイラさんこそ何故《なぜ》ここに？　確かマドックさんの知り合いの鍛冶師の所で働くって言ってませんでしたっけ？」

「ああ。昼飯を食いに出てきたんだ。いやー、この町の飯は美味《うま》いぜ。お屋敷《やしき》の飯も美味いけどさ、やっぱ私は下町の飯の方が性《しょう》に合ってるよ」

その気持ちは凄く分かる。

お屋敷の料理は凄く美味《おい》しいんだけど、やっぱりマナーがね……。

「せっかくだから一緒《いっしょ》に食わないか？」

「そうですね……確かに私もお腹《なか》が空《す》いてきたかも」

私もいったん休憩《きゅうけい》にしようかな。

それにシェイラさんのお仕事の話も聞いてみたい。

新しい職場で上手《うま》くやっているのか心配だしね。

「そんじゃついてきな！　私のお薦《すす》めの店だ！」

◆

シェイラさんに連れてこられた場所はいかにも大衆食堂って感じのお店だった。

でもその雑多な空気と共に提供されるワイルドな料理はマナー不要なことも相まって、とても美味しく感じられた。

「ニャーはカコの料理が良かったニャア」

ごめんねニャット、帰ったら何か作ってあげるから。

「って訳で、今はモルワさんって人の所で下働きをさせてもらってるよ」

料理を食べながらシェイラさんは工房《こうぼう》の出来事を語ってくれる。

モルワさんって人がマドックさんの知り合いの職人の名前なんだね。

「下働きってどんな仕事をしてるんですか？」

「まぁ普通に雑用だよ。薪《まき》やらなんやらを補充《ほじゅう》したり、工房の掃除《そうじ》をしたりさ」

確かに下っ端《ぱ》の仕事って感じだね。

けれど、次にシェイラさんが口にした言葉で、私はこれ以上ない程の驚きを感じてしまった。

「けどちょっと面白《おもしろ》い雑用があってさ、なんと錬金術の材料にするための武具を作るって仕事を引き受けたんだ」

「錬金術⁉」

え？　ちょっと待って、錬金術⁉　マジで⁉

「そうさ。依頼主《いらいぬし》がマジックアイテムの研究をしてるから、その素材として何でもいいから武具を作ってくれって依頼なんだよ」

「その話、詳《くわ》しくっっ‼」

マジックアイテムという言葉に、私は思わずシェイラさんの両手をガッシリと掴《つか》んだのだった。

第14話　錬金術師《れんきんじゅつし》との遭遇《そうぐう》

「ここがアルセルの工房《こうぼう》だよ」

シェイラさんがマジックアイテムを研究している錬金術師と知り合いだと聞いた私は、すぐその錬金術師を紹介《しょうかい》してほしいと頼《たの》んだ。

幸い即《そく》ＯＫを貰《もら》い、シェイラさんに案内されて錬金術師の工房にやって来た。

ただ、やって来た場所は大変ボロ……いや、趣《おもむき》のある建物だった。

「ここが錬金術師の工房……」

おお、錬金術師……遂《つい》に会えるんだ。

よくよく考えると私は錬金術師になりたかったんだよね。

自分のうっかりでその道は閉《と》ざされちゃったけど、それでも錬金術師への憧《あこが》れが失われていなかったことをこの建物を見て改めて気付いた。

「アルセル！　居るかい？」

シェイラさんがドンドンとドアを叩《たた》くと、ドアがギイイと開く。

けれど扉《とびら》の向こうには誰《だれ》の姿もない。

「はっ⁉　まさか錬金術で作った自動で開く扉⁉」

オーバーテクノロジーですか⁉

「いや、こりゃ立てつけが悪いだけだ」

ありゃりゃ、てっきり錬金術で作った発明品かと思ったのに。

「まぁ開いてるなら居るだろ。アルセル、入るぞー」

返事が来る前にシェイラさんは工房の中に入ってゆく。

「ええ⁉　勝手に入っていいんですか⁉」

「ああ。アルセルは研究に夢中になると何も聞こえなくなるんだよ。だから依頼《いらい》の品を持ってく時は返事が無くても勝手に入ればいいってモルワさんから言われてるんだ」

おおー、典型的な研究家タイプなんだね。

「アルセルー、どこだー？」

工房の中に入ると、薄暗《うすぐら》い室内に独特のにおいが鼻をくすぐる。

これは薬品のにおいかな？　ポーションみたいなにおいがするし。

そして不思議な形をした道具や大量の武器の山がドアから差し込《こ》んだ光に照らされる。

「うわぁ、不思議なものが一杯《いっぱい》」

私はこっそり近くにあった剣《けん》に触《ふ》れると、小声で鑑定《かんてい》を行う。

『最低品質の炎《ほのお》の魔剣《まけん》：素材、製法、術式、魔法の全《すべ》てが最低品質の魔剣。炎の魔法が封《ふう》じられており刀身にうっすらと低い温度の炎を纏《まと》わせることが出来る。魔法使いでなくても魔力さえあれば使える。魔力消費が非常に多い』

「おおっ‼」

凄《すご》い！　本当にマジックアイテムだ！　性能は低いけど合成すれば十分いけるんじゃないかな！

これは何としても買わないと‼

気合いの入った私は件《くだん》の錬金術師アルセルさんの姿を探す。

けれどアルセルさんの姿はどこにも見当たらない。

「留守なのかな？」

「いや、扉が開いていたから居る筈《はず》だよ。さすがに鍵《かぎ》をかけずに出かけるほど不用心じゃない筈だ」

そりゃそうだ。治安の良かった日本だってドアを開けっぱなしで家を空けたりはしないもんね。

「じゃあ寝《ね》てるとか？」

話を聞く限り研究に専念し過ぎて昼夜逆転してそうな人だしね。

「ああ、その可能性はあるかもね。奥《おく》で寝てるかもな」

私は工房の見学を止《や》めて、シェイラさんと共に奥の部屋に向かおうとした。

だが足元に転がっていた何かに躓《つまず》いてバランスを崩《くず》してしまう。

「きゃっ⁉」

危《あや》うく床《ゆか》に倒《たお》れるところをニャットが体をすべり込ませて受け止めてくれた。

「キャッチだニャ」

「ありがとうニャット」

「大丈夫《だいじょうぶ》ですか、カコお嬢様《じょうさま》⁉」

危うく怪我《けが》をしそうになった私にマーキスとティーアが心配そうな様子で駆《か》け寄る。

「ニャットが助けてくれたから大丈夫。けど何コレ？　マジックアイテムかな？」

薄暗い部屋の中なのでいまいち形が分かりにくいんだよね。

「カコお嬢様、今窓を開けて光を入れますね」

そう言ってティーアが窓を開けると、室内に光が差し込み部屋の全貌《ぜんぼう》が明らかにされてゆく。

そして私は見た。

地面に倒れた人間の姿を。

「……ふぁっ⁉」

え？　人⁉　何で人⁉

「ま、まさか死……」

死体、と言おうとしたその時だった。

「ん？　何だそこに居たのか。おい起きろ」

なんと戻《もど》ってきたシェイラさんが死体の腹にキックをぶちかましたのだ。

「ちょぉっ⁉」

ななな何しちゃってるのぉー⁉　文字通りの死体蹴《げ》りだよ⁉

「う、うう……」

「え⁉」

い、生きてる⁉　生きてるの⁉

よかったぁー死体じゃなくて……ってそれどころじゃない！

「マーキス、お医者さんを呼……」

グウゥウゥウゥウゥウゥウゥウゥウッ。

「は？」

お医者さんを呼んでと言おうとした私の声は、大きなおなかの音によってかき消されたのだった。

◆

「ガツガツガツモグモグモグ‼」

工房の床に並べられた料理がもの凄い勢いで食べられていく。

食べているのはさっきまで床に倒れていた人だ。

「あの、シェイラさん……もしかして」

私は男の人を指差しながら尋《たず》ねる。

「ああ、コイツが錬金術師のアルセルだよ」

ああー、やっぱりーっ！

「どうやら空腹で倒れてただけみたいだね」

空腹で倒れるってそんなマンガみたいな……。

「おいアルセル、飯くらいちゃんと食べなよ」

シェイラさんが声をかけると、アルセルさんがちらりとこちらに視線を向ける。

「研究にモグ、専念してたらガツガツ……目が回ってモグモ、ムググッ‼」

「ほら水。落ち着いて食べなって。飯を食う時間くらいあるだろ？」

「ゴクゴクッ！　ぷはーっ！　まだ大丈夫だと思っていたんだが駄目《だめ》だったガツガツ！」

「大丈夫とか駄目って何がですか？」

仕事の納期とか？

「いや空腹が。ガツガツガツ前は5日食べなくても耐《た》えられたんだがモグモグゴクゴク今回は4日で倒れた」

「4日⁉」

え？　4日⁉　それもう絶食とか断食《だんじき》とかそういうレベルでは？

「ああ、今回はモグモグ。水を飲み忘れたのがいけなかったのかもしれないグビグビッ」

そういう問題じゃないし！　普通《ふつう》に栄養失調で死ぬぞこの人‼

やべぇ、予想の別方向にぶっちぎりでやばいよこの人。錬金術師って皆《みな》こんな感じなの？

「プハーッ！　ふぅ。助かった、礼を言う」

本当に助けたよ。命の危機を。

「それでシェイラ、この子達は？」

ドン引きしている私達を放置して、アルセルさんは何事もなかったかのようにシェイラさんに私達のことを尋ねる。この人、とんでもない大物なのでは？

「この子はクシャク侯爵《こうしゃく》様のお嬢様だよ。アンタに用があるんだってさ」

「クシャク侯爵様の⁉」

貴族と聞いて流石《さすが》に驚《おどろ》いたらしく、アルセルさんは慌《あわ》てて立ち上がって私に頭を下げてきた。

「初めまして。俺《おれ》、いや私はアルセルといいま、申します」

「初めましてアルセルさん。私はカコ＝マヤマ＝クシャクです」

「そ、それで俺、いや私に用ってのは？」

畏《かしこ》まった喋《しゃべ》り方に慣れてないいんだろうな。アルセルさんはつっかえつっかえの敬語で私に用件を聞いてくる。

「普段通りの話し方で構いませんよ。その方が私も楽なので」

「そ、そうか？」

「はい。そして私がここに来た用事は、アルセルさん、貴方《あなた》の作っているマジックアイテムに興味を持ったからです」

「お貴族様が俺のマジックアイテムを⁉」

私の言葉にアルセルさんが驚きの声をあげる。

「ええ。アルセルさん、貴方はマジックアイテムの研究をしていらっしゃるそうですね」

「あ、ああ。ポーション作りの片手間にだけどな」

いや、さっきの様子を見るととても片手間には見えないんだけど。

まぁ、それはいいや。

「工房を見させていただいた限り、アルセルさんは魔剣の研究などもされているんですよね？」

「ああ、その通りさ！　見てくれ！　こいつは試作品だが、ちゃんと炎が出るんだぜ！」

そう言ってアルセルさんはさっき鑑定した炎の魔剣を持ってくると、刀身から炎を生み出す。

けれど浮《う》き上がった炎はライターの火を弱火にしたくらいに小さなものだった。

「まだ魔力効率は悪いが、しっかり火は出る！　このまま研究を進めればもっと効率が良くなる！　……んだが……」

と生き生きとした様子で語っていたアルセルさんが急にショボンとなる。

「予算やらなんやらが色々と足りなくてなぁ」

ああ、金が無くて研究が進まないのかぁ。

多分食費も削《けず》ってるんだろうな。でもそれなら丁度いい。

「それは好都合。アルセルさん、私は優秀《ゆうしゅう》なマジックアイテムの研究者を探していたんです」

「研究者を？　何でまた？」

「実は私は商人なんです」

「黄色商人!?」

そう言って私は黄色商人の証《あかし》である金色に近い輝《かがや》きを持った黄色のギルドカードを見せる。

どうやら私のカードが持つ意味を知っていたらしく、カードを見たアルセルさんが固まる。

「率直《そっちょく》に言いましてアルセルさん。私に貴方の援助《えんじょ》をさせてください」

「俺の援助!?」

そんなことを言われるとは思ってもいなかったのか、アルセルさんが目を丸くして驚く。

「け、けど俺のマジックアイテムは大した性能もない現代マジックアイテムだぜ!?　お貴族様が買いに来るようなものじゃねぇよ！」

しかしアルセルさんは援助の話を喜ぶでもなく、自分の品は大したものではないと卑下《ひげ》する。

悔《くや》しさをにじませたその声は、謙遜《けんそん》じゃなくて本気で言ってるみたいだ。

「でもマジックアイテムは大変高価な品だと聞いていますよ。それに効果が選べない古代マジックアイテムよりも望む効果を付与《ふよ》出来る現代マジックアイテムの方が便利だと思うのですけど？」

これは私の本心だ。古代マジックアイテムはどんな効果があるか分からないガチャみたいなものだから。

そう考えると魔法の威力《いりょく》は低くとも、欲《ほ》しいものが手に入るという利便性においては現代マジックアイテムの方が圧倒的《あっとう》に顧客《こきゃく》の望みを叶《かな》えることが出来る。

「例えば威力が必要ない魔法はどうですか？　武具の重量を軽くする魔法とか」

うん、私がメイテナお義姉様《ねえさま》に貰った剣に込められている魔法だね。

「永続型の付与魔法だな。だが残念なことに現代マジックアイテムに永続魔法は込められないんだ」

「え？　そうなんですか？」

あれ？　出来ないの？

「それが現代マジックアイテムが劣《おと》っている最大の理由なんだ。永続魔法の込められたマジックアイテムは所有者の魔力を必要としない作りになっているんだが、その構造が全く解析《かいせき》出来ないんだ」

ああ、確かに私も貰った短剣にいちいち魔力を込めたりしてないもんね。魔法の袋《ふくろ》も同じ理屈《りくつ》なんだろうな。

「俺達《たち》現代の錬金術師に作れるのは使う度《たび》に魔力を消費するタイプのマジックアイテムなんだが、そういった魔法は大抵《たいてい》威力の大小がある。しかし古代マジックアイテムと違《ちが》って圧倒的に威力が劣るんだ。そのくせ値段は高いからとても売り物にならないのさ。見習い鍛冶師《かじし》の作った武具よりも売れないときたもんだ」

ははっ、と乾《かわ》いた笑いを浮かべるアルセルさん。

成る程《ほど》、だからこの部屋には大量のマジックアイテムが転がってたんだね。

売り物にもならないけど、捨てるには使った金額が勿体《もったい》なさ過ぎる品の数々。

しかし成る程、現代マジックアイテムにはそういう問題があったから売り物にならなかったんだね。

「だからこそ俺は再現したいんだ。古代マジックアイテムを」

と、アルセルさんの声に力が籠《こ》もる。

「そう言えば不思議ですよね。そんなに優《すぐ》れたマジックアイテムが存在するのに、現代の錬金術師はそれを再現出来ないなんて」

古代の錬金術の知識が失われたとはいえ、当時の錬金術師達が全滅《ぜんめつ》したとは考えづらい。なのに何故《なぜ》ここまで性能が低下してしまったんだろう？

「そうなんだ、俺達錬金術師が今も存在していることを考えれば、当時の錬金術師もいくらかは生き残っていた筈なんだ。それに生き残った錬金術師が全員マジックアイテムを作れない未熟な錬金術師だけだったというのも不自然だ」

だよね。古代にマジックアイテムが当たり前に存在していたなら、特別優れた錬金術師でなくても当時の当たり前のマジックアイテムを作ることは出来た筈。

「もしかして……当時生き残った錬金術師達でも古代マジックアイテムを作れない理由が？」

心に浮かんだ推測を口にすると、アルセルさんは指をパチンと鳴らして笑《え》みを浮かべた。

「そう！　俺もそう思ったんだ！　当時の書物が殆《ほとん》ど残っていない以上、錬金術の知識は生き残った当時の錬金術師の弟子《でし》に口伝で伝わっていた筈。それでも古代マジックアイテムを作れなかったのなら、知識以外の何かが必要だったんじゃないかと俺は思うんだ！」

おお、やっぱり！

それが事実なら、その理由は……もしかして道具とか設備かな？

地球でも、高性能な機械を作る為《ため》にはコンマ㎜以下の精度の出る工作機械が必須《ひっす》な訳だし。

この世界でも古代の錬金術師達は何か特別な道具を使っていたのかもしれない。

その設備が大空白の災害で壊《こわ》れてしまったから、当時の錬金術師は古代マジックアイテムを作れなくなってしまったとか？

逆にポーションとかは、材料と調合技術さえあれば特別高度な道具が無くても出来たから技術が途絶《とだ》えなかったのかな？

「それを発見して俺は古代マジックアイテムを復活させたいのさ。もっとも、それで終わりじゃないけどな」

え？　まだ何か先があるの？

「古代マジックアイテムの再現はあくまで過去に追いつくだけだ。俺はその先を作りたいんだよ」

「その先、ですか？」

「ああ、古代マジックアイテムを超《こ》える、本当の意味での現代マジックアイテムをな！」

なんと！　まさかの野望。

「分かるよ」

そんなアルセルさんの野望に賛同したのはシェイラさんだった。

「アルセルにとっての古代マジックアイテムの再現ってのは、私等《ら》にとっての師匠《ししょう》の技術と一緒《いっしょ》だからね。弟子として師匠を超えようとするのは当然のことさ」

成る程、師匠超え。バトル漫画《まんが》とかでもお約束の展開だね！

けど、それならこっちにとっても都合がいい。

「分かりました。アルセルさんの目的は理解出来ました。なら私もアルセルさんを応援させてもらいましょう」

「応援？」

「ええ、具体的には……アルセルさんがこれまで作ったマジックアイテムを全部売ってください」

「………は？」

私の言葉を聞いたアルセルさんがポカンとした顔で首を傾《かし》げる。

うん、言葉の意味が伝わってないね。

「この工房にあるアルセルさんの作ったマジックアイテムを全部売ってください」

なので私はもう一度同じ言葉を告げた。すると……。

「……え、えええええええええええええええええっ⁉」

工房を震《ふる》わすようなアルセルさんの驚きの声が響《ひび》き渡《わた》る。

「どうですか？　売っていただけますか？」

「ぜ、全部って本当に全部買ってくれるのか？」

アルセルさんは困惑《こんわく》の眼差《まなざ》しを浮かべながらも少しだけ期待を込めて聞いてくる。

「ええ、全部購入《こうにゅう》します。おいくらになりますか？　ああ、全部買い取るのですから、少しくらいおまけしてくれると嬉《うれ》しいですけど」

「そ、そうだな……売値としちゃ1個金貨50枚くらいだけど、試作品だし纏めて買ってくれるのなら……ぜ、全部で20個、金貨800枚ってところか」

アルセルさんはどうよ、本気で買うの？　と期待交じりに答える。

「買います」

「「マジで⁉」」

いや何でシェイラさんまで驚くの？

「ほ、本当に買ってくれるのか？　金貨８００枚だぞ？　それもマジックアイテムの出来損《できそこ》ないに⁉」

問題ない。古代マジックアイテムなら1個金貨８００枚はするけど、私の合成スキルを使えば、格安で同じレベルのマジックアイテムを複数手に入れるのと同じだ。

しかもお店で買ったら金貨１００枚はする品が1個当たり金貨40枚で買えるのはお得すぎるよ！

まさに産地直売価格！

「はい、買います」

「な、なんでそこまでしてくれるんだ……？」

全て買い取ると言われたことに未《いま》だ半信半疑らしいアルセルさんが、困惑気味に私を見つめてくる。

「応援すると言ったじゃないですか。それにアルセルさんが古代マジックアイテムを蘇《よみがえ》らせ、更《さら》にそれを超える品を作ったのなら、当然優先的に出来た品を卸《おろ》すのはパトロンになった私ですよね？」

うん、本音は合成の材料が欲しいだけなんだけど、それを正直に言う訳にはいかないので、なんかそれっぽいことを言っておく。

実際良いものが優先的に入ったら商売としてはメリットデカいし、侯爵家としても嬉しい筈。

「だが、本当に出来るかどうかも分からないのに……」

「勿論《もちろん》失敗も織り込み済みですよ。でも失敗したとしても、それまでの研究資料は残るでしょう？　アルセルさんの代で成功しなくとも、その研究を受け継《つ》いだ弟子達の立派な財産になります」

実際、失敗したという研究成果があれば、後に続く人達はこのやり方は駄目だから別のやり方をしようと方法を変える筈。そいう意味では失敗の経験も重要な資料だ。

「そ、そこまで考えて……」

アルセルさんが肩を震わせて目を潤《うる》ませる。

ごめん、本当はなんか適当に理由を考えただけです。だからそんなキラキラした目で見ないでいただきたい。

「流石貴族だね。それだけの金をつぎ込んで失敗しても良いだなんてさ」

いや失敗しても良い訳じゃないですよ、シェイラさん。

ただ、ロストポーションの売り上げがあるから気が大きくなってるだけです。

不足分もこの間メイテナお義姉様達が振《ふ》り込んでくれたみたいで口座残高が増えてたし、手持ちが足りなくなったら最高品質の武具や宝石を売ればいいので今後の支援も問題ない。

まぁ、財布《さいふ》のひもが緩《ゆる》んでるだけかもしれないけど。

「では代金を……」

「カコお嬢様」

支払《しはら》おうとしたその時、突然《とつぜん》私の耳元でマーキスが囁《ささや》いた。

「ぴえっ⁉」
ビ、ビックリしたぁー！　いきなり何⁉
「代金は侯爵家が支払います」

あ、ああ、そういうことね。

今の私は貴族令嬢として取引に来たからか。

うーん、いちいちお義父《とう》様を介《かい》して代金を支払うの面倒《めんどう》というか緊張《きんちょう》するなぁ。

あっ、でも魔法の袋の容量を削ってまで大金を持ち歩くことに比べたら、こっちの方が総合的には良いのかなぁ？

「ほ、本当に買い取ってくれるのか……？」

やっぱり不安なのか、アルセルさんは何度も確認《かくにん》してくる。

「ええ、優秀な研究者を支援するのも貴族の役割ですから」

本音を言えば他の商人や貴族にアルセルさんを奪《うば》わせないためだ。

いつか彼《かれ》の努力が結実すれば、アルセルさんは金の卵を産む鶏《にわとり》になってくれるんだからね。

「ただし、今後貴方の研究成果はクシャク侯爵家に最優先で回してくださいね」

念の為アルセルさんにはクギを刺《さ》しておく。ウチがスポンサーなんだからねって。

「も、勿論だ！　研究の援助をしてくれるのなら出来上がった成果はすぐに持っていくよ！」

おっし、これでお抱《かか》え錬金術師が出来たよ！

マジックアイテムの補充《ほじゅう》ルートを確保だぜ！

「それとマーキス、少しで良いので代金の一部を先払いしてあげて。このままだとまた食事を抜《ぬ》いて倒れてしまいそうなので」

そう、この人から目を離すとまた倒れそうで怖《こわ》いんだよね。

「確かにそうですな。しかし、このまま代金を渡しても食事に使わずに研究に使ってしまう可能性もありますよ」

「……うっ」

まるで母親にイタズラがバレた子供のような顔をして目を逸《そ》らすアルセルさん。

あー、これはやるわ。絶対やるわ。

「ですので、代金の一部はシェイラ殿《どの》にあずかってもらうべきかと」

「え？　私!?」

話題が自分に飛び火して驚くシェイラさん。

「シェイラ殿はアルセル殿と仕事上の付き合いがあるのですから、お嬢様とのやり取りの仲介役《ちゅうかいやく》になってもらうのがよろしいかと。その際に食事も運んでもらえば、空腹で倒れることもありますまい」

「それはいい考えだね！」

ナイスマーキス！　流石有能執事《しつじ》だよ！

「シェイラさん、お願い出来ますか？」

突然話を振られて困惑していたシェイラさんだったけど、すぐに考えがまとまったのか、うんと頷《うなず》いてくれた。

「分かったよ。カコにも侯爵家にも世話になってるし、どのみちモルワさんの仕事の為にコイツの所に武具を運ばないといけないからな」

「ありがとうございます！」

よーし、これでうっかりアルセルさんが餓死《がし》することは無くなったよ！

ホント定期的に様子を見に行ってもらわないとね。週一、いや週二でだね。

ともあれ、これでマジックアイテムの仕入れの目途《めど》が立ったよ！

あとは合成の実験だーっ！

第15話　マジックアイテムを合成しよう

「という訳でマジックアイテムの合成開始だよ！」

私は仕入れた現代マジックアイテムの中で効果が同じアイテム同士の合成から始めることにする。

ちゃんと購入《こうにゅう》する際に各マジックアイテムの性能のメモを書いてもらったので、どれがどんな性能なのかは確認《かくにん》出来ている。

ただ、威力《いりょく》に関しては、メモを書いたアルセルさんの無念が漂《ただよ》ってきた気すらする性能の低さだったんだけど……。

「まずは火属性のアイテム同士から。この炎《ほのお》の魔剣《まけん》と炎の魔剣を合成！　そして鑑定《かんてい》！」

『低品質な炎の魔剣：素材、製法、術式、魔法の全《すべ》てが低品質の魔剣。炎の魔法が封《ふう》じられており刀身に低い温度の炎を纏《まと》わせることが出来る。魔法使いでなくても魔力さえあれば使える。魔力消費量が多い』

よし、アルセルさんのマジックアイテムは全部最低品質だから、確実に品質が上がっているよ！

「よーし、次の合成行くよー！」

私は更《さら》に火属性のマジックアイテムを合成してゆく。

「他に火属性のマジックアイテムは……斧《おの》と槍《やり》か」

まずは斧と合成してみようかな。

「この炎の魔剣に炎の斧を合成！」

すると二つの武器がいつも通りピカッと光る。

そして光が収まると……。

「およよ？」

なんと剣の形が変わっていたのである。

「何だろう。剣のような斧のような……ええと、とりあえず鑑定」

『やや低品質な炎の斧剣《ふけん》：切るよりも叩《たた》き割ることを目的とした魔斧剣。素材、製法、術式、魔法の全てが微妙《びみよう》に低品質な魔斧剣。炎の魔法が封じられており刀身に弱い炎を纏わせることが出来る。魔法使いでなくても魔力さえあれば使える。魔力消費量がやや多い』

「へー、武器も別の武器同士で合成すると違《ちが》う武器になるんだ。薬草と同じだね」

薬草だと何になるか分からないけど、武器だとどんな形状になるかある程度予想が付きそうだね。

まぁ売る時に誰《だれ》が作った品か分からなくなるから、これはこれでありかもしれない。

「よし、それじゃあ今度は斧剣に槍を合成だ！」

斧剣に槍を合成すると、今度は槍と斧が合体したみたいな武器になる。

更に先端《せんたん》の槍は普通《ふつう》の槍よりも刀身が長く、そこは剣が合体したみたいな形状だ。

『炎のソードハルバード：槍部分の刀身を伸《の》ばしたハルバード。槍と斧と剣の三つの特性を持つが、その分習熟にはセンスと時間がかかる。魔力を消費することで炎を刀身に纏わせることが出来る』

「おおー！　遂《つい》に品質が普通になったよ！」

よっしゃー！　これなら十分売り物のマジックアイテムになるよ！

とはいえ、これじゃお店で売っている古代マジックアイテムと同レベルだ。

ここからさらに品質を上げないと。

「でも炎のマジックアイテムはもう無いんだよね。アルセルさんに頼《たの》んで量産してもらわないと」

私は一旦《いったん》マジックアイテムを仕舞《しま》うと、テーブルの上のハンドベルを鳴らしてティーアを呼ぶ。

「お呼びですか、カコお嬢様《じょうさま》?」

「うん、アルセルさんに炎の魔剣を4、5本作って納品してって伝えてもらえる?」

「畏《かしこ》まりました」

よし、これで合成素材の追加発注は完了《かんりょう》。

お店を持ったらこんな感じで従業員に指示を出すことになるのかな?

本当ならマジックアイテムの話を聞きたいから私が直接行きたいんだけど、まだ他のアイテムの合成も試《ため》したいし、何よりあんまり頻繁《ひんぱん》に出かけるとお義母様《かあさま》が淋《さび》しそうにするんだよね。

「おっといけない、早く合成実験を終えないとお義母様が襲撃《しゅうげき》してくる」

お義母様はなんというか、ふらっと猫《ねこ》のような気まぐれさで襲撃してくるので秘密の作業中に来られるとビクッとなっちゃうんだよね。

そういう訳で合成実験の再開なのです。

とはいえ炎のマジックアイテムは追加の補充《ほじゅう》を待つ必要があるので、この後は他のマジックアイテムで実験をしよう。

「合成に使ったのは炎のマジックアイテムが三つ。残り十七個の内、一つが水魔法、一つが氷魔法、二つが火球魔法、五つが風魔法、三つが土魔法、二つが光魔法、三つが防御《ぼうぎょ》魔法か。なんだか風魔法が多いなぁ」

水魔法の武器は本当に水がポタポタ出るだけの代物《しろもの》だった。

多分威力が上がれば炎の魔法を打ち消したり、火属性のサラマンダーみたいな魔物に有利になるんだろうね。

「せめて水筒《すいとう》代わりになればなぁ」

氷魔法の武器は炎の魔剣のように刀身に纏うタイプで、使うとうっすら霜《しも》が走る程度だった。

火球魔法は小さな火の玉を射出するタイプで、ちょっとした魔法使い気分を味わえる武器だ。

正直使ってこれが一番ワクワクした。

「今度魔物狩《が》りに行く時に使ってみよっと」

ふふっ、華麗《かれい》に魔法を放ちながらボールスライムを狩る私の雄姿《ゆうし》を見よ！　……なんてね。

数の多い風魔法の武器は、刀身に風を纏わせるものが一つと、風の勢いで剣を振《ふ》る速度を上げるものが二つ、変わり種で使用者に風を纏わせて素早《すばや》さを上げるものが二つだった。

ただどれも威力が低くてそよ風程度だったんだけどね。

うん、夏場に使うとそよ風で涼《すず》しいかもしれない。

「氷の魔剣を合わせると簡易クーラーになるかな？　このままじゃ魔力消費が物凄《ものすご》そうだけど……」

５分と経《た》たずに魔力切れを起こして余計に暑さを感じかねないのがまた……。

土魔法の装備は武器自体の硬《かた》さを上げるもの、土を纏うとこれまた属性ダメージを上げそうなもの、最後に地面を動かすものの三つだった。最後のやつは地震《じしん》を起こしたり、地面の形を大きく変えて移動を妨《さまた》げるデバフ系アイテムかな？

そして光魔法の武器は単純にライトとして照らすものと闇《やみ》属性の敵にダメージを与《あた》えるものとの

ことだった。

ちなみに武器をライト代わりにする品は1個だけ売れたらしい。

魔物の多い洞窟《どうくつ》に挑《いど》むパーティの戦士が、いざという時の灯《あか》りとして買ってくれたんだとか。

「やっぱり汎用性《はんようせい》の高いアイテムは需要《じゅよう》があるみたいだね」

最後の防御魔法が込《こ》められたマジックアイテムは、使用者の全身を守る物が二つと、目の前に魔力の盾《たて》を生み出すものが一つだった。

「うん、これも品質を上げれば売れそうだね。とはいえどれも性能がバラけているから、合成しても最高品質にはならないんだよねぇ」

流石《さすが》にアルセルさんがどれだけ頑張《がんば》ってもすぐに補充用のマジックアイテムを揃《そろ》えることは出来ないと思うから、最高品質にするのは炎の魔剣に絞《しぼ》った方が良いだろう。

でもそれが完成する前にオグラーン伯爵《はくしゃく》の興味を引くアイテムも作っておきたい。

「となると、ここはやっぱり複数属性の合成かな？」

私は目の前に並べられた複数の属性のマジックアイテムを見つめる。

別属性のマジックアイテムの合成か、一体どんな物が出来上がるんだろう？

「普通に考えると二つの魔法が同時に発動するか、任意で別々の効果が発動するといったところかな？　でももしかしたら全く違う効果が生まれる可能性もあるし、最悪の場合は相反する属性同士が反発しあってドカーンなんてことに……」

……そう考えると、別属性のマジックアイテムは安全な場所で作った方が良いかもしれない。

「やるとしたら……森かな？」

私の視線がマジックアイテムからベッドの上でヘソ天をしているニャットへと移る。

「護衛のお仕事、してもらおうかな」

◆

「という訳でやって来ました森！」

お忍《しの》びモードの私はニャットと共にこっそり東都を抜《ぬ》け出し、近くにある森へとやって来た。

そして森の奥《おく》の開けた場所で作業を開始する。

「ニャーは近くにいる魔物を狩ってくるのニャ」

「はーい」

さーて、それじゃあ合成実験第二弾を始めましょうかー！

「炎のマジックアイテムは使えないから……うん、氷と水のマジックアイテムにしよう」

属性も近いし、これならそう悪いことにはならないんじゃないかな。

「それじゃあ氷のマジックアイテムに水のマジックアイテムを合成‼」

すると二つのマジックアイテムが輝《かがや》き、氷のマジックアイテムだけが残る。

「鑑定！」

『最低品質の氷流の魔剣：素材、製法、術式、魔法の全てが低品質の魔剣。氷と水の魔法が封じられており対象に僅《わず》かな水を纏わせ氷を発生し易《やす》くして氷漬《づ》けにする。魔法使いでなくても魔力さえあれば使える。魔力消費量が非常に多い。やや冷たい水を発生させることも出来る』

「おおー！　これは良いね！」

氷の魔剣の能力が水の魔剣のお蔭《かげ》でコンボ的に強化されてる！

これも性能を上げていけば、相手を水浸《みずびた》しにした瞬間《しゅんかん》に氷漬けにする感じで、かなり凶悪《きょうあく》な使い方が出来るね！

「よーし、安全性も確認出来たし、次は防御系のマジックアイテムでやってみようか。全身を守るマジックアイテムに魔力の盾を出すマジックアイテムを合成！　そして鑑定！」

『最低品質の魔力鎧《よろい》の盾：製法、術式、魔法の全てが最低品質の魔盾。全身の表面に非常に弱い魔法、物理のどちらにも有効な魔法の鎧を張り巡《めぐ》らせることが出来る。魔力消費量が非常に多い』

「おおー、こうなるのかぁ」

成る程《ほど》、全身を覆《おお》うバリヤーみたいな防御魔法に盾の魔法が合体したから鎧になったのか。

魔力で覆う元の効果と合成後の鎧にして覆う効果には何か違いがあるのかな？

今度アルセルさんに聞いてみよう。

「じゃあこの盾に残った全身を守るマジックアイテムを合成っと！　そして鑑定！」

『低品質の魔力鎧の盾：製法、術式、魔法の全てが低品質の魔盾。全身の表面にやや弱い魔法耐性《たいせい》、非常に弱い物理耐性を有した魔法の鎧を張り巡らせることが出来る。魔力消費量が非常に多い』

ふむふむ、どうやら全身を覆う魔法の鎧の効果は魔法耐性があるみたいだね。

逆に魔力の盾は物理攻撃《こうげき》に対処出来るのか。

「これも強化していったら強くなりそうだね」

さて、こうなると残るは風と土、それに光のマジックアイテムだ。

とはいえ、同系統のマジックアイテムを合成したら単純な強化もしくは発展形の能力になるのはすでに判明している。

「なら今度は完全に違う属性で合成する番だね」

使うのは風のマジックアイテムと土のマジックアイテム。

この二つの相反する属性のマジックアイテムを合成してみよう。

「ニャットーッ！」

「……どうしたニャ？」

私が呼ぶと、ニャットがひょっこり姿を現す。その口に大きな熊《くま》の魔物を咥《くわ》えて。

「……おぉう」

おっかしーなー、猫って熊を咥えることが出来たっけ？

お魚ならぬ大熊咥えた白猫かぁ……。

「え、ええとね。これからちょっと危なくなるかもしれない合成をするから、ヤバくなりそうだったら私を連れてすぐ逃《に》げて」

「了解《りょうかい》だニャ」

ニャットは咥えていた魔物を放すと、私の傍《そば》に寄ってくる。

「じゃあいくよ！　風の勢いで剣を振る速度を上げるマジックアイテムに、地形を変えるマジックアイテムを合成‼」

完全に用途《ようと》の違う合成の結果はどうだ⁉

いつも通り素材がピカッと光ると風属性のマジックアイテムが残る。

武器自体が同系統の剣だから見た目は変わってないね。

となると変わったのは中身かな。

合成が終わってもニャットが反応しなかったから、突然爆発《とつぜんばくはつ》するようなことはないかな？

「それじゃあ鑑定！」

『最低品質の風震剣《ふうしん》：最低品質な風と土の魔剣。素材、製法、術式、魔法の全てが低品質の魔剣。風と土の魔法が封じられており刀身を地面に突《つ》き刺《さ》すと地面がやや早く震《ふる》える。魔法使いでなくても魔力さえあれば使える。魔力消費量が非常に多い』

「どうだったニャ？」

鑑定の結果をニャットが聞いてくる。

「えーっと、地面がやや早く震えるんだって」

「ニャ？」

うん、よく分からないよね。

「ためしに使ってみようか。ええと、魔力を消費するマジックアイテムを使う時は……確か念じるだけでいいんだっけ」

剣を地面に突き立てて地面を震わせろと念じる。

すると体の中からごそっと何かが抜けるような感じがした。

「うわっ⁉」

危《あや》うくへたり込みそうになるのをニャットが体をすべり込ませて支えてくれる。

「あ、ありがとうニャット」

「で、どうなのニャ？」

「え？　えっとぉ……」

地面を見ると特に変わった感じはしない。でも変な違和《いわ》感がある。

私はしゃがみこんで地面をよく見る。

すると、土がプリンみたいにプルプルと揺《ゆ》れているのが見えた。

「土が震えてるみたい」

「ニャッ？」

え～っと、それだけ？

私はそっと剣に止まれと命じると、体から何かが抜けていく感じが消える。

同時に地面も動きを止めた。

つまりこれは、ピンポイントに地震を起こすマジックアイテムってことなのかな？

でも力が弱すぎて全然影響《えいきょう》がないよ。

「分かったのは、違う属性のマジックアイテムを組み合わせると、二つのマジックアイテムの特徴《とくちょう》を合わせたマジックアイテムが出来るってことかな？　まだサンプルが少ないけど」

そういう意味では残りのマジックアイテムも合成に使ってしまいたいけど、一気に全部合成したら材料が無くなっちゃうから一旦保留。

鑑定でデータの蓄積《ちくせき》が出来たことで良しとしよう。

「やることは終わったのニャ？」

「うん。お待たせ。それじゃあ帰ろ……」

「じゃあ飯の時間ニャ！」

「え？」

そう言ったニャットがさっき持ち帰ってきた熊をどさりと私の前に置く。

「ええと、ニャットさん？」

「昼飯にするのニャ！」

「ここで⁉」

「そうニャ！　新鮮《しんせん》なうちに食べるのニャ！」

お、おおう……ニャットさんてばマジだわ。

「まだ討伐《とうばつ》した魔物が沢山《たくさん》あるから今から持ってくるのニャ！」

「ええ⁉　まだあるの⁉」

「久しぶりの森だから沢山狩ったのニャ！　最高品質の香草《こうそう》を揉《も》みこんで美味《うま》い肉の下ごしらえをするのニャ！」

げぇーっ、マジかぁー！

初めて会った晩の下ごしらえの悪夢再び⁉

「さー解体するのニャー！」

「くっ、や、やってやるよー！　今の私の装備は以前とは違うんだぜー！」

そうだ！　こっちには最高品質の短剣があるんだ！　解体は前より楽になってる筈《はず》‼

うぉぉー！　覚悟《かくご》しろ魔物の素材共ーっ‼

「………疲《つか》れた」

うん、疲れた。どれだけ質の良い装備を使っても、解体するのは自分自身だもんね。

普通に重いしキツイわ。

解体して香草を揉みこむのを延々《えんえん》と繰《く》り返すから、服が魔物の血でベッタベタだ。

ああこれ、帰ったら怒《おこ》られるんだろうなぁ。

いったい何してきたんだって。

「くっ、この年で遊びに夢中になって泥《どろ》だらけで帰ることになった子供の気持ちを再体験することになろうとは……‼」

「仕込みが終わったのニャ？　じゃあさっそく肉を焼くニャ！」

ニャットがテキパキと肉に串《くし》を刺して焼いていく。

めっちゃ仕事早いですねぇ、ニャットさん。

「あとミソをくれニャ！　肉に塗《ぬ》るのニャ！」

ニャットさんてば、すっかり味噌《みそ》が気に入ったんだねぇ。

「はいはい」

味噌の入ったツボを受け取ったニャットは、猫の手で器用にスプーンを使って味噌を取りだすと、肉に塗っていく。

……何であの手でスプーンを持てるんだろう？　異世界パワー？

まぁ後は焼けるのを待つだけだし、面倒《めんどう》な調理をしなくていいから楽かな。

「ああそうニャ。これは解体を手伝ったお駄賃《だちん》としてカコにやるのニャ」

「これは魔石？」

ニャットは私に魔石を差し出してくる。

「ニャーはいらんからニャ」

「えっと、ありがとう」

さっきの熊の魔石か。とりあえず合成して品質を上げてみようかな。

まぁ疲れたし、一括《いっかつ》合成で良いか。

「魔石を一括合成！　そして鑑定！」

『マッドベアー変異種の魔石：希少な変異種の魔石。土属性。錬金術《れんきんじゅつ》で武器と合成すると足場を悪くする効果を得られる』

「へぇ、土属性で足場を悪く出来るんだ……ん？」

そこで私はあることを思いつく。

「これ、マジックアイテムに合成したらどうなるんだろ？」

そうだ。私はまだ最高品質の魔石をマジックアイテムに合成したことが無い。

「ちょっと、試してみるかな」

「風震剣にマッドベアー変異種の魔石を合成！」

私は合成が完了した風震剣を鑑定にかける。

「さーて魔石を合成したマジックアイテムはどうか……なぁぁぁぁぁぁぁぁぁぁぁぁぁぁっ⁉」

そこには、とんでもない説明が表示されていたのだった。

第16話　底なし沼《ぬま》の魔剣《まけん》

「では始めます」

屋敷《やしき》の庭で私は一本の剣を構えていた。

私の前には太く長い丸太が何本も地面に刺《さ》さっている。

「沈《しず》め！」

私が剣に念じると、ごそっと体の中から魔力が抜《ぬ》けていく感覚に襲《おそ》われる。

そして目の前の地面が泡立《あわだ》ち始め、雨も降っていないのにぬかるみ、沼へと変貌《へんぼう》してゆく。

そして次々に丸太が沼の中へと沈んでいき、遂《つい》には地面の中に飲み込《こ》まれてしまった。

「「「「おおーっ!!」」」」

周囲で見ていた家族や使用人達《たち》が歓声《かんせい》を上げる。

私が剣に止めろと念じると魔力が吸われる感覚が無くなり地面も元に戻《もど》る。

「ふわぁ……」

剣に魔力を吸われ過ぎたせいで体がふらつく。

「カコお嬢様《じようさま》！」

「ニャ」

傾《かたむ》いた私の体をティーアが支え、ニャットが股下《またした》に潜《もぐ》って背中に乗せてくれる。

「ありがとう二人とも」

私は大きく息を吸って体を整えると、こちらを見ていたお義父様達《とうさま》に向き直る。

「とまぁこんな感じです。いかがでしたか？」

私が尋《たず》ねると、お義父様はううむと唸《うな》り声をあげる。

「これは……凄《すさ》まじいな。敵を底なし沼に沈める魔剣とは……」

「ええ、これを初見で使われたら、まず回避《かいひ》出来る敵は居ませんね」

お義父様とメイテナお義姉様《ねえさま》は剣の性能に感嘆《かんたん》し、どんな場面で使うのが有効かと議論を始める。

「あんなに大きな丸太を飲み込んじゃうなんて凄《すご》いわねぇ」

「戦うことなく相手を無力化出来る武器というのは素晴《すば》らしいですな。動く敵に攻撃《こうげき》を当てなくても構わないという点は戦闘員《せんとういん》以外でも有効に使える利点があります」

お義母様《かあさま》とマーキスの反応も上々だ。

特にマーキスの意見は戦闘が得意じゃない私にとっても非常に役に立つ考え方だった。

「大きな魔剣を両手で頑張《がんば》って抱《かか》えるカコお嬢様は大変愛らしゅうございました」

「はぁ……大きな武器と幼い少女、そういう世界もあるのですね」

なんか私の後ろからおかしな感想が来たけど気にしないことにしよう。だが幼いって言った奴《やつ》は後で屋敷裏な。いや、やっぱ無し。私の方が大変なことになりそうな予感がした。

「どうですか、お義父様？　これならいけますか？」

「あ、ああ、十分過ぎるとも。マジックアイテムとして、何より剣として素晴らしい逸品《いっぴん》だからね。本当に……」

よっし！　お義父様の合格出ました！

今回私が使ったのは、森で合成した風震剣《ふうしんけん》だ。

ただし、その性能はあの時とは大違《おおちが》いである。

『最高品質の深淵泥《しんえんどろ》の剣：素材、製法が最高品質のミスリルの剣。マッドベアー変異種の魔石と最高品質のシトリンが内蔵されている。風と土の魔法が封《ふう》じられており刀身を地面に突《つ》き刺すと地面が底なし沼になる。魔法使いでなくても魔力さえあれば使える。ただし術式、込められた魔法が最低品質の為《ため》、魔力消費が激しい』

そう、この魔剣はマッドベアー変異種の魔石を合成したことで、込められた魔法効果が劇的に変化したのである。

もともとは地面を震《ふる》わせる効果だったのが、泥の力を持つマッドベアーの変異種の魔石の影響《えいきょう》で地面が液状化して泥に変化するようになったのだ。

そこに最高品質のシトリンを合成することで土属性の魔法の威力《いりょく》が増幅《ぞうふく》され、底なし沼を生み出す恐《おそ》るべき魔剣になったのである。

いやー、まさか変異種の魔石がこんな効果を齎《もたら》すとは思ってもいなかったよ。

変異種の魔石にはまだまだ私の知らない未知の可能性があるのかもしれない。

ちなみに一番驚《おどろ》いたのはマッドベアーのマッドがヤベー奴って意味じゃなく泥の方だったことかな。

でもまぁ、物が物だけに気軽に補充《ほじゅう》は出来ないんだよね。どうもマッドベアーって結構強い魔物みたいなので。

そしてそんなマッドベアーを無傷で口に咥《くわ》えて運んできたニャットさんのヤバさよ。

ちなみに、雑学だけど底なし沼は深いだけで実際には底があるので、多分この魔剣もちゃんと底があると思う。

まぁファンタジー世界だから本当に底なしかもしれないけど、流石《さすが》に本当にそうなのか実験するのも怖《こわ》いのでそこは気にしないでおく。

鑑定《かんてい》先生が底なし沼って言ってるし、底なし沼なんだろう。それでいいじゃないか。

なかなか凄まじい物が出来たと自画自賛した私だったけど、そこで終わらせはしなかった。

お店に行ってまだ魔法を封じていない素《す》のミスリル剣を数本購入《こうにゅう》し、この剣に合成することで剣としての品質を最高品質にしたのである！

いやまぁ、底なし沼を作る剣ってちょっと地味かなーと思ったんで、剣としての質も上げてみた訳である。

これは大成功でお義父様とメイテナお義姉様に大好評だった。

「しかし素晴らしい魔剣だ。一体どこでこんな品を……いや、今はそれより、この魔剣の情報をどうやって広めるか、だな」

「ええ、普通《ふつう》に噂《うわさ》を流しては時間がかかりすぎますね。実際にこれを使うところを誰《だれ》かに見せるのが一番なのですが……その機会となると」

魔剣のことを考えていたら、お義父様がどうやってこれをオグラーン伯爵《はくしゃく》の耳に入れたものかと考えていたので、私はあらかじめ考えていた作戦を提案する。

「あの、それなんですけど。この魔剣をオークションに出すというのはどうですか？」

「「オークションに!?」」

私が魔剣をオークションに出品してはどうかと提案すると、それを聞いていたお義父様とお義姉様が驚きの声を上げた。

「はい、この魔剣をクシャク侯爵《こうしやく》家名義で出品して名を広めます」

「ま、待ちたまえカコ。これ程《ほど》の魔剣を相手に知らせる為だけに売るというのかい⁉」

「そ、そうだぞカコ！　こ、この剣は家宝にしてもいいくらい素晴らしい剣なんだぞ！　ああいや、飾《かざ》る前に一度くらい使わせてほしいのだが……」

おお、お義父様とメイテナお義姉様が見たこともないくらい動揺《どうよう》している。

騎士《きし》にとってそんなに魅力《みりよく》的に見えるのかな？　正直ボールスライムくらいとしかまともに戦ったことのない一般庶民《いっぱんしょみん》の私にはそこら辺がよく分からん。

とはいえ、売り物を飾るなんて馬鹿《ばか》な真似《まね》をするつもりはない。

「お義父様お忘れですか？　私は商人ですよ。仕入れた商品を高値で売るのがお仕事です。ならオークションは最高の舞台《ぶたい》じゃないですか」

「だ、だが、それを手放してしまったらオグラーン伯爵を誘《さそ》う餌《えさ》が無くなってしまう。それでは本末転倒《ほんまつてんとう》だろう？」

「そうだぞカコ！　これは売らずに屋敷に残すべきだ！」

なんか二人とも面白《おもしろ》いくらいこの剣に執着《しゅうちゃく》してるな。

ふっ、これ程までに人を狂《くる》わせる魔剣を作ってしまったか。いや合成スキルホント凄いな。

とはいえ、このままだと話が進まない。

「いいえ、お義父様。その心配はありません」

そう言って私は魔法の袋《ふくろ》から一本の武器を取り出す。

「この魔剣に勝《まさ》るとも劣《おと》らないマジックアイテムがもう一本あります。その魔剣と共にこのマジックアイテムの噂を流せば良いのです」

「「これ程の魔剣がもう一本……!?」」

袋から取り出した新たな魔剣にお義父様とお義姉様の目がギラリと輝《かがや》く。

二人は私から受け取った新しい魔剣を、いろんな角度から眺《なが》めては唸り声をあげる。

そしてようやく満足したのか、こちらに振《ふ》り返った。

「……全く。こんなものをいったいどこから仕入れてきたのやら」

と言いつつ、二人は気もそぞろにチラチラと魔剣に目が向かっている。

うーん、完全に魔剣に夢中ですね。

「分かったよ。でも本当にクシャク侯爵の名前で良いのかい？　君の名前で出品した方が商人として名を売れると思うが？」

「いえ、それは次の機会にしておきます。養女の私の名で出品すると元平民の子供と侮《あなど》られてマジックアイテムの性能が正しく伝わらない可能性があります」

「ああ、だからクシャク侯爵家の箔《はく》を使うんだね」

お義父様が納得《なっとく》がいったと頷《うなず》く。

「利用するようで申し訳ないですが……」

「なぁに、親として後ろ盾《だて》くらいは当然のことさ。それにキマリク盗賊団《とうぞくだん》は領内でも少なくない被《ひ》害《がい》を出している。捕《と》らえることが出来るのなら喜んで協力させてもらうよ」

寧《むし》ろ願ったりかなったりさと、お義父様はウインクをしながら許可を出してくれた。

「ありがとうございます、お義父様」

よーし！　これで準備が整った！　待ってろよオグラーン伯爵、キマリク盗賊団！

私の誘拐《ゆうかい》の片棒を担《かつ》いだことを後悔《こうかい》させてやる！

「ところで、この魔剣を私も試《ため》して良いかな？」」

と思ったら、二人が魔剣を抱えながらそんなことを言ってきた。

「え？　あ、はい。どうぞ」

「「よーっし！」」

二人は嬉《うれ》しそうに2本の魔剣を構えると庭に向かって魔剣を発動し始める。

完全に玩具《おもちゃ》に夢中になる子供の姿です。

「あらあら、二人ともいつまでたっても子供みたいなんだから」

いやお義母様、そういう問題ではないのでは？

ともあれ、これでやるべきことはやり尽《つ》くした。あとはパーティの日を待つばかり……と思った
その時だった。

「じゃあパーティの為の準備を始めましょうか」

パン、とお義母様が手を叩《たた》きながらそう言った。

「え？」

いや準備なら今……。

「ドレスの仮縫《かりぬ》い、礼儀作法《れいぎさほう》、貴族家の情報、そしてダンスの練習、やるべきことは山ほどありま

す」

「え？　え？」

ドレス？　作法？　何ソレ？

「貴族の娘《むすめ》としてパーティに出るのなら、それ相応《そうおう》の準備は必要だものね」

「い、いえ私はダンスとかしないですし。今回は相手から情報を得る為に行くから……」

「何言ってるの。パーティに行くならダンスは必須《ひっす》。絶対踊《おど》ることになるのよ。それに礼儀作法がなっていないと相手に対等な存在と認めてもらえないから、交渉《こうしょう》の席にすら立てないわよ」

「そ、そうなんですか!?」

マジ？　貴族社会面倒《めんどう》過ぎない!?

「そういうこと！　さぁカコちゃんの社交界デビューに向けて頑張るわよー！」

私の両腕《りょううで》をメイド達がガシッと掴《つか》む。

「あ、あの、ちょっと？」

何!?　マジでダンスの練習するの？

私学校の授業の創作ダンスとマイムマイムしかやったことないんですけどー!?

「ははは、頑張れカコ。何事も練習だ」

ちょーっ！　他人事《ひとごと》みたいに言わないでくださいよメイテナお義姉様ぁー！

「何を言っているのメイテナ。貴女《あなた》も参加するのよ？」

「へ？」

しかしお母様の言葉にメイテナお義姉様が固まる。

そしてその隙《すき》を逃《のが》すまいとメイド達が流れるようにメイテナお義姉様の身柄《みがら》を確保する。

「貴女は騎士の訓練とか言ってダンスも淑女《しゆくじよ》の礼儀作法もさぼっていたじゃない。でも騎士を引退したなら話は別よ。これを機に淑女教育をやり直しましょうか」

「ひっ‼」

ギラリと輝くお義母様の目にメイテナお義姉様が悲鳴を上げる。

ふはははっ！　死なばもろともーっ！

一緒《いつしよ》に地獄《じごく》に堕《お》ちましょーぞーっ‼

「では行きましょうか」

「「ひぃあぁぁぁぁぁぁぁぁぁっ‼」」

「……頑張るんだよー」

連行される私達の後ろから、お義父様の小さな小さな呟《つぶや》きが聞こえた気がしたのだった。

そこはもっと大きな声で引き止めてぇーっ‼

第17話　蒐《しゅう》集《しゅう》者《しゃ》の策謀《さくぼう》

◆オグラーン伯爵《はくしゃく》◆

「くそっ！　忌々《いまいま》しい‼」

私は憤《いきどお》っていた。

それというのもオークションで目当ての品を落札することが出来なかったからだ。

初めは噂《うわさ》だった。

オークションで他に類のない素晴《すば》らしい魔剣《まけん》が出品されるという噂だ。

正直それを聞いた時点では大して期待していなかった。

オークションで高く売る為《ため》に出品者が話を盛ることはよくあるからだ。

そして実物を見て肩透《かたす》かしを食うところまでがオークション慣れしていない素人《しろうと》のお約束だ。

だがそれは本物だった。

「これよりご紹介《しょうかい》するのは世にも珍《めずら》しい底なし沼《ぬま》を作る魔剣です！」

オークショナーの奇妙《きみょう》な説明を聞いた時はなんともパッとしない効果だと思った。

事実オークションに於《お》いては実用性よりも美しさや派手な性能が好まれるからだ。

というのも貴族や騎士《きし》という者は華《はな》やかな活躍《かつやく》を好むもの。

自分の活躍を華々しく彩《いろど》ってこその武具だと考えるからだ。

それを考えれば、底なし沼を作る魔剣は実用性はあるのだろうが騎士らしい華々しさには欠けるイメージだった。

だが、オークショナーが出品物を隠《かく》すカバーを外した瞬間《しゅんかん》、そんな思いは吹《ふ》き飛んだ。

『美しい……』

会場に集まった全《すべ》ての参加者が同じ言葉を発した。勿論《もちろん》それは私も同様だ。

その剣は酷《ひど》く平凡《へいぼん》なデザインをしていた。

装飾《そうしょく》らしき装飾もない飾《かざ》り気のない見栄《みば》え。

ともすれば見習いが作ったかと思うような凡庸《ぼんよう》なデザインだ。

にも拘《かかわ》らず我々はその剣から目が離《はな》せなかった。

一見して凡庸。だがそこからあふれ出すオーラは、それが名剣などという言葉では言い表せない程《ほど》の逸品《いっぴん》だと我々の視覚に強く訴《うった》えかけてきたのだ。

我は戦場を駆《か》ける暴力の化身《けしん》。壁《かべ》に飾るなど愚《おろ》か者の行いよと、我々をあざ笑うかのように極限まで磨《みが》き上げられた実用美。

そんなものを見せられては、後に引くことなど出来なかった。

「金貨500枚！」

「金貨1000枚‼」

「金貨1200枚っ‼」

我を忘れた参加者達《たち》の熱情が加速してゆく。

「金貨2000枚っっ‼」

もはや魔剣の平均相場を超《こ》えた価格になっているというのに誰《だれ》も降りようとはしなかった。

否《いな》、否だ。この程度の価格ではこの魔剣の価値に遠く及《およ》ばない！

私もまた予算の許す限りに入札を続けていった。だが……。

「金貨3500枚っっっっ⁉」

『なっ⁉』

常識外れの金額に会場が凍《こお》り付いた。3500枚といえば市場に流れる魔剣の4倍近い価格だ。

確かに優《すぐ》れたマジックアイテムならば、それ以上の価格で落札されることも珍しくはない。だがそれでも滅多《めった》にでる金額ではないのも事実だ。

一体誰がそんなバカげた金額を提示したのかと落札者に視線が集まる。

「あれは……バルヴィン公爵《こうしやく》の子息か⁉」

馬鹿《ばか》な！　バルヴィン公爵と言えば南都の貴族。息子《むすこ》とはいえ何故《なぜ》東都に⁉

だがバルヴィン公爵の息子ならば納得《なつとく》がいった。

南都は海に面した都で大きな港がある。

多くの国家と貿易を行うことからバルヴィン公爵家は非常に裕福《ゆうふく》なことで知られているからだ。

「だが、何故よりによって！」

確かにバルヴィン公爵家ならその金額でも支払《しはら》うことが出来るのは分かった。

しかしそれとあの男に魔剣が相応《ふさわ》しいかは別の話だ！

「愛剣砕《くだ》きのバルヴィンだ……」

誰かが呟《つぶや》いたその二つ名が私の心情を表していた。

愛剣砕きのバルヴィン、かの男は公爵家子息でありながら軍人でもあり、南都の海軍に所属する将校でもあった。

非常に優秀《ゆうしゅう》な剣士であり、また作戦将校としても優れたバルヴィン公爵の自慢《じまん》の息子だ。

その実力と性格から軍内部での人望もある。

だが、剣の担《にな》い手としては最悪の男だった。

この男はどれだけ素晴らしい武具であっても、只《ただ》の替《か》えの利《き》く道具としてしか見ない。

戦場では剣を乱暴に扱《あつか》い、名剣であろうとも平気で折る。

敵に投げつけてそのまま海に沈《しず》めてしまうことすらあったそうだ。

そのくせこの男は名剣しか使わぬのだ！

この男の所為《せい》で一体どれだけの名剣が失われたことか！

しかも海に面した土地である為、船の上で剣を振《ふ》るえば当然のように潮風と海水で剣が傷《いた》む！

それゆえ、この男は名剣の天敵として我等《われら》愛剣家から蛇蝎《だかつ》の如《ごと》く嫌《きら》われていた。

そんな男が、あの名剣を競《せ》り落とすだとぉ!?

「き、金貨３５００枚が出ました！　他に入札される方はいらっしゃいますか？」

しかし愛剣砕きのバルヴィンが相手とあっては誰も彼《かれ》もが尻込《しりご》みしている。

当然だ。南都一の富豪《ふごう》と金貨の競り合いで勝てる訳がない。

私もまた忸怩《じくじ》たる思いで入札を諦《あきら》めたのだった。

「くっ、あれ程の品を戦場で使うつもりか！　芸術の分からん愚か者め！」

このままあの剣が南都に渡《わた》れば、私が手に入れる機会は二度と訪《おとず》れないだろう。

「ええい！　アレを手に入れたのが他の貴族なら力ずくで手に入れることも出来たであろうに！」

バルヴィン公爵家は代々軍に籍《せき》を置く武闘《ぶとう》派の貴族で一族の者は皆《みな》優れた武芸者であると同時に、かの家に仕える使用人達もまた高度な戦闘《せんとう》訓練を修《おさ》めていると聞く。

過去にそのことを知らずに屋敷《やしき》に侵入《しんにゅう》した賊《ぞく》が、一人残らず凄惨《せいさん》な姿で捕《つか》まったという話はあまりにも有名すぎるからだ。

あの家が相手では奴《やつ》らを使うのも危険すぎる。

苛立《いらだ》ちに手を震《ふる》わせながらワインを注ぐも、怒《いか》りで全く味が楽しめん。

「旦那《だんな》様、その魔剣なのですが、会場を去る際に気になる情報を耳にしました」

そんな時だった。傍《そば》で控《ひか》えていた家令があの魔剣に関する気になる情報を口にした。

「なんだ？」

家令の口から発せられた情報は驚《おどろ》くべきものだった。

「どうもその魔剣には勝《まさ》るとも劣《おと》らない兄弟剣が存在するようです」

「兄弟剣だと⁉」

あの無二の名剣の兄弟剣だと⁉

「その剣はいつ出品されるのだ⁉」

「それが、魔剣の片割れは出品する予定はないとのことです」

予定はないだと⁉　片割れを出品しておきながら⁉

「なんでも持ち主が魔剣を相応しいモノの手に渡ることを望んでいるそうです」

「相応しいモノの手にだと⁉」

ならば何故私の手に無いのだ！

「それで魔剣の片割れはどこにあるのだ⁉」

他の連中が殺到《さっとう》する前に持ち主に直接交渉《こうしょう》するよりほかない！

断ったら力ずくでも手に入れてやる！

「オークショナーの話では、底なし沼の魔剣を出品したクシャク侯爵《こうしやく》家にあるそうです」

「クシャク侯爵だと⁉　だがあの男は魔剣になど興味はなかった筈《はず》だぞ⁉」

クシャク侯爵家と言えば、私の所属する派閥《はばつ》とはあまり仲が良くない貴族だ。

完全に敵対している訳ではないが、敵対寄りの中立同士といったところか。

交渉の目はないでもないが、爵位は向こうの方が上である以上迂闊《うかつ》な真似《まね》は出来んな。

「どうも侯爵が引き取った養女の私物のようです」

「はぁ⁉　養女？　それが何故魔剣を持っているのだ⁉」

何故子供、それも娘《むすめ》があれ程の魔剣を所持しているのだ⁉

「それはわたくしめにも……恐《おそ》らくですが、親兄弟の持ち物だったのではないでしょうか？」

「そうか、戦場で死んだ騎士の遺品か！」

ありえない話ではない。どれほど優れた武器を持った戦士でも、使い手の腕《うで》が未熟では宝の持ち腐《ぐさ》れだからな。

あれほどの逸品だ。恐らくは先祖《せんぞ》代々伝わる家宝だったのだろうな。

「ふむ、となるとクシャク侯爵が引き取ったのも部下の子供だったからか？」

「もしくは武具が目当てだったのかもしれません」

「それだったら底なし沼の魔剣を手放す道理はなかろう」

クシャク侯爵の目的が2本の兄弟魔剣ならば、どちらも手元に置いておく筈だ。

「恐らくですが、引き取られた子供は魔剣を家族の命を奪《うば》った敵と思ったのではないでしょうか？　兄弟剣の片割れを侯爵に差し出すことで、家族を奪った片割れを捨てる許可を得たのでしょう。金貨3500枚もあれば、平民どころか男爵家でもそれなりの財産になります。魔剣を売った金で将来自分の家を再興してもらう約束をしたといったところかと」

ふむ、確かにそれならば筋は通る。

家族の命を奪った憎《にく》き剣を捨てると共に、自分の身柄《みがら》の保護と没落《ぼつらく》した家の再興を求めたか。

代々仕える陪臣《ばいしん》とはいえ、跡《あと》を継《つ》ぐ者が居なければ残された家族に価値など無いからな。

しかし子供がそこまでのことを自分で考えたとは思えんな。

親の遺言《ゆいごん》か、もしくはクシャク侯爵に唆《そそのか》されたか？

仮にも侯爵だ。部下の娘から形見を奪ったと言われては外聞が悪かろう。

本人の意思で育ててもらった恩を返す名目で差し出された方が良いだろうからな。

「まぁそれはどちらでも良い。重要なのはあの魔剣の兄弟剣があるということだ」

そうだ、あれ程の魔剣の兄弟剣ならばその美しさは必ずや片割れに匹敵《ひってき》するだろう。

寧《むし》ろクシャク侯爵が手放さなかったことを考えればそちらの方が剣としての美しさは上かもしれん。

「よし、奴らに連絡《れんらく》をとれ。落札された剣を奪うように命じるのだ！」

「はっ⁉　しかし相手はバルヴィン公爵家ですよ⁉　戦いになれば当家が不利です！」

「頭を使え馬鹿者《ばかもの》。金貨3500枚の剣だぞ。今日はまだ手付金を支払っただけで、後日残りの金を支払う際に剣の引き渡しになる筈だ。つまり今の時間ならまだオークション会場に剣はある筈。連中にはオークション会場を襲《おそ》わせるのだ」

「な、成る程。賊が狙《ねら》ったのはあくまでオークション会場であり、バルヴィン公爵家の落札物とは知らなかったということですね？」

「そうだ。賊が狙ったのは落札金額の金貨3500枚だったが、庶民《しょみん》であったがためにまだ金が支払われていないことを知らなかったのだ。その為同じ価値を持つ剣を盗《ぬす》んだのだ。どこかで売りさばくためにな」

「そして旦那様はほとぼりが冷めた頃《ころ》にどこかの店に売りに出された剣を偶然《ぐうぜん》手に入れる訳ですな」

「その通りだ！」

くっくっくっ、賊が売った品を知らずに買ったのであれば、私に責はない。

全ての責任は出品物を奪われたオークショナー、商人ギルドにあるのだからな。

「それとクシャク侯爵にパーティの招待状を送れ。魔剣の片割れの持ち主であるご令嬢《れいじょう》にもだ。是《ぜ》非《ひ》噂の魔剣を見せてほしいと主催者《しゅさいしゃ》の私が言っていたと伝えるのだぞ」

「はっ」

クシャク侯爵家との交渉は難しいかもしれんが、養女の方は交渉の余地があるだろう。

剣が盗まれてはお家再興の為の軍資金となるオークションの売り上げが手に入らないからな。

商人ギルドに賠償金《ばいしょうきん》を請求《せいきゅう》すればある程度の金は返ってくるだろうが、連中は海千山千の商人だ。

あの手この手で賠償金を減額してくるだろう。

そこで傷心の娘に私が手を差し伸《の》べれば、娘は自分から私の手元に転がって来るだろう。

「くくくっ、貴族達が我を忘れて買い求めた魔剣と対《つい》を成す兄弟剣か……さぞ美しいのだろうなぁ」

美しき兄弟剣が揃《そろ》う日のことを考えながら飲むワインは、極上《ごくじょう》の美酒に感じるのだった。

第18話　ダンスと暗躍者《あんやくしゃ》との邂逅《かいこう》

「オークション会場が襲《おそ》われた⁉」

お義父様《とうさま》の部屋に呼び出された私は、そこでオークション会場が襲われたという衝撃《しょうげき》の事実を耳にした。

「ああ、つい先ほど商人ギルドから連絡《れんらく》があった」

「そ、それで会場は大丈夫《だいじょうぶ》だったんですか？」

「幸いオークションが終了《しゅうりょう》後だったことで人的被害《ひがい》は少なかったそうだ。負傷者こそ出たものの、死者は無しだ」

「よかったぁ」

人が死ななくて本当に安心したよ。

怪我人《けがにん》が出たのは残念だけど、ポーションがあるから最悪の事態にはならないだろうしね。

「それで父上、人以外の被害はどうなのですか？」

と、同じくお義父様の部屋にやってきたメイテナお義姉様《ねえさま》が尋《たず》ねる。

「それがな、カコの魔剣《まけん》が盗《ぬす》まれたそうだ」

「私の魔剣が⁉」

ガーン！　せっかくオグラーン伯爵《はくしゃく》をおびき寄せる為《ため》に作ったのにー！

けれど何故《なぜ》かお義父様達《たち》は慌《あわ》てる様子を欠片《かけら》も見せなかった。

「予想通りですね。ですが、盗まれたのが魔剣だけとは予想外でした」

「え？　それはどういうことですか？」

予想通り？　もしかしてメイテナお義姉様はオークション会場が襲われることを知っていたの？　更《さら》にお義父様から魔剣を落札したのは別の貴族で、オグラーン伯爵はオークションに参加していたけれど落札出来なかったのだと説明を受ける。

「カコ、オグラーン伯爵は名剣の蒐集家《しゆうしゆうか》だ。そして奴《やつ》とつながっているキマリク盗賊団《とうぞくだん》は盗品を売り捌《さば》くような連中だぞ？　ならば稀代《きたい》の名剣が現れ、それが正規の手段で手に入らなかったとすれば、どのような手段を使ってでも手に入れようとするだろう」

「あっ、成る程《ほど》！」

そうか、オグラーン伯爵は最初から落札出来なかったら奪《うば》うつもりだったんだ！

「こうなる可能性を考慮《こうりよ》して騎士団《きしだん》の巡回《じゆんかい》をオークション終了後から増やしておいたおかげで、他の出品物は守ることが出来たよ。オグラーン伯爵としては目的がバレないよう偽装《ぎそう》として他の品も盗ませるつもりだったのだろうがね」

「そっか、それで他の人の品物は無事だったんだ。良かった」

正直私の出品した品の巻き添《ぞ》えを喰《く》らって盗まれたら他の商品を出品した人も落札した人も可哀《かわい》そうだからね。

「「……」」

そんなことを考えていたら、何故か二人が奇妙《きみよう》なものを見るような目で私を見つめていた。

「どうしたんですか二人共？」

「あー、いや……」

「？」

「自分の用意した魔剣が盗まれたというのに、他人の品が盗まれなかったことを喜ぶのか？」

ん？　ああ、メイテナお義姉様達はそんなことが気になったのか。

「あー、まぁそうですね。でも被害が少ないのは良いことじゃないですか」

それに私の魔剣はいくらでも量産出来るしね。

「そ、そうか……そう考えるのか。正直甘《あま》いと思うが……」

「全く、お人よしにもほどがあるぞ」

と、お義父様とお義姉様は苦々しい口調で言うものの、何故かその表情は嬉《うれ》しそうだった。

すいません、実はあんまりコストがかかってないから優先順位が低いだけなんです。

「それなら後は魔剣を取り戻《もど》すだけですね！」

しかしお義父様は首を横に振《ふ》ってまだ早いと言った。

「オークション会場を襲った賊《ぞく》のアジトは部下の尾行《びこう》で判明している。だから心配はいらないよ」

「ええ⁉　もうアジトまで見つけたんですか⁉」

いつの間にそんなことまで⁉　って言うかお義父様の部下凄《すご》いな！

「ただ、すぐに取り戻す訳にはいかない。その理由は分かるね？」

「キマリク盗賊団とオグラーン伯爵の関係を明らかにする為ですね」

「その通りだ」

うん、ここで盗賊団を捕《つか》まえても、オグラーン伯爵は自分達との繋《つな》がりを認めないだろうからね。

だからぐうの音も出ないような証拠《しょうこ》を掴《つか》む必要があるんだろう。

「だが、それだけではない。過去にキマリク盗賊団に盗まれて行方《ゆくえ》の知れなくなった品は多い。そこで奴らを泳がせ、過去の盗品が誰《だれ》に売られたのかを調べる必要がある」

そっか、これまでに盗まれた品だってあるもんね。

「具体的にだが、まず盗品を運び込《こ》んだことを確認《かくにん》してからキマリク盗賊団を捕縛《ほばく》する」

そしてお義父様はキマリク盗賊団捕縛大作戦の概要《がいよう》を説明し始める。

「……ええ⁉　そんなことをしちゃっていいんですか⁉」

「もともと盗まれた品なんだ。構わないだろう」

お義父様もえげつない作戦を考えるなぁ。

◆

そしてパーティ当日。

私達一家はオグラーン伯爵の屋敷《やしき》へとやって来た。

と言っても会場はオグラーン伯爵の領地じゃなく、東都にある伯爵の別邸《べってい》なんだけどね。

けれど別邸と言っても結構なお屋敷だ。さすが伯爵といったところかな。

「おおー」

屋敷に入ってすぐのエントランスがパーティ会場として使われていて、そこには既《すで》に沢山《たくさん》の人の姿があった。

うわぁ、入ってすぐパーティ会場なんて貴族の考えることは凄いなぁ。

そして右を見ても左を見ても豪華《ごうか》なドレスと礼服の群れだ。

そんな先客達の視線が遅《おく》れてやって来た私達、いや私に集まる。

って私だけ⁉

「「「……」」」

「落ち着きなさいカコちゃん。レディは堂々とするものよ」

「は、はい。お義母様《かあさま》」

お義母様に小声で諭《さと》された私は慌てず自然に背筋を伸《の》ばす。……自然だよね？

「ふむ、前情報通りの参加者達だな」

「ええ、オグラーン伯爵と趣味《しゅみ》を同じくする同好の士という話ですね」

一方お義父様とお義姉様は冷静に参加客について確認していた。

出発前までイザックさんが付いてこれないと残念がっていたとは思えないクールっぷりだよ。

うん、せっかくパーティに行くのだから、恋人《こいびと》であるイザックさんを正式にパートナーとして連れて行こうと思っていたらしいんだけど、お義父様に強硬《きょうこう》に止められて渋々諦《しぶしぶあきら》めたのである。

イザックさんはまだ貴族社会での立ち居振る舞《ま》いを学んでいる最中だから、中途半端《ちゅうとはんぱ》な状態だと他の貴族に付け入る隙《すき》を見せるかたちになってしまうからって。

なので馬車の中では不満そうにお義父様をジト目で睨《にら》んでいたんだよね。

などと馬車の中でのやり取りを思いだしていたら、会場がなにやらざわつき始めた。

「来たな」

お義父様の言葉通り、一人のオジさんが2階からエントランスの階段を下りてきて、踊《おど》り場で足を止める。

「皆《みな》さん、今日は私の開催《かいさい》するパーティにようこそいらっしゃいました」

ああ、あれがオグラーン伯爵かぁ。

もっと怖《こわ》い顔の悪役っぽいのを想像していたんだけど、実物はちょっと小太りのオジさんだった。

顔つきもニコニコと人のよさそうな顔をしている。

あんな顔をして、実は裏で極悪《ごくあく》な盗賊団と繋がってるなんて、あらかじめ知っていなかったら信じられないだろうなぁ。

けど、あのお腹《なか》じゃとても剣を持って戦うようには見えないね。

私の剣を手に入れてもちゃんと振り回せるのかな？

「……今日は楽しんでいってください！」

などと考えているうちにオグラーン伯爵の挨拶《あいさつ》は終わっていた。

そしてオグラーン伯爵が踊り場から会場に降りると、部屋の一角に陣取《じんど》っていた楽団が音楽を奏《かな》で始め参加者達が思い思いにダンスを踊り始める。

うおお、ホントに踊ってる。この人達踊ってるよ。

はわわ、凄い、本当に貴族ってパーティでダンスを踊るんだね。

「あ、あの」

そんな風に貴族達のダンスを堪能《たんのう》していたら、突然《とつぜん》小さな男の子に話しかけられた。

「はい、なんですか？」

「えっと、その……」

男の子は何故かしどろもどろで要領を得ない感じだ。

うん、ここは年上の女として余裕《よゆう》を見せてあげるべきだろう。

「大丈夫ですよ。落ち着いてお話ししてください」

「は、はい！　えと、ぼ、私とダンスを踊ってはいただけませんか⁉」

「……え？」

ええ⁉　私とダンス⁉　え？　本気？

まさか男の子にダンスに誘《さそ》われるとは思ってもいなかったので困惑《こんわく》してしまう。

「えっとぉ……」

どうしたものかとお義母様に視線を送ると、お義母様はキラキラとした目で頷《うなず》いた。

「いってらっしゃい」

あっ、はい。踊るのは確定なんですね。分かりました。

「えっと、私でよければ」

「っ‼　で、ではレディ、お手を」

凄いな、こんな小さな少年なのにレディって言ったよ。

これが生粋《きっすい》の貴族って奴なのかぁ……。

顔だちも整ってるし、将来は沢山の女の子を泣かせそうだなぁ。

私は男の子の手を取ると、ダンスを踊っている参加者達の中に入って行く。

いや少年、そんな会場の真ん中に行こうとしないで。

私は端《はし》っこでチョコンと踊る程度で良いから。

ああほら、周りの参加者達が微笑《ほほえ》ましいものを見る眼差《まなざ》しで見てる！

めっちゃ緊張《きんちょう》するんですけどぉー！

「ととっ⁉」

そんなことを考えていた所為《せい》で、バランスを崩《くず》してしまう。

「だ、大丈夫ですか？」

幸い男の子のフォローで事なきを得る。

「あ、ありがとうございます」

危なかったー、危《あや》うく会場のど真ん中ですっ転んで恥《はじ》をかくところだったよ。

今はダンスに集中しよう。周囲のことは気にしない！

そうして曲が終わるとダンスを踊っていた参加者達はちりぢりに散ってゆく。

そして次の相手を探す人も居れば、ダンスを切り上げてトークを楽しみに行く人達の姿もあった。

私？　私も勿論《もちろん》ダンスは切り上げだよ。一回踊ればお義母様も満足だろうしね。

私は男の子に一言挨拶をすると、お義父様達の元に戻ってゆく。

「あっ」

去り際《ぎわ》に男の子が寂《さび》しそうな顔をしていたけれど、少年よ、今日という日のことは青春の１ページとして終わらせるが良い。

年上のお姉さんとのほろ苦い思い出は、君の青春の１ページになることだろう。

うん、正直これ以上関《かか》わっていたら絶対にボロが出ること確実なのです。

なので恥を晒《さら》す前に撤退《てったい》、撤退だぁー！

◆

などと馬鹿《ばか》なことを考えながら家族の元に戻ると、お義母様のもっと踊ってきて良いのよ攻撃《こうげき》をかわしつつ会場の料理を楽しむ。

モグモグ、異世界のパーティ料理なかなか美味《うめ》ぇー。タッパー欲《ほ》しい。

そんなことを考えながら料理を楽しんでいたら、なにやらゾロゾロとお仲間を引き連れたおじさん達が近づいてきた。大名行列かな？

と思ったら、オグラーン伯爵だ。

「おお、これはクシャク侯爵《こうしやく》！　当家のパーティにようこそいらっしゃいました！　歓迎《かんげい》いたしますぞ」

「やぁオグラーン伯爵。わざわざ招待してもらってすまないね」

「いえいえ、寧《むし》ろ私のお願いを聞いていただき誠《まこと》に感謝いたします。ところでそちらのお嬢《じよう》さんが例の魔剣の持ち主ですか？」

と、オグラーン伯爵は私のことを話題にするも、その視線はメイテナお義姉様が抱《かか》える細長い木箱に注がれていた。うーん、露骨《ろこつ》ぅ。

「メイテナ、カコちゃん。ご挨拶して」

「初めまして伯爵様。メイテナ＝クシャクと申します」

お義母様に促《うなが》され、まずメイテナお義姉様が挨拶を行う。

「初めまして伯爵様。カコ＝マヤマ＝クシャクと申します」

次いで私もスカートをつまんでカーテシーを行いながらペコリと頭を下げる。

「これはご丁寧《ていねい》に。エルドレン＝オグラーンです。よろしくカコ君」

挨拶を終えると、オグラーン伯爵は一旦《いったん》間を置いてから会話を再開する。

「ところでメイテナ嬢が抱えているその木箱は……」

いい加減好奇心《こうきしん》が我慢《がまん》出来ないと言いたげな顔でオグラーン伯爵が尋ねてくる。

「はい、これがオークションで出品した魔剣の兄弟剣です」

メイテナお義姉様が開けた箱の中から、私は剣を取りだす。

「「「おおーっ!!」」」

その光景を見ていた人達から感嘆《かんたん》のため息が漏《も》れる。

「これが底なし沼《ぬま》の魔剣の兄弟剣、吹雪《ふぶき》の魔剣です」

私が取り出したのは、氷属性の魔剣だった。

これも変異種の魔物の魔石を魔剣に合成して生み出したものである。

本当は底なし沼の魔剣と対《つい》になる属性が良いかなと思ったんだけど、原材料の問題でコレになったのだ。

「この魔剣は名前の通り吹雪を生み出して、敵を氷漬《づ》けにする恐《おそ》ろしい魔剣です」

「す、素晴《すば》らしい……」

オグラーン伯爵達は恍惚《こうこつ》とした表情で吹雪の魔剣を見つめていたが、途中《とちゅう》で我に返って私に視線を戻す。

そして唐突《とうとつ》にこんなことを言い出した。

「カ、カコ嬢。どうだろう、この剣を私に譲《ゆず》ってはくれまいか？」

おっとダイレクトな交渉《こうしょう》きました。

「ズルイですよオグラーン伯爵！　我々にも交渉させて下さいよ！」

そう言って取り巻きの貴族達も私を囲んで我も我もと魔剣の交渉を求めてくる。

けどごめんねぇ。もう答えは決まっているのだよ。

「申し訳ありませんが、これを手放す気はございません」

「何故だね⁉　金なら望みの額を出すぞ⁉」

金に糸目はつけないと言われても結果は同じことだ。

「申し訳ありません」

「っ‼　そう……ですか」

交渉を拒否《きょひ》した後は静かなものだった。

何事もなかったかのようにパーティは進んでゆく。

ただし、私に断られたオグラーン伯爵の目には明確な敵意が宿っていたのだった。

おお、怖い怖い。でもね、それでいいんだよ。それでね。

だってそれが私達の狙《ねら》いなんだから。

「私達の準備は整ったよ。あとはよろしくねニャット」

私はここには居ないニャットに後のことを託《たく》すのだった。

第19話　夜闇《よやみ》に潜《ひそ》む者、夜闇を暴《あば》く者

パーティからの帰り道にそれは襲《おそ》ってきた。

「ヒヒーン！」

馬の悲鳴と共に、馬車の外から金属音が響《ひび》いてくる。

「来たか」

お義父様《とうさま》は静かにそう呟《つぶや》く。

音はさらに激しくなり、金属音だけでなく何かがはぜる音や大きく砕《くだ》ける音も聞こえてくる。

つまりそれは、この薄《うす》い壁《かべ》の外で戦いが起こってるってことなんだよね。

「大丈夫《だいじょうぶ》よカコちゃん。うちの騎士達《きしたち》は強いから」

明らかに外で危険な出来事が起こっているにも拘《かかわ》らず、お義母様《かあさま》は慌《あわ》てる様子もなく私の体を優《やさ》しく抱《だ》き寄せる。

「うむ、それに私が居るからな」

そう言ってメイテナお義姉様《ねえさま》は魔剣《まけん》を取ると馬車の扉《とびら》に手をかける。

「メイテナ、守られる対象であるお前が出てどうする」

しかし、お義父様に手を掴《つか》まれて止められてしまった。

「いえ父上、私は侯爵家《こうしやくけ》の娘《むすめ》である前に騎士ですから」

「そう言ってカコの魔剣を持ち出そうとするんじゃない。だいたい今日はドレスだろう。防具も無

しに外に出て如何《いかが》する。ここは娘らしくおとなしくしておきなさい」

けれどメイテナお義姉様は大人しく座《すわ》りはしなかった。

「ははは、そうしたいのはやまやまなのですが、私の信頼《しんらい》する相棒が誰《だれ》かさんの猛《もう》反対で付いてくることが出来ませんでしたからね。何故《なぜ》かそのとばっちりで仲間達も同行を頼《たの》めなくなってしまいました。いやー、これでは戦力が足りませんねぇ。ということで私も騎士達に助太刀《すけだち》することにします。いや勿論《もちろん》この姿で前線に出たりはしませんよ。カコの魔剣で後方から援護《えんご》するだけですとも」

と長いセリフを早口で言い切るメイテナお義姉様。

はい、イザックさんを連れてこれなかった恨《うら》みがにじみ出ております。

「あー、いやだからその件はだな……」

娘の絶対零度《れいど》の眼差《まなざ》しにお義父様がしどろもどろになる。

「ともかく！　護衛対象のお前が戦いに出てどうする！　お前の代わりは私がするから心配せず魔剣を寄こしなさ……」

「貴方《あなた》も護衛対象でしょう？　領主らしくおとなしくしておきなさい」

「……はい」

メイテナお義姉様に代わって外に出ようとしたお義父様だったけれど、お義母様にシットダウンを言い渡《わた》されてションボリしながら着席する。

うん、この一家の力関係がよーく分かったよ。

というか二人共そんなに魔剣を使いたいんかい。

「メイテナ、貴女《あなた》はドレスなんだから、無茶しちゃ駄目《だめ》よ」

「は、はい……」

そしてメイテナお義姉様も諌《いさ》められる。

「前に出てドレスを汚《よご》さないように気をつけなさい」

「は……え？」

「「え？」」

あれ？　駄目じゃないの？

「良いのですか母上？」

「今回は特別よ。スッキリしてらっしゃい」

成る程《ほど》、イザックさんと一緒《いっしょ》に来れなかったことを気遣《きづか》ってくれたんだ。

「ず、狡《ずる》いぞ！　私もカコの前でカッコいいところを見せたい！」

「貴方は大人しくしていなさい」

「はい」

お義父様ぁ……。

「分かりました母上！　カコ、すまないが魔剣を借りるぞ！」

「あ、はい。気を付けてくださいね」

「うむ、任せろ！」

いや、気を付けてって言ったんだけど……。

私は馬車の窓を覗《のぞ》いて外へと飛び出していったメイテナお義姉様の姿を探す。

「ははははっ、愚《おろ》かな悪党共め！　このメイテナ＝クシャクが貴様等《ら》を返り討《う》ちにしてくれる！」

「メイテナお嬢様《じょうさま》!?　危険です、お下がりください！」

わー、めっちゃノリノリだぁ。そして騎士の皆《みな》さん、うちの義姉《あね》がご迷惑《めいわく》をおかけします。

「魔剣だと!?　馬鹿《ばか》め、自分からお宝を差し出してくれるとはな！」

はい、賊《ぞく》の狙《ねら》いが魔剣だとハッキリしました。自白、ありがとうございます！

「あの女を狙え！」

「させるか！」

メイテナお義姉様に狙いを絞《しぼ》った盗賊《とうぞく》達の前に騎士達が立ちふさがる。

「ふっ、私に出会った不幸を呪《のろ》え！　氷雪よ、我《わ》が敵を氷の墓標に封《ふう》じよ‼」

メイテナお義姉様が魔剣に魔力を込《こ》めると、馬車の隙間《すきま》から冷気が入り込んでくる。

そして盗賊達を囲うように吹雪《ふぶき》が吹《ふ》き荒《あ》れ、彼等《かれ》の動きをみるみる間に鈍《にぶ》らせていった。

「おお、凄《すご》い‼」

ボールスライム相手の試《ため》し撃《う》ちはしたことあるけど、本物の戦いで使うのを見るのは初めてだから実感が違《ちが》う。

「ひ、ひぃ……さ、寒い」

「手が悴《かじか》んで武器が!?」

おお、動きを鈍らせるだけじゃなく、相手が武器を上手《うま》く扱《あつか》えなくなってる！

そっか、吹雪で寒さを誘《さそ》うから、直接相手を凍《こお》らせなくてもあんな副次的効果も生まれるんだね。

「そうはさせるかよ‼」

けれど別の方向から新たな盗賊が襲い掛《か》かってきた。

しまった、そっちはメイテナお義姉様の魔剣の効果範囲《はんい》外だよ！

「させぬ！」

けれど護衛の騎士達が陰《かげ》から現れ、襲い掛かってきた盗賊達をあっという間に返り討ちにする。

「なっ⁉　どこから⁉」

「伏兵《ふくへい》を忍《しの》ばせていたのが自分達だけと思っていたか」

そうか、味方にも隠《かく》れて護衛してくれていた人達が居たんだ。

振《ふ》り返ると、お義母様は「ね、大丈夫だったでしょ？」と言わんばかりに優しい笑《え》みを見せる。

そうこうしていると、いつの間にか外が静かになっていた。

「終わったみたいだな」

残念そうなお義父様の言葉通り、騎士が馬車の扉をノックして報告をしてくる。

「襲ってきた賊を撃退《げきたい》しました。生き残った者は捕縛《ほばく》しましたが、頭領と思《おぼ》しき男と一部の者達には逃《に》げられました」

護衛の騎士の声はとても淡々《たんたん》としていて、そこに賊のボスを逃《のが》した悔《くや》しさは感じられない。

「そうか、予定通りだな。では我々も帰還《きかん》するぞ」

そうお義父様が満足げに頷《うなず》くと馬車は再び動き出した。

そして、その後はトラブルらしいトラブルもなく、私達は無事屋敷《やしき》へと帰ってきた。

「おかえりなさいませ」

私達が馬車から降りると、執事《しつじ》のマーキスとメイドのティーアが出迎《でむか》えてくれる。

「おかえりだニャ」

そして見慣れた大きな猫《ねこ》の姿。

「ただいまニャット。そっちの首尾《しゅび》はどうだった？」

「聞くまでもないニャ」

そう言ってニャットはニヤリと笑みを浮《う》かべたのだった。

◆ニャット◆

「ここが悪党の住処《すみか》かニャ」

賊のアジトを見張っていたニャー達は、夜の闇に紛《まぎ》れて動き出した盗賊達を追っていたのニャ。

ニャフフ、ニャーにかかればただの賊を追うくらい造作もニャいことなのニャ。

意外だったのはクシャク侯爵の部下達もなかなか大した隠密《おんみつ》ぶりだったことかニャ。

追いかける盗賊達は治安の悪い下町を抜《ぬ》けると、人気《ひとけ》の少ない道を選んで移動してゆくのニャ。

ここまで見事に人のいない道を選ぶあたり、何時頃《ごろ》にどこの道が人に見つかりにくいかを良く調べていたということだニャ。

まぁニャー達は家の屋根伝いに追っているから、周囲を警戒《けいかい》しても見つからニャいけどニャ。

盗賊達はそのまま平民が暮らす区画を抜けると、貴族街へと入って行くニャ。

ここまで来ると、もうどこかの貴族と深い関《かか》わりにあるのは間違いニャいのニャ。

「ひぇっ!?」

貴族の屋敷の高い屋根を跳《と》んだ瞬間《しゅんかん》、ニャーの上で小さな悲鳴が上がったのニャ。

「静かにするニャ。声でバレるのニャ」

「ゴ、ゴメン。でもさすがにこれは……」

それはニャーの背に乗っていたシェイラの声だったのニャ。

今回シェイラは盗賊に盗《ぬす》まれた品を確認《かくにん》する為《ため》、ニャー達に同行しているのニャ。

ニャにせニャー達にはカコの魔剣以外、どれが盗まれた品ニャのかさっぱり分からんからニャ。

とりあえずシェイラの村から盗まれたものさえ確認出来れば、そいつが村を襲った犯人と同一犯と断定出来るとして同行を許可されたのニャ。

けれどシェイラは戦闘《せんとう》経験も賊を追う為の尾行《びこう》能力もないのニャ。

だからニャーはカコに頼まれてシェイラの護衛兼運搬役《けんうんぱんやく》として同行することにニャッたのニャ。

まぁニャーはパーティについていけニャーから、暇《ひま》つぶしとして快く引き受けてやったのニャ。

勿論報酬《もちろんほうしゅう》はカコの料理ニャ！

「怖《こわ》いなら目をつむっているニャ」

「わ、分かったよ」

ニャーに言われた通り、シェイラは目をつむってニャーの体に強くしがみ付いたのニャ。

「うわぁ、モフモフ……」

そうして盗賊達を追うことしばし、ようやく盗賊達はとある貴族の屋敷に入って行ったのニャ。

「ここはオグラーン伯爵《はくしゃく》の別邸《べってい》ですね」

盗賊達が入り込んだのは、予想通り犯人と推測していた貴族の屋敷だったのニャ。

ニャー達は屋敷の壁を跳び越《こ》えると、屋根伝いに中に入った盗賊達を追いかけるのニャ。

「防犯用の結界抜けを行います」

金持ちは敵が多いからニャ。防犯用の結界魔法を屋敷にかけておくのは基本なのニャ。

尤《もつと》も、それ以上の金持ちはこうやって結界を無力化する方法を持っているんニャけどニャ。

「結界に穴を開けました。すぐに閉じますので早くお通りください」

「良い仕事ニャ」

「恐縮《きようしゆく》です」

侯爵の部下はなかなかの腕利《うでき》きニャ。

結界に開ける穴を最小限かつ短時間のみにすることで、結界を管理する術者が異変に気付きにくくしたのニャ。

まぁニャーなら力ずくでブチ破って内部を制圧するけどニャ。

結界の中に忍び込んだニャー達は、すぐに盗賊達の姿を確認したニャ。

けれど盗賊達は屋敷の中に入ることなく、屋敷の奥《おく》にある小さな建物の中に入っていったのニャ。

と言っても屋敷に比べたら小さいというだけで、十分な大きさの家だニャ。

「おそらくは使用人達が使う別棟《べつむね》ですね。しかし賊が躊躇《ためら》いもなく入っていったということは、実際には賊のもう一つのアジトとして使われている可能性が高いですね」

しばらく様子を見ていると、屋敷の外が騒《さわ》がしくなってきたのニャ。

「どうやらパーティの招待客が帰るようですね」

そして全《すべ》ての馬車が屋敷を出て少しすると、別邸から盗賊達が姿を現したのニャ。

しかもその数は入っていった時よりも多かったのニャ。

更《さら》に全員が黒い服に身を包み、完全武装していたのニャ。

「予想通りの状況《じょうきょう》だニャ」

夜闇に紛れて魔剣を所持するカコ達を襲うつもりなのニャ。

武装した盗賊達が屋敷を出ると、ニャーに同行していたクシャク侯爵の部下の一部がそいつらを追いかけていったのニャ。

「戦闘中の賊を後方から挟撃《きょうげき》させます。我々は敵が留守の間に中を検《あらた》めましょう」

「ニャーが先行するニャ。おニャー等はそいつを護衛しているのニャ」

そう言ってニャーはシェイラを背中から下ろすニャ。

「いえ、これは我々の仕事ですので、調査は我々が行います」

「……中にはまだ何人か残っている匂《にお》いがするのニャ」

「っ!?」

ニャーの言葉に別棟の中を調べようとしていたクシャク侯爵達の部下の動きが止まるニャ。

「中の様子が分かるのですか?」

「ニャーの鼻ならたやすいことニャ」

ニャにせ誘拐《ゆうかい》されたカコを森の中で探し当てたのもニャーの自慢《じまん》の鼻だからニャ。

「……分かりました。貴方にお任せします、ニャット殿《どの》」

クシャク侯爵の部下はなかなか話が分かるヤツだニャ。

コイツ等も中に人が残っていることは予想していた筈《はず》ニャけど、ここでツマらん縄張《ニャわば》り意識を見せるより、ニャーの鼻を利用して早々にここを去った方が良いと判断したみたいだニャ。

「任されたのニャ」

地上に降りたニャーは耳を澄《す》まして建物の中の気配を探《さぐ》るのニャ。

感じるのは弛緩《しかん》した気配がひとつ。警戒は感じニャいのニャ。

更に奥にもう一つ気配があるが、こっちは匂いが薄くなってるから別の部屋に居るっぽいのニャ。

ならばとニャーはそっと扉を開けようとしたのニャが……。

ガチャリ、と扉の金具が大きな音を立ててしまったニャ。

「ん？　何だ？　……扉が開いて？」

しまったニャ。気づかれてしまったのニャ。

だがニャーは慌てず尻尾《しっぽ》をドアのスキマに差し込んだのニャ。

そして悩《なや》ましい鳴き声と共に尻尾を誘うようにユラユラと揺《ゆ》らすニャ。

「ンナァーオ」

「なんだネコか。どうしたんだこんな所に？　もしかして迷い込んだのか？　それともエサをねだりに来たのか？」

ニャーを猫と勘違《かんちが》いした男は、たちまち猫なで声になって近づいてきたのニャ。

ふっ、人族の心を手玉にとるニャど、ニャー達ネッコ族にとっては朝飯前ニャ。

そして男の気配がドアのすぐ傍《そば》まで近づいた瞬間、ニャーは中に飛び込んだのニャ。

「っ!?」

男が声を上げる前に跳躍《ちょうやく》し、ニャーの後ろ脚《あし》が男の顔面に炸裂《さくれつ》したのニャ。

「かっっっ⁉」

これぞ幸せ肉球キック。ニャーのプニプニ肉球を喰《く》らってはタダでは済まニャいのニャ！

男が地面に倒《たお》れ込む前にニャーはクルクルッと地面に着地しその体をそっと受け止めると、そっと音を立てないようにして床《ゆか》に下ろすニャ。

そして外で潜んでいるクシャク侯爵の部下に、来ても良しと合図を送ったのニャ。

「……なんというか、今のアレは潜入捜査《せんにゅうそうさ》としてアリなのですか？」

「結果的に騒ぎにニャらなかったからアリだニャ」

「はぁ……」

そう、失敗したように見えても上手く失敗をフォローして解決出来たのなら、大成功に変わりないのニャ。

クシャク侯爵の部下は気絶した男を捕縛すると、奥の部屋に居る賊の捕縛に向かったニャ。

「じゃあニャー達は盗まれた物を探すのニャ」

「え、ええ。分かりました」

戻《もど》ってきたクシャク侯爵の部下達と共にニャー達は建物の中を捜索《そうさく》するのニャ。

そして建物の奥にそれらしき品を見つけたのニャ。

「武具に道具に食糧《しょくりょう》……何ともまとまりのない仕舞《しま》いかたですね。これが盗まれた品でしょうか？」

確かにこの乱雑振《ぶ》りは怪《あや》しいのニャ。

まだ盗まれた品を整理していない感じなのニャ。

「どうニャ？　盗まれた品はあったかニャ？」

「ちょ、ちょっと待って。えーっと……あれ？」

けれど荷物のチェックをしていたシェイラの反応がおかしいのニャ。

「どうしたのニャ？」

「無い。盗まれた武具が無いんだ！」

なんとここに置かれた荷の中にはシェイラの村から盗まれた武具の類がなかったと言うのニャ。

「魔法の袋《ふくろ》の類もありません。ということはどこか別の場所に隠したということでしょうか？」

クシャク侯爵の部下達は盗まれた品は別の場所に運ばれたのではないかと言うが、ニャーはそうは思えなかったのニャ。

「荷物が入ったと思《おぼ》しき魔法の袋を持った賊はここに入ったあと他の建物には向かわなかったニャ。可能性としてはさっきの武装した賊が持って行ったかもしれニャいが、恐《おそ》らくそれも違うのニャ」

さっきのはほぼ間違いなくカコ達を狙った賊だニャ。

常識的に考えてこれから戦うのにお宝を持っていくヤツはいないのニャ。

「となれば考えられるのは……スンスン」

ニャーは室内の匂いを嗅《か》いで回る。

そしてある一か所で匂いの動きがおかしい場所を発見したのニャ。

「ここを探すのニャ」

そう言って床を叩《たた》けば、コォンコォンと響く音が聞こえてきたのニャ。

「これは隠し扉⁉」

クシャク侯爵の部下達が床を調べると、予想通り地下へと続く隠し扉が出てきたのニャ。

そして地下へ降りると、そこには上の階に乱雑に置かれた荷とは裏腹に、綺麗《きれい》に飾《かざ》られた武具やマジックアイテム、それに宝石類の姿があったのニャ。

「隠し部屋、いや隠しミュージアムだニャ」

こんな所でこっそり飾っているあたり、間違いなく後ろめたいシロモノだニャ。

おそらく上の部屋に乱雑に積まれた品は本物の盗品から目を逸《そ》らすためのダミーだろうニャア。

「あった！　師匠《ししょう》の剣だ！　それに他の工房《こうぼう》の武具もある！」

飾られていた武具を調べていたシェイラがそれを自分の見知った物だと告げる。

そしてニャーもまた、盗まれたカコの魔剣を見つけていたのニャ。

「どうやら当たりのようだニャ」

「よし、盗品を回収するぞ」

「「「はっ‼」」」

クシャク侯爵の部下達が地下室に飾られた盗品を手当たり次第《しだい》に魔法の袋に詰《つ》め込んでいくニャ。

出て行った賊がいつ逃げ帰ってくるか分からニャいからニャ。

「荷物の回収が完了《かんりょう》しました！」

「うむ、それじゃあ帰るとするニャ」

荷物を回収したニャー達は、再び夜闇に紛れて賊のアジトを後にしたのニャ。

さて、これでニャー達の仕事は終わったニャ。

「あとは侯爵家の、人間の仕事だニャ」

第20話　追い詰《つ》められる者達《たち》

「くそっ！　何でこんなことになったんだ！」

森の中を数人の男達が逃《に》げながら叫《さけ》ぶ。

彼等《かれら》の名はキマリク盗賊団《とうぞくだん》。

オグラーン伯爵《はくしゃく》と手を結んで近隣《きんりん》を荒《あ》らしまわっていた盗賊団だ。

彼等はパーティ帰りの私達クシャク侯爵《こうしゃく》一家の乗った馬車を襲《おそ》った犯人だ。

しかし襲撃《しゅうげき》が失敗した後は追跡《ついせき》を警戒《けいかい》してオグラーン伯爵の別邸《べってい》に逃げこんだりはせず、町を出て森の中に潜《ひそ》んでいた。

しかしお義父様《とうさま》の部下によって見張られていた彼等の動きは完全に把握《はあく》されていて、彼等は森から出ることが出来なくなっていたのだ。

「いたぞー！　こっちだ！」

彼等を追っている騎士《きし》達の声が森に響《ひび》く。

「くっ‼」

このままだと捕《つか》まると慌《あわ》てたキマリク盗賊団は、木の枝や藪《やぶ》が体や服を傷つけることも厭《いと》わず速度を上げた。

森の中は足の速い騎馬は使えないから、とにかく先を急ぐ選択《せんたく》に出たみたいだ。

でも残念。彼等の行く先には森のエキスパートの姿があった。

「森の木々よ、彼《か》の者達を足止めしたまえ。プラントホールド」

逃げていた男達の足元に植物が絡《から》みついてゆく。

「な、なんだこりゃ⁉」

「しまった魔法《まほう》だ！」

困惑《こんわく》する彼等の前に3人の冒険者《ぼうけんしゃ》が姿を現した。

そう、イザックさん達鋼《はがね》の翼《つばさ》だ。

「よう旦那《だんな》方、もう逃がさねぇぜ」

「くっ！　追手か⁉」

男達は絡みつく植物を切りながらイザックさん達を睨《にら》みつける。

「まぁ、似たようなもんかな。お前等とは因縁《いんねん》があってね。捕まえさせてもらうぜ」

「知るかよ！」

一人、植物の拘束《こうそく》から抜《ぬ》けだした頭目と思《おぼ》しき男がイザックさんに襲いかかる。

「へぇ、やるねぇ。だが逃がさねぇよ」

しかしイザックさんは難なく頭目の攻撃《こうげき》を受け流す。

「なにっ⁉」

「終わりだ！」

そして頭目の懐《ふところ》に入ると鳩尾《みずおち》に痛烈《つうれつ》な一撃を喰《く》らわせた。

「ぐっ⁉」

カウンターで入った一撃はかなりきつかったんだろう。

頭目はお腹《なか》を押《お》さえてもんどりうつ。

「これで借りは返したぜ」

そしてその隙《すき》を突《つ》かれて意識を奪《うば》われる頭目。

見れば脱出《だっしゅつ》に手間取っていた他の盗賊達も全員捕《と》らえられていた。

「おおー、さすがイザックさん達！」

「ふん、父上の部下が情報を教えたのだ。捕まえて当然だな」

私の傍《そば》にいたメイテナお義姉様《ねえさま》もご満悦《まんえつ》だ。

「実力の差がありすぎるのニャ。あれならおニャー等の護衛をしてる間に倒《たお》した魔物達の方が強かったのニャ」

ニャットはちょっぴり辛口《からくち》評価だ。

まぁ、イザックさん達がキマリク盗賊団を捕らえるのを見学に来たのにあっさり終わっちゃったからね。

え？　何でそんな危ない場所に見学に来たのかって？

それは隣《となり》のメイテナお義姉様をご覧くださいというやつだ。

今回のパーティでダンスや礼儀作法《れいぎさほう》の訓練をやらされただけでなく、参加者の貴族令息達に群がられたことでメイテナお義姉様のストレスは限界まで溜《た》まっており、やっと暴れられると思ったら、襲撃者の撃退でも後方からの援護《えんご》どまりだったので、とても満足出来なかったという訳だ。

で、イザックさん達の活躍《かつやく》の見学という名目で自分も捕り物に参加していたのである。

私とニャットはそれにちゃっかり相乗りした形だ。

一応お義父様にバレたら3人で薬草採取に来たと言い訳をするつもりである。

「でもこれでキマリク盗賊団は全滅《ぜんめつ》ですね」

私は笑顔《えがお》でこちらに手を振《ふ》るイザックさん達を見ながらそう呟《つぶや》く。

「ああ、後はオグラーン伯爵だけだな」

準備は万端《ばんたん》。あとは最後の仕上げだよ！

なお、帰ったら笑顔で仁王《におう》立《だ》ちしたお義父様とお義母様《かあさま》が立ちはだかっていたのだった。

◆オグラーン伯爵◆

「無い！　私のコレクションが無い!!」

パーティの後、私は魔剣《まけん》の譲渡《じょうと》を断った小娘《こむすめ》への怒《いか》りを抑《おさ》える為《ため》に秘密のコレクションルームへとやって来た。

元平民の癖《くせ》に貴族の私に逆らったなんとも愚《おろ》かしい娘だった。

だが、あの娘がもたらした底なし沼《ぬま》の魔剣は本当に素晴《すば》らしい物だったのも事実だ。

そして部下達が戻《もど》ってくれば、その魔剣に勝《まさ》るとも劣《おと》らない兄弟剣が手に入る！

待ち遠しさが我慢《がまん》しきれない私は、部下が戻ってくるまでコレクションルームの魔剣を鑑賞《かんしょう》することにしたのだが……。

その魔剣が姿を消していたのだ！

しかも魔剣だけではなかった。

コレクションルームの全《すべ》てが消え去っていたのだ！

「どういうことだ！　まだ部下に持ち出しを命じていないのだぞ！」

魔剣を窃盗《せっとう》させて間もないため、東都の外に持ち出すのは難しい。

それゆえ、ほとぼりが冷めるまで手に入れたコレクションを保管しておくのがこのコレクションルームだというのに、何故《なぜ》か魔剣が姿を消している！

この部屋を知っているのは私以外では実行犯であるキマリク盗賊団だけだ。

「まさか連中が持ち出したのか⁉　何の為に⁉」

裏切りという言葉が脳裏《のうり》に浮《う》かぶ。

よもや、あの魔剣の美しさに目が眩《くら》んで裏切ったのか⁉

私は部下に命じて侯爵襲撃に向かわせたキマリク盗賊団の捜索《そうさく》を部下に命じた。

だが、彼等が戻ってくることはなかった。

「おのれ、今まで取り立ててやった恩を忘れおって！　絶対に許さんぞ！」

それだけではなかった。

「オグラーン伯爵、貴方《あなた》の別邸を調査させていただきます」

「なんだと⁉」

翌日の朝、突然《とつぜん》クシャク侯爵の騎士団が私の別邸に乗り込《こ》んできたのだ。

「我々が捕らえたキマリク盗賊団の頭目が自白しました。彼等は貴方に命令されて犯行を行っていたと」

「盗賊団を捕らえただと⁉」

予想外の発言に私は内心相当に驚《おどろ》いていた。

まさかあいつ等が全員捕まったというのか⁉

戻ってこなかったのはそういうことなのか？

「ふん、何のことだ⁉　盗賊どもの苦し紛《まぎ》れの言い訳だろう」

だが私とて貴族、簡単に動揺《どうよう》を見せる気はない。

「ですが、賊が自白した以上我々には調査する義務があります。我々の主《あるじ》であるクシャク侯爵様の許可も下りております。伯爵も後ろめたいことが無いのでしたら協力してくださいますよね？」

「……よかろう。どこでも好きな場所を探すが良い。だが、なにも無かったらその時は王都を通じて正式に訴《うった》えるからな！」

「よし、屋敷《やしき》内を隅々《すみずみ》まで調べろ！」

その後騎士団によって徹底《てってい》的に調査が行われた。

だが、屋敷内にはなにも無いことは私自身が良く知っている。

問題は使用人用の別館だが、あそこも心配ない。

何せあそこからはなにもかも無くなっているのだからな。

「別館に床下《ゆかした》への隠《かく》し階段が見つかりました！」

ふん、さすがに見つかったか。

「ほう、隠し階段ですか。伯爵、ここには何があるのですか？」

「ん？　ああ、ここか。ここは倉庫として使う予定の場所だ。今は何もないがな」

だが、今は逆に盗《ぬす》まれたことが功を奏した。

何せ本当に何もないのだからな！

寧《むし》ろこれはチャンスだ。

たとえ爵位が上の侯爵だとしても無実の相手を疑って強引《ごういん》に家探しをしたのだ。

これを利用してキマリク盗賊団が私から盗んだ魔剣を正式に譲渡させようではないか！

賊のたわごとを信じた慰謝料《いしゃりょう》としてな！

お蔭《かげ》で私はあの魔剣を誰《だれ》はばかることなく己《おのれ》の物だと知らしめることが出来るぞ！

くくくっ！　笑いをこらえるのが大変だ。

「見つけました！　地下室の中は大量の武具やマジックアイテムで埋《う》め尽《つ》くされていました！」

「……は？」

なのに、あり得ない言葉が私の耳に入ってきた。

「ほう」

「な、なんだと⁉　そんな馬鹿《ばか》な！」

そんな筈《はず》はないと私は騎士達をかき分けてコレクションルームに入る。

するとそこには無くなった筈の私の財宝達が所狭《ところせま》しと並べられていたのだ。

「そ、そんな馬鹿な……！」

「これはまた見事な地下博物館ですな」

遅《おく》れてやって来た騎士達が私の後ろから囁《ささや》く。

「っ⁉」

あり得ない！　あり得ない！　何故無くなった筈の武具が元に戻っているのだ⁉

いったい何が起こっているのだ⁉

「隊長！　カコお嬢様《じょうさま》の魔剣がありました‼」

「そ、それは⁉」

あれは私の魔剣！

「ほう、これで盗品《とうひん》であることがはっきりしましたね」

「ち、違《ちが》うんだ！　これは何かの間違いだ！」

「騎士様！　私の村から盗まれた師匠《ししょう》達の武具が見つかりました‼」

「騎士様、オラ達の村から盗まれた物もみつかりました！」

「私共の屋敷から盗まれた品もです！」

更《さら》に見覚えのない平民達が私のコレクションを持ってやってくる。

「な、なんだ貴様達は⁉」

「彼等はキマリク盗賊団の被害《ひがい》に遭《あ》った町や村の住人ですよ。今回賊が自白したことで、盗まれた品の確認《かくにん》をしてもらうために連れてきたのです」

「デ、デタラメだ！　平民が金目当てにデタラメを言っているにすぎん！」

これは私の物だ！　貴様等に奪われてなるものか！

「嘘《うそ》なもんか！　私達鍛冶師《かじし》は自分達の作品には作り手が誰か分かるようにマークを刻むんだ！　だから自分の仕事は一目で分かるのさ！」

「確かに、鍛冶師が自分の仕事であるマークを刻むのは我等騎士には有名な話ですね。有数の武器蒐集家《しゅうしゅうか》である伯爵もご存じなのでは？」

「そ、それは……」

勿論《もちろん》知っている。だがそれを認める訳には……。

「どのみち伯爵の屋敷から盗品が見つかったのです。言い逃《のが》れは出来ませんよ。詳《くわ》しい話は侯爵家の審問《しんもん》室で聞かせていただきましょうか」

「ち、違うのだ！」

「何が違うのですか？　これ程《ほど》の証拠《しょうこ》の品が揃《そろ》っているというのに言い逃れとは見苦しいですよ」

「違うのだ！　これらの品は何者かに盗まれた品なのだ！　それがいつの間にか戻ってきたんだ！」

「……は？」

「……あっ」

し、しまった！　焦《あせ》ったあまりに大変なことを口走ってしまった!!

これでは自分で犯行を認めたようなものではないか！

「よく分かりませんが、貴方の口から所有していた事実が確認出来たので捕縛《ほばく》させていただきます。伯爵を捕らえろ！」

「「「はっ！」」」

クシャク侯爵の部下達が私の両腕《りょううで》を掴《つか》んで連行する。

「ま、待ってくれ！　違うんだぁぁぁぁぁ!!」

こうして私は訳が分からぬままに捕まってしまったのだった。

ああ、私の魔剣……。

美しい魔剣は人を破滅《はめつ》させると言うが、私は自分でも気付かぬうちにあの魔剣に魅入《みい》られていたというのか……。

◆

「オグラーン伯爵を捕らえたと報告が入りました」

屋敷でのんびりとしていた私達は、マーキスからの報告でオグラーン伯爵捕縛の報告を受ける。

「やったー！　ようやく事件解決ですね！」

「うむ。これで領民達も心穏《おだ》やかに暮らせることだろう」

事件が解決して、私達はほっと一安心だ。

「ほっほっほっ。これでメイテナお嬢様の思い人は無事爵位を授《さず》かることが出来ますな」

「う、うむ！」

マーキスの発言にメイテナお義姉様が顔を真っ赤にして頷《うなず》く。

「イザックさんが貴族になるのかぁ」

私はマーキスの言葉を反芻《はんすう》する。

そう、これもまたお義父様の作戦の一部なのだ。

お義父様はパーティの帰りに自分達が襲われることをあらかじめ予想していた。

そこでお義父様はオグラーン伯爵を利用することにしたのだ。

わざと逃がした賊の頭目を、メイテナお義姉様の恋人《こいびと》であるイザックさんに捕らえさせる。

その為に各所に騎士団を配置して盗賊団をイザックさんの所まで誘導《ゆうどう》したのである。

イザックさん達もAランク冒険者、高レベルの魔物を相手にする彼等にとってただの盗賊団なんて敵じゃない。

こうしてイザックさん達は多くの町や村を脅《おびや》かしたキマリク盗賊団を捕縛した英雄《えいゆう》になった。

ここで重要なのは、キマリク盗賊団はクシャク侯爵領だけでなく、他の貴族の領地も襲っていたことで多くの貴族から恨《うら》みを買っていたということ。

そんな貴族達が必死になって探していた大盗賊を捕らえたのだから、大金星は間違いない。

まぁそこは黒幕である伯爵領や治外法権に近い別邸に逃げ込んでいたのだから捕まらないのも当然だったんだけど。

ともあれ、それだけの賞金首を捕らえた以上、イザックさんの功績は大きくなる。

只《ただ》の平民が貴族に捕まえられなかった賊を簡単に捕らえたと認める訳にはいかないからだ。

そうなるとある力が働く。

よし、そんなならソイツを貴族にしちまうか！　と。

貴族になるような器《うつわ》の持ち主ならそんな大盗賊でも捕まえられるよね！　只の平民じゃなかったんだよねという逆説的な事情である。

「表向きは大盗賊捕縛の褒美《ほうび》として、実際には貴族のメンツを保つ為に彼は貴族の仲間入りを果たすことになる」

とすっごく嫌《いや》そうな顔でお義父様は教えてくれた。

お義父様、本当にイザックさんがお義姉様と結婚《けっこん》するのが嫌なんだなぁ。

だが、これはお義父様が描《えが》いた絵だ。

イザックさんは平民で、メイテナお義姉様は家を継《つ》ぐ気が無くても侯爵家令嬢。

どう考えてもつり合いが取れない。本人達がその気でも周りが全力で邪魔《じゃま》をする。

だから周りの声を少しでも減らす為にイザックさんは貴族になることが決定した訳だ。

「彼は騎士爵となるだろう。だが騎士爵は貴族の中で最下位。メイテナと結婚するにはまだまだ相当な努力が必要になるだろうな。最低でも子爵にはなってもらわないと」

「なれるんでしょうか？」

「腐《くさ》ってもAランク冒険者だからね。腐っても」

腐っても2回言ったよ。

「まぁそのくらいの苦労はしてもらうさ！　血反吐《ちへど》を吐《は》くくらいの努力はね！　はっはっはっはっ」

oh……、笑顔が黒いですよ。

けどキマリク盗賊団をメイテナお義姉様の結婚の為に利用すると言い出した時は本当に驚いたよ。

しかも盗み返した品がちゃんと盗品だったのを確認した後で、捜索当日の夜明け前に元通りにすることでオグラーン伯爵の油断を誘《さそ》ったのも見事だった。

「くっ！　これも娘の幸せとAランク冒険者を手元に置いておくため……っ！　Aランク冒険者が血縁《けつえん》になるのは悪いことじゃないからね」

血の涙《なみだ》を流さんばかりの形相でお義父様は歯を食いしばる。

す、凄《すご》い。感情を理性で無理やり抑えている！　これが上級貴族の策謀《さくぼう》ってヤツなのか……。

イザックさん、これから大丈夫《だいじょうぶ》かなぁ。

子爵になる云々《うんぬん》よりお義父様の圧で胃に穴が空かないと良いけど……私は女の子で良かったなぁ。

◆

「カコ、ちょっといいかい？」

部屋に戻る最中、珍《めずら》しくシェイラさんに呼び止められた。

「なんですかシェイラさん？」

「ちょっとアンタに見てほしいモノがあってね」

見てほしい物？　はて、なんだろう？

「分かりました。それじゃあシェイラさんの部屋に行けばいいですか？」

「いや、アンタの部屋でいいよ」

一緒《いっしょ》に部屋に戻ると、シェイラさんは手にしていた包みをテーブルの上に広げる。

「これは……短剣？」

それはとても美しいひと振りの短剣だった。

「私が鍛《きた》えた剣さ。本当は師匠に合格を貰《もら》ってから見せたかったんだけどね」

その短剣は特別装《そう》飾《しょく》が施《ほどこ》されている訳でも、金銀や宝石がちりばめられている訳でもない。

なのに、見ていてとても美しいと思わずにはいられない短剣だった。

「……鑑定《かんてい》」

小さな声で私は短剣に鑑定をかける。

『非常に高品質な短剣：最高級の鉄を鍛えて作り上げられた鍛造《たんぞう》の短剣。小柄《こがら》な使い手を想定して作られたのか、握《にぎ》り手の部分は細めにつくられており、更に軽さと強度を両立させた非常にバランスの良い逸品《いっぴん》。切れ味も鋭《するど》く、戦闘《せんとう》だけでなく、解体、採取にも使える』

「凄い……」

いや本当に凄いよコレ。

確かシェイラさんは見習いなんだよね？　なのにもう一流の職人レベルの腕じゃん！

「凄いですよシェイラさん！　こんな凄い短剣初めて見ました！」

「カコから貰った鉄で鍛えた剣さ。どうだい、合格かな？」

合格？　あ、そうか、シェイラさんに鉄を受け取ってもらう為に、良い剣が出来なきゃ代金支払《しはら》ってもらうぞって言ってたんだっけ。

「勿論合格です！　最高の短剣ですよ‼」

「っ！　はぁ～～っ」

私が合格を告げると、シェイラさんは肩《かた》を落として大きなため息を吐《つ》いた。

「あ～、やっと肩の荷が下りたよ」

おっと、どうやら鉄の代金の件をシェイラさんは気に病《や》んでいたみたいだね。

もしかしてキマリク盗賊団追跡の協力を申し出たのって、鉄の代金のこともあったから？

安堵《あんど》して床《ゆか》にへたり込んでいるシェイラさんの様子を見る感じだと、間違ってないっぽいねぇ。

「ホント良かったよ。この短剣は私の全力を注ぎ込んで寝《ね》る間を惜《お》しんで鍛えた最高傑作《けっさく》なんだ。正直もう一度同じ物を作れって言われても作れる自信なんてないよ」

確かにこの短剣の出来は半端《はんぱ》ない。シェイラさんが見習いなことを考えると、破格の出来と言える。

いや、シェイラさんを見くびっていた訳じゃなく、世間一般《せけんいっぱん》の見習いの平均を考えるとね。

「さて、それじゃ戻しに行くか」

と、シェイラさんは短剣を鞘《さや》に納めて部屋を出ていく。

「え？　もう村に帰っちゃうんですか？」

「いや、まだ被害の調査が完了《かんりょう》していないらしくてね。今回は無理言って一時的に借りてきたのさ。侯爵家の口利《くちき》きのお蔭だよ。私が作ったのに借りるってのも変な話だけどね」

シェイラさんはお義父様から特別な許可を貰って、短剣の持ち出しを許されたらしい。

「キマリク盗賊団の被害者はかなりいるらしくてね。すぐに来れない連中もいるから、確認に時間がかかるんだってさ。だからそれまでは私もこの町に居るよ」

そっか、でもちょっと安心。

まだこの屋敷に住むのは慣れてないし、お仲間は多い方が良いからね！

「でもシェイラさんの剣が見つかって本当によかったです」

「……全部アンタのお蔭さ。ありがとうなカコ」

あはは、どちらかというと侯爵家の皆《みな》のお蔭なんだけどね。

第21話　緊急《きんきゅう》家族会議

「うーん……」

オグラーン伯爵《はくしゃく》が捕《つか》まってから2週間が経《た》っていた。

既《すで》にオグラーン伯爵の領地にある本邸《ほんてい》も国から派遣《はけん》された王都騎士《きし》団と合同で調査が行われ、新たに大量の盗品《とうひん》が発見されたんだとか。

盗品の中には、平民だけでなく貴族から盗《ぬす》んだ物も見つかって、結構な騒《さわ》ぎになったんだって。

キマリク盗賊団《とうぞくだん》が関《かか》わった事件は犠牲者《ぎせいしゃ》も多く、更《さら》に黒幕が貴族と分かったことで、もうただの盗難事件ではすまなくなって、オグラーン伯爵は爵位剥奪《はくだつ》の上、財産と領地も没収《ぼっしゅう》になった。

財産の一部は被害《ひがい》に遭《あ》った人々に慰謝料《いしゃりょう》として支払《しはら》われることになったのが不幸中の幸いかな。

ちなみに私も金貨3500枚で落札された魔剣《まけん》を盗まれたので、金貨1000枚が慰謝料として支払われていたりする。結果的には何も売ってないのに、大金が手に入っちゃった。

そんな訳で事件は解決し、私は晴れて安全を手に入れた訳なのだけど……。

「はぁ……」

私の気分は晴れなかった。

晴れなかったので枕《まくら》をフニフニしながらベスト形状を模索《もさく》しているニャットの背中を撫《な》でて毛並みを堪能《たんのう》する。

ちなみに尻尾《しっぽ》は触《さわ》らせてもらえなかった。けちー。

おのれ、何で後ろから触ろうとしてるのに避《よ》けられるんだ。

「はぁ……」

それでも気分が晴れないのでニャットの背中に顔を埋《うず》めて猫《ねこ》吸いをする。

「すはぁー」

そしたら後頭部を尻尾で強打された。

「あいた！」

「ニャーの毛並みを堪能しながら辛気臭《しんきくさ》い声を出すニャ」

「ごめん」

「で、ニャにを悩《なや》んでいるのニャ？」

ニャットは尻尾で私の頭をペシペシしながらため息の理由を聞いてくれる。

正直ご褒美《ほうび》です。

「……相談に乗ってくれる？」

「聞くだけニャら聞いてやるニャ」

「あのね、お義父様達《とうさまたち》のことなんだけど……」

私は意を決して悩みごとを相談する。

「実は私、家を出ようと思ってるんだ」

「ニャにか新しい商売の種でも見つけたのかニャ？」

「ううん、そういうのじゃなくて、クシャク侯爵《こうしやく》家を出ようと思うんだ」

「……本気で言ってるニャ？」

私の言葉を聞いたニャットが、枕のポジショニングを止めてこちらに視線を向けてくる。

「うん」

「どうしてだニャ？　侯爵家は権力も財力もあっておニャーの後見人としては最適ニャ。危険からおニャーを守ってくれるし、商売をする上でも後ろ盾《だて》にニャってくれるのニャ」

「そうなんだけどね、でもやっぱ怖《こわ》いよ」

「怖い？　ニャにがだニャ？」

私の言葉にニャットは首を傾《かし》げる。

「だって、私が居るとあの人達も危険に巻き込《こ》まれるんだよ？」

そう、オグラーン伯爵の要求を断った私は、パーティの帰りに彼《かれ》が放った刺客《しかく》に襲《おそ》われた。

幸いお義父様の騎士団が護衛として同行してくれたおかげで事なきを得たけど、もしあれが護衛の少ない時だったらどうなっていたか。

それにメイテナお義姉様《ねえさま》は冒険者《ぼうけんしゃ》だ。

お義父様達よりも単独で行動する時間が多い。

イザックさん達が一緒《いっしょ》に居ればそうそう襲われることはないけど、一人になった時に狙《ねら》われたら、たとえメイテナお義姉様が強くても数で押《お》し切られる可能性は低くない。

事実イザックさんは上位の魔物の群れに襲われて片腕《かたうで》を失ってしまったんだから。

「つまりおニャーはこの家の人間を巻き込みたくないから出ていきたいと思ってるのニャ？」

「うん」

正直言って油断してた。

高位の貴族なら襲われないと思ってたのだ。

にも拘《かかわ》らず私の新しい家族は襲われた。

そう、私がいなければあんなことは起きなかったのだ。

「これ以上皆《みな》に迷惑《めいわく》かけられないからね。養子縁組《えんぐみ》を破棄《はき》してもらってただの間山香呼《まやまかこ》に戻《もど》るよ。……で、そうなるとまた身を守る手段がなくなるから、ニャットには改めて護衛を頼《たの》みたいんだよ」

「暫《しばら》くはおニャーの護衛をしてやるって言ったから、ニャーはかまわニャいニャ」

「ありがとうニャット！」

よかったー、これで安心して家を出れるよ。

色々お世話になったから恩返しもせずに出ていくのは申し訳ないけど、これ以上長居して迷惑をかける訳にもいかないからね。

「……そう上手《うま》くいくかニャア」

◆

「これより家族会議を開催《かいさい》します」

「え？」

ニャットの協力を得た私は、養子縁組の件を破棄してもらうべくお義父様の部屋へとやって来た……ら何故《なぜ》か家族会議が始まった。

どうしてこうなった？

会議の出席者は私、お義父様、お義母様《かあさま》、お義姉様、ニャット、マーキス、ティーア、そして何故かイザックさん。

うん？　何か家族じゃない人が過半数を占《し》めてませんか？

あっ、イザックさんは未来の家族枠《わく》ですか。分かりました。

あと参加者の配置もおかしいんですけど。私がソファーの真ん中でお義父様とお義母様が左右に着席。

しかも私の両腕は二人にガッチリホールドされていて、まるで逃亡《とうぼう》しないように捕まっているような感じだ、というか実際その通りなのかもしれない。

そしてテーブルをはさんで対面はメイテナお義姉様とイザックさんという、なんか議題の相手が私じゃなくてお義姉様達のような構図なんですけど？

あとマーキスとティーアはドアを背に誰《だれ》もここから出さないかのように立っていた。

おかしい、これは一体どういうことなんだ？

「さて、カコ、一体何が不満なんだい？」

「え？」

お義父様からの突然《とつぜん》の質問に私は面食《めんく》らう。

「そうよカコちゃん！　私達が嫌《きら》いになってしまったの⁉」

同様にお義母様も私にぎゅーっとしがみ付きながら涙目《なみだめ》で訴《うった》えてきた。

これは一体何事⁉　これじゃあまるで……。

「何故家を出ようと思ったんだい？　それも養子縁組の破棄まで求めて」

「なっ⁉」

何でそれを⁉　まだ何も言ってないのに‼

「申し訳ございません、カコお嬢様《じょうさま》」

と、ずっと無言でいたティーアが声をあげた。

「カコお嬢様が屋敷《やしき》を出るつもりであることは私が旦那《だんな》様にお伝えしたのです」

「ええっ⁉　ティーアが⁉」

でもおかしいよ！　私はこの話をティーアにはしていない。

この話をしたのはニャット……まさか⁉

「ニャーは言ってないニャ」

え？　ニャットじゃないなら……。

「聞き耳を立てていたのです」

「へ？」

聞き……耳？

「その、お嬢様はまだ貴族の世界に慣れていらっしゃいませんから、何か不便を感じることがあったらすぐにはせ参じようと思って耳を澄《す》ませていたのです……」

いや耳を澄ませていたって、ちょっと耳良すぎない？

ドア越《ご》しなうえに、広い部屋の中の音が聞こえるとか相当では？

「なにぶん内容が内容でしたので、旦那様に報告しない訳にはいかず……」

あー、はい、そう……ですか。

「カコ、ティーアを怒《おこ》らないであげてくれ。彼女《かのじょ》は君を心配して報告に来てくれたんだからね」

「あ、はい。それは……分かります」

ティーアが私を心配してくれたのは分かる。

寧《むし》ろ心配をかけているのはこちらなので怒るのは筋違《すじちが》いってもんだ。

「ティーアが報告してくれたお蔭《かげ》で、カコが私達を気遣《きづか》って出ていこうとしたことが分かったんだ」

おぉう、完全にこちらの考えは見透《みす》かされていたってことか。

「って、それじゃあ最初の質問は何だったんですか!?」

知ってたのならわざわざ聞く必要はなかったじゃん！

「ああ、カコをびっくりさせようと思ってね」

「……は？」

……いや確かに凄《すご》くびっくりはしたけどさ。

けどそれなら話は早い。あんなことがあったんだ。これ以上この人達に迷惑をかけるのは避《さ》けたい。

安全な環境《かんきょう》が欲《ほ》しいとは思ったけど、他人を命の危険に晒《さら》してまで欲しいとは思わない。

だから情が湧《わ》く前に離《はな》れるべきなんだ。

「カコ、君は一つ、いや二つ勘違《かんちが》いしている」

しかし、私がそれを口にする前にお義父様が待ったをかける。

「勘違い、ですか？」

「そうだ。君は私達を危険に晒したと思っているようだが、そもそも我々貴族にとって政敵に命を狙われることは日常茶飯事《さはんじ》だよ」

「そ、そうなんですか？」

それはちょっと殺伐《さつばつ》としすぎてない⁉

「だからこそ護衛を傍《そば》に置いて敵対する者達が攻《せ》めるだけ無駄《むだ》だと考えさせているんだよ」

ま、まぁそれは理解……出来る。いわゆる抑止力《よくしりょく》ってことだよね。

攻めたら酷《ひど》い目に遭うぞって。

「さらに言えば我々は目に見える場所以外にも護衛を潜《ひそ》ませている。影《かげ》と呼ばれる者達だ。メイテナも冒険者の仕事を終えて仲間と離れる時は影が護衛に付く」

「え⁉　そうだったんですか⁉」

「そうだったんですか父上⁉」

え⁉　メイテナお義姉様も驚《おどろ》くの⁉

「当たり前だろう、お前は侯爵家の娘《むすめ》なのだぞ。影くらい付けているに決まっているだろう」

「で、ですがイザックの腕の時は……」

確かに、陰《かげ》ながら護衛が付いていたのなら、イザックさんが危なかった時には何で助けてくれなかったんだろう？

「それはお前達が冒険者として働いていたからだ。お前が騎士団に所属していた時もそうだったが、仕事をしている時は影達にも護衛から外れるように命じてあったのだ。貴族の娘としての立場を捨てた以上、自分の選んだ道の上で死ぬのは当然。騎士ならばなおさらだ」

いまいちよく分からないけれど、この世界特有の騎士のあり様ってことなのかな？　日本の侍《さむらい》が武士道とは死ぬことと見つけたりみたいなことを言う感じで。あれは漫画《まんが》の武士の話だっけ？

「それは……その通りですね」

「まぁ、どのみちメイテナ以外は守る必要ないと言ってあったから、仕事中でなくとも守らんがね」

「お義父様ぁーっ⁉」

「父上ーっ⁉」

そもそも最初からイザックさんは護衛対象外だったよ‼

「……それに関しては後で改めて話し合いましょうか父上。しかしそれだけではないぞカコ。町の外には魔物がうろついているからな。平民でも命の危険は日常茶飯事だとは思わないか？」

「あっ」

い、言われてみれば……メイテナお義姉様に言われるまで忘れてたわ。

そもそも私この世界に来た当日に魔物に襲われて死にかけたんだった。

「そしてね、カコちゃん。二つ目の間違いはね」

と、お義母様が私の頭を抱《だ》きしめながら告げる。

「私達はもうとっくに貴女《あなた》を大切な家族だと思っているのよ」

「お、お義母様……で、でもまだ出会って１ヶ月も経っていないんですよ⁉」

「あら、誰かを好きになることに時間は関係ないと思うわ」

「そうだね。一目惚《ひとめぼ》れがあるのなら、家族として大切に思うことにも時間など関係ないと私も思うよ」

いや、だからって……。

「諦《あきら》めろカコ。二人共私の両親だからな。一度決めたことはそう簡単に変えたりはしない。特に命の恩人にはな！」

そう言ってイザックさんの腕にギュッと抱き着くメイテナお義姉様。

「ソウダネ……ワタシモソウオモウヨ」

あっ、駄目《だめ》です、メイテナお義姉様。イザックさんの寿命《じゅみょう》が凄い勢いで減ってます！　主にお義父様の殺気の籠《こ》もった呪《のろ》いの視線で！

「それにだ。一度結ばれた関係は養子であっても簡単に切ることは出来ない」

しかしメイテナお義姉様はそんな男性陣《だんせいじん》の修羅場《しゅらば》にも気づかず話を続ける。

「下位貴族ならまだしも、侯爵家が迎《むか》え入れたばかりの養子を切り捨てたとなると醜聞《しゅうぶん》が過ぎる。余程《よほど》の事情がなければそんなことは出来ん。しかもカコはまだ子供だ。周囲から拾った子供を即《そく》捨てるなど信じられないとバッシングは相当なものになるだろう」

子供という言葉を連発され、私の中の反抗心《はんこうしん》がそこまで子供ちゃうわ！　とツッコミを入れそうになったけど我慢《がまん》我慢。今は真面目《まじめ》な話の最中だ。

「それにだ。一度養子になった嬢ちゃんが捨てられたら、何か相当なことがあったに違いない。侯爵家の弱みになるぞと、ロストポーションの件とは関係なく嬢ちゃんを狙うだろうさ。迷惑がかかるのを躊躇《ためら》うと言うのなら、寧ろそれは侯爵家側の方にこそ言えるのさ」

そう言ったのはイザックさんだ。

迷惑かけるのはお互《たが》い様だと言いたかったんだろうね。

「彼の言う通りだ。これについては君をただ保護するなら単純に後見人として後ろ盾になるべきだったと反省せざるを得ない。だが、君はまだ幼い子供だった。人の親として、家族の愛情を与《あた》えてあげたいと思った我々の我《わ》が儘《まま》だよ」

家族の愛情かぁ……。

お義父様達はそこまで考えてくれていたんだね。

ただ……ただね、正直言うとめっちゃ騙《だま》しているみたいで後ろめたいんですけどーっ‼

だって私の中身は結構いい年齢《ねんれい》なんですよ⁉　それがこの幼い子に親の愛を教えてあげたいとか言われたら、そりゃ後ろめたいにも程があるわぁーっ！

「ブフッ」

ちょっ！　何で笑うのさニャット！

「これはカコの負けだニャ。そもそも無理に親子を止《や》める必要ニャんてニャいのニャ」

と、ここまで殆《ほとん》ど口を挟《はさ》まなかったニャットが会話に参加してきた。

「そうそう。それにメイテナが俺達《おれ》の恩人を助けたいと思って二人に頼んでくれたことなんだ。今さら止めたいと言われても俺達が困るぜ」

「……そうだぞカコ」

「そうだよ」

「そうよ～」

「そうですよカコお嬢様」

「そうですカコお嬢様！」

イザックさんの言葉に皆が頷《うなず》く。

若干《じゃっかん》お義父様だけ反応に僅《わず》かな抵抗《ていこう》があったけど。

「う、うう～……」

つーか何この状況《じょうきょう》！　完全に私アウェーじゃんよぉ！

迷惑かけまいと出ていこうとしてたのに、寧ろその気遣いが逆効果になっちゃう感じじゃん！

「カコちゃんがうちの子を止めるのを止めるって言わない限りお母様は貴女を離しませんよー！」

「私も同じ気持ちだよカコ」

「あうう……」

「養子に誘《さそ》った時も言ったが、カコが気楽な旅を再開したいなら自由にしていいんだ。君には頼《たよ》りになる護衛が居るのだからね」

と、お義父様の視線がニャットに向く。

「彼の実力はうちの部下達のお墨《すみ》付きだ。信頼《しんらい》出来る」

「当然なのニャ」

ニャットは当然だと言わんばかりに尻尾をピョコンと振《ふ》る。

「でも町に着いたら手紙を送ってほしいわ」

「カコお嬢様、手紙は商人ギルドに預ければ確実に届けてもらえますよ」

「ただし他国に行く時は私からの返事を待ってから向かってほしい。養子とはいえ貴族の子供が他国に行くのなら色々手続きは必要だからね」

「カコお嬢様、寂《さび》しくなったらいつでも好きな時に帰って来て下さいませ」

おいおい、もう完全に私が養子縁組を解除しない前提の会話になってんじゃん。

「あーもう！　分かりました！　止めません！　親子は止めませんから！」

こんな勝てるかー！　家族全員で囲んで愛情のフルボッコじゃん！　泣くわこんなん！

「カコちゃ～ん！　お母様嬉《うれ》しいわ！　今夜は一緒のベッドで寝《ね》ましょうね！」

「おやおや、それはずるいよ。私もご一緒させてほしいな」

私が降参宣言をすると、お義父様とお義母様に揉《も》みくちゃにされる。

うぬぉー、二人の愛が重い‼

……はぁ、完全に負けたわ。あれか？　私の独り相撲《ずもう》ってやつだったんか？

だってしゃーないじゃん。貴族社会がそこまで殺伐なものだとは知らんかったし、なにより魔物のことすっかり忘れてたわ。

そーいやこの世界、普通《ふつう》に命の危険が溢《あふ》れてる世界だったよ。

「うむ、これで今度こそ万事《ばんじ》解決だな。最後の案件を除いて」

「え？」

最後の案件？　何それ？

私が首を傾げていると、お義父様達が姿勢を正して前を向く。

その先に居るのはメイテナお義姉様とイザックさんだ。

「では次は二人の結婚《けっこん》について話し合おうか」

「はい！」

「……はい」

満面の笑《え》みで返事をするメイテナお義姉様と青い顔で返事をするイザックさん。

「あっ（察し）」

その後、家族会議の第2回が開催されたのだった。

頑張《がんば》れイザックさん。平民仲間が増えることを私は期待しているよ！

第22話　幕間《まくあい》　クシャク侯爵《こうしゃく》の独り言

私の名はエルヴェント＝クシャク。

カイナス王国の東部を統括《とうかつ》する侯爵家の当主だ。

とある事情から私はある少女を養女として迎《むか》え入れた。

娘《むすめ》の名前はカコ。夜の闇《やみ》のように黒い髪《かみ》をした妖精《ようせい》のように神秘的で愛らしい少女だ。

この子は私達《たち》の実の娘であるメイテナの恩人だそうだ。

色々あって保護してほしいと頼《たの》まれたのである。

そこで私は妻と前もって相談して、最終的にはその少女と直《じか》に話し合って決めることにした。

そしてメイテナが件《くだん》の娘を連れてやって来た。

「あら可愛《かわい》い～‼」

私達は2階の窓からメイド達の歓待《かんたい》を受ける少女を見つめていた。

確かに妻の言う通り可愛らしい子供だ。

この辺りでは見当たらない珍《めずら》しい髪の色に、驚《おどろ》くほど愛らしい容貌《ようぼう》。

あれほどの娘が平民の子として暮らしていたら、間違《まちが》いなく人攫《ひとさら》いに誘拐《ゆうかい》されていた筈《はず》だ。

武を尊び、世俗《せぞく》の利益に興味のないネッコ族を護衛に出来たのは僥倖《ぎょうこう》と言えるだろう。

「あの子にはどんなドレスが似合うかしら、ああアクセサリも考えないと！」

妻はもうあの子にメロメロになっていた。

その気持ちは私にも分かる。

離《はな》れた場所から見ているにも拘《かかわ》らず愛らしさが伝わってくるのだ。

本当に不思議だ。愛らしく美しいのは事実だが、容姿だけを公平に見れば、同じ水準の娘は貴族令嬢《れいじょう》にもいる。

しかし、あの子からは何か愛《いと》おしさを感じずにはいられない気配のようなものを感じるのだ。

まるで、神々から人に愛される加護を授《さず》かったかのような愛らしさだ。

女神《めがみ》の娘が地上に降臨したと言われても納得《なっとく》してしまう気がする。

……そう言えば、教会の女神像に雰囲気《ふんいき》が似ているような気もしなくはない。

「いや、まさかな……」

流石《さすが》に飛躍《ひやく》し過ぎた考えだと頭を振《ふ》って馬鹿《ばか》げた妄想《もうそう》を笑い飛ばす。

「絶対あの子をうちの子にするわよ～‼」

うむ、それについては賛成だ。是非我《ぜひわ》が子として迎え入れたい。

ウチの子供達は皆《みな》可愛げがない子供時代だったからなぁ。

だが、その印象も直接話をして大きく変わることになる。

マヤマ＝カコと名乗ったこの少女は、見た目の幼さの割に、その瞳《ひとみ》に高い知性を宿していた。

そして見た目の年齢《ねんれい》以上の喋《しゃべ》り方。

この子は私達と会話を行いながら、その内心で様々な損得を考慮《こうりょ》して発言している。

そういえばこの子は商人ギルドに登録していると言っていたな。

ということは算術や文字の読み書きも学んでいる筈。

そこから考えるに、この子の親は地位のある人物だったか、何らかの知的階級にいたのだろう。

でなければこれ程《ほど》利発で、それでいて脇《わき》の甘《あま》い子には育つまい。

おそらくこの子の親は人間の醜《みにく》さや小賢《こざか》しさを教える前に先立ってしまったのだろうな。

この子は知識の割に善良がすぎる。普通《ふつう》貴族からの養子縁組《えんぐみ》の提案を遠慮《えんりょ》するなどあり得ない。

浮世離《うきよばな》れしている、そう言えるほどカコは人の良さがにじみ出ている子だった。

ああ、もしかしたらカコの異常な愛らしさは、そうした内面から生じているのかもしれないな。

だがしかし、あれではあっという間に心無い人間達の食い物にされてしまうぞ。

私はこの子を保護しなければいけないという義務感を強く感じた。

そして説得の末、なんとかカコを私達の養女として迎え入れることが出来た。

正直実の娘が可愛げの欠片《かけら》もなく育ってしまったので、純粋《じゅんすい》に私と妻は大喜びである。

よーし！　可愛い娘が出来たぞぉー！

はっはっはっ、良いなぁ、可愛い盛《さか》りの娘にお義父様《とうさま》と呼ばれるのは。

よーし、パパ、ドレスでも何でも欲《ほ》しい物を買ってあげちゃうぞー。

あっ、はい。ドレスは母の役目ですね。

あー……そうだ！　付き人を付けてやらないとな。

あの子は貴族の世界に慣れていないようだし、有能な者を選出しないと。

メイドの仕事だけでなく腕《うで》の立つ者を選ぶとしよう。ならばティーアが適任か。

あとは……そうだ！　商人ギルドに登録していると言っていたな。

では取引がしやすいように上位の商人にランクアップさせてあげよう。

うむ、これならあの子も喜ぶだろう！

……と思ったらとんでもないことが起きた。

とある事件に関《かか》わっていると思われる貴族の気を引く為《ため》と、見たこともない魔剣《まけん》を持ってきたのだ。

しかもこの東都に来てから仕入れた品だという。

だが、部下の話ではこの子が魔剣の取引をしていたという話は聞いていない。

初めから所持していた可能性もあるが、それなら最初に見せてきた剣ではなく、初めからこの魔剣を出せばよかった筈。

カコが東都に来てから取引をしたのは装飾品《そうしょくひん》としても使えないクズ石と錬金術師《れんきんじゅつし》が研究していた質の悪い現代マジックアイテムくらいだ。

なので念の為その錬金術師を呼び出し、改めて研究について確認《かくにん》することにした。

万が一娘に近づく不埒《ふらち》な男とも限らんからな。あの男のように！

「は、初めまして侯爵様！　こ、ここここの度《たび》は私めにいかニャる御用《ごよう》でしょうがっ……!!　痛～っ！」

うむ、舌を噛《か》むとか、さすがにちょっと緊張《きんちょう》し過ぎではないかな。

「マーキス、彼《かれ》にポーションを」

「どうぞアルセル様」

「あ、ありがとうございまごふっごふっ!!」

今度はむせた。うむ、まぁこれなら娘に手を出すような不埒な真似《まね》はしないだろう。と言うか、そんな度胸はないだろう。

「さて、君に聞きたいのは単純だ。君の研究について聞かせてもらいたい」

「俺《おれ》の⁉　あ、いや私の研究……ですか？」

「うむ。私の娘が君の研究に興味を持っているそうじゃないか。それで私も気になってね。是非君の研究を聞かせてもらいたい」

「は、はい！　喜んで‼」

アルセルという錬金術師が語ったのは、よくある古代マジックアイテムの再現研究だった。

そして研究が滞《とどこお》っている理由も良く聞く錬金術師の現状と大差なかった。

多くの人間を見てきた私の目には、何やら他にも目的があるように見えたが、少なくとも研究そのものは凡百《ぼんぴやく》の一言だ。

一体カコは何を思ってマジックアイテム研究の援助《えんじよ》などしているのだろう？

ま、まさかマジックアイテムの仕入れは口実でこの男のことを⁉

世の中には駄目《だめ》男に惹《ひ》かれてしまう女性もいると聞く。カコもそんな趣味《しゆみ》を⁉

「……娘とはどんな話を？」

「え？　あ、えっと、お嬢様からは私が作ったマジックアイテムの機能についてと、お嬢様が作ってほしいマジックアイテムについての注文ですね」

「ふむ、どんなマジックアイテムを求められたんだね？」

私が聞くと、何故《なぜ》かアルセル君は首を捻《ひね》って不思議そうな顔になる。

「それが不思議なことに、お嬢様は以前購入《こうにゆう》したマジックアイテムと同じ属性で同じ道具をよく購入されるんですよ」

「どういう意味だね？」

「火属性の魔剣を購入したら、次も火属性の剣や武具を注文されるんです。あ、勿論《もちろん》他の属性のマジックアイテムも購入されますが」

「性能を向上させた品ということかね？」

「いえ、マジックアイテムの研究には時間がかかりますから、僅《わず》かな性能の向上でもかなりの時間がかかります」

ふむ、それは不思議だな。性能が同じなのに同じ品をいくつも買うとは。

これが普通のマジックアイテムならともかく、性能が著《いちじる》しく低い現代マジックアイテムでは数を揃《そろ》えても商品としての価値はない。

私もアルセル君と同じように首をかしげてしまう。

だが、仮にも商人であるカコがそのような買い物の仕方をするのだ。何か意味があるに違いない。

「錬金術師としてはどのような意図があると思うかね？」

「そうですね……例えばですが、お嬢様自身も錬金術師で、他の錬金術師の作ったマジックアイテムを研究材料にする……とかですが、それなら同じ物をいくつも買う必要はないでしょうし……」

ううむ、まったく分からん。

だが、あの子がそれを必要と感じて購入しているのなら、やはり何か意味があるのだろう。

今しばらくは本人のやりたいようにさせてあげるしかないな。

それにもしかしたら、この若者には何かカコにしか分からない特別な才能があるのかもしれない。

……才能以外だったら許さんが。

「ありがとう、参考になったよ。君の研究が実を結ぶことを私も期待しているよ」

「は、はい！　頑張《がんば》ります！」

結局、錬金術師を呼んでもカコが現代マジックアイテムを買い漁《あさ》っていた理由は分からなかった。

最初は彼が考えたのと同じく、カコ自身が高い錬金術の使い手で、自分の力を隠《かく》す為にアルセル君が納品したマジックアイテムを隠れ蓑《みの》にするつもりなのかと思ったが、納品リストを見る限り底なし沼《ぬま》を生み出す魔剣に改造出来そうなものや、仕入れを誤魔化《ごまか》す為に使えそうな品はなかった。

まぁ、あの錬金術師が（今のところは）カコにちょっかいを出す悪い虫でないと分かっただけ収《しゅう》穫《かく》と言えるか。……監視《かんし》は続けるがな。

そうなるとカコが仕入れたマジックアイテムは何か特殊《とくしゅ》な手段で用意したのだろう。

魔剣を仕入れる姿を直接確認出来なかったことからもそれは確かだ。

そして錬金術以外の才能となると、何か神々より生産系の加護を授かっている……か。

うわっ、うちの子、脇が甘すぎ。

まったく、誤魔化すならもっと上手《うま》く誤魔化しなさい！

情報が足りない今ですら、あの子が非凡な何かを持っていることが分かってしまうではないか！

うーむ、これは本格的にあの子を狙《ねら》う者達から守ってやらないといけないな。

とはいえ無理に聞けばあの子のことだ。屋敷《やしき》を出ていく可能性がある。

私と出会った時、自分を保護してもらう為に授かった加護をアピールしてこなかったということは、それが原因であの子は一人追われる身になった可能性が高い。

もしかしたらあのネッコ族の護衛も、道中の危険ではなく、追手から守るために雇《やと》われたのか？

私が養女として迎え入れるという話をした後も何も言ってこなかったことから、自分の力を隠しておきたいという意思があるのは間違いあるまい。

恐《おそ》らく本当の親か、それに近しい者に黙《だま》っておくよう言われたのだろうな。

「ならば、本人が自分の意思で伝える気になるまで待つべきだろう……」

今の私達は、まだカコが全《すべ》てをさらけ出す気になるほど信用されていないということだ。

それも仕方あるまい。家族として、じっくりと信頼《しんらい》を深めていくことにしよう。

だって無理に聞き出そうとして警戒《けいかい》されたら、せっかく迎え入れた可愛い娘が遊んでくれなくなるかもしれないじゃないか！　それだけは避《さ》けたい！

なので無理に聞き出すことはすまいと、私達は固く心に誓《ちか》ったのである。

……決してこっちが本音という訳ではないよ？

「とはいえ、念の為陰《かげ》ながら守る為の護衛を増やしておくかな」

思考が一段落したところで、私は気分を変える為にカコが作った魔剣を見つめる。

「うむ、やはり良いな」

この魔剣、悪くない、大変悪くない。寧《むし》ろ良い。

これはあれだ、これは当家の家宝にしても良いのでは？

と思ったら、え？　売る？　これを？　正気かい⁉

たかが伯爵《はくしやく》の悪事を暴《あば》くためにこれ程の魔剣を手放す⁉

勿体《もつたい》ない、ああ勿体ない。

なに？　もう一本魔剣を用意して、それが本命の餌《えさ》？

……良いだろう。この魔剣は当家の最大戦力を以《もっ》て守って御覧《ごらん》に入れよう。

そして事件が終わった暁《あかつき》には我が家の家宝にするとしよう。

うむ、それが良い。

狙い通り犯人と目されるオグラーン伯爵が襲《おそ》ってきた。

はっはっはっ、欲に目がくらんだ愚《おろ》か者が相手だと仕事がやりやすいなぁ。

奪《うば》われた魔剣も取り戻《もど》し、見事オグラーン伯爵を捕《と》らえることに成功した。

被害《ひがい》に遭《あ》った商人や貴族に貸しを作ることが出来たし、文句なしの結果と言えるだろう。

いやぁ、あの子には感謝しかないな！

と思ったら何故かカコが家を出ていこうとしていると、世話役のメイドから報告が上がってきた。

は？　魔剣の件で私達を巻き込《こ》んだことを気に病《や》んで出ていく相談をしていた？

むぅ、まさかそんなことを気にするとは……これは家族会議が必要だな。

あの子は当家に幸いをもたらしてくれた女神の子なのだ。

立派な大人になるまで守ってあげようと妻とも約束したのだ。

今更放《いまさらほう》り出すなどあり得ない。

何よりまだ私は父親としてあの子と遊んでいないのだよ。

妻ばかりあの子と遊んでズルイじゃないか！

……いや失敬。そんな訳で私達はカコを引き留めることに成功した。

良いんだよカコ。これから家族としてゆっくり絆《きずな》を深めていけばね。

そしてイザック君。君にはこれから当家のルールやマナーを覚えてもらうよ。私の娘を娶《めと》るのだ。娘に相応《ふさわ》しい気品を身に付けてもらわないとねぇ。なぁに、時間はたっぷりあるんだ。じっくりと教えてあげよう。

書き下ろし　侯爵《こうしゃく》夫人の密《ひそ》やかならざる野望とＢ級グルメ

「これも可愛《かわい》いわぁ〜」

フォリア＝クシャク侯爵夫人こと、私の新しいお義母様《かあさま》は心底楽しそうに微笑《ほほえ》んでいた。

「は、はぁ」

「じゃあ、次はこれを着てみましょうか！」

はい、現在絶賛着せ替《か》え人形中です。

お義母様はすっかり私を着せ替え人形にすることにハマっていた。

というのも、ちっちゃい頃《ころ》のメイテナお義姉様《ねえさま》が騎士《きし》になると言い出してドレスを着てくれなかったことが原因みたいなんだけど。

と言うか、小さい頃から騎士になりたがったって、どんだけ男勝《まさ》りなの⁉

「はぁ〜、どれも似合って素敵《すてき》ねぇ。メイテナ用に作らせた服が無駄《むだ》にならなくて良かったわぁ」

そうなのである。さんざん私が着せ替え人形にされたこれらのドレスは、元々メイテナお義姉様の為《ため》に作られた物なのである。

しかしメイテナお義姉様が騎士になると言い出した為、一度も着られること無くタンスの肥やしになっていたのだそうな。

一応何着かは家臣の娘《むすめ》さんに下賜《かし》したそうなんだけど、中には家臣に与《あた》えるには物が良すぎる品もあったんだとか。

で、下手に人にあげられなかった服をこうして私用に仕立て直したのだそうだ。

なんだけど……仕立て直す際に胸のサイズがね……ブカブカだったんですよ。

おかしいな。私と同じ背丈《せたけ》の頃に作らせた服なのに何で胸だけサイズが合わないんですかねぇ？

デザイナーさん、お仕事失敗してませんか？

ちなみに侯爵家に来て初めて着たドレスは、私の気付かない間に胸の隙間《すきま》にタオルが挟《はさ》まっていました。

他人に着替えさえてもらうことに緊張《きんちょう》してて気付かなかったぜ……。

などという悲しい出来事があって一部大改造が施《ほどこ》されたりした結果、私は大量のドレスの試着ショーをすることになっていたのであった。

「それじゃあ次はカコちゃんのドレスを作らなきゃね」

「え⁉　この流れでなんで⁉」

仕立て直したドレスだけで何十着もあるじゃん⁉

「この間もオグラーン伯爵《はくしゃく》のパーティに行くために作りましたよね⁉」

なのに何で⁉

「カコちゃん、パーティに使うドレスは毎回新しく作るものなのよ」

「ええっ⁉　毎回⁉　それじゃあ一度使ったドレスはどうするんですか⁉」

「いい、カコちゃん。パーティに着て行くドレスは貴族の財力の象徴《しょうちょう》なの。だから他の貴族に侮《あなど》られないように贅《ぜい》を尽《つ》くしたドレスを作ってうちの領地は繁栄《はんえい》してますよって宣伝するのよ」

「それだと見栄《みえ》を張ってドレスを作る人がいそうですね」

「見栄でも良いのよ。最低限見栄を張るだけの財力はあるんだから。問題はその見栄すら張れなくなった貴族ね」

成る程《ほど》、確かに見栄を張る為に必死でお金を捻《ひね》りだしたり、最悪借金すら出来なくなったら困窮《こんきゅう》してるのを隠《かく》しようがないもんね。

「とはいえ、下位の貴族のパーティになるとその辺りの事情も変わってくるわね。気の知れた相手同士のお茶会程度のパーティなら一度使ったドレスでも大丈夫《だいじょうぶ》よ。大事なのはその時に合わせたドレスにすることね」

成る程、ＴＰＯですね。分かります。

「それ以外で毎回同じドレスを使うとなると、何らかの儀式《ぎしき》に使うような品くらいね」

宗教の儀式で神官が特別な司祭服を着るように、この世界だと貴族が行う特別な儀式もあるのだとか。

そういうのを聞くと、この世界ってやっぱファンタジーなんだなーって思うね。

「という訳で、次のパーティに向けたドレスと、普段使《ふだんづか》い用のドレスを作りましょうねぇ～」

とか言ってたら作るモノが増えた‼

「えっと、せめて普段使いは着やすくて動きやすいのがいいかなぁ……」

正直ドレスとかめんどい、と言うか気をつかわないとだからメンタルがゴリゴリ削《けず》られる‼

「動きやすいドレス？　それはどうかしら。あまり動きやすさを求めるとメイテナちゃんみたいになっちゃうし……」

本人の居ないところでメイテナお義姉様に飛び火し始めた。

そうか、そう言って少しずつドレスから逃《に》げたんだな。

「でしたらカコお嬢様《じょうさま》がお召《め》しになりたいドレスのデザインを考えてみてはいかがでしょうか？

ご希望のイメージがあるとランプルーヒ夫人も要望に沿ったデザインを考えやすいかと」

と、そこで待機していたティーアが実際にデザインをしてみたらどうだと言ってくる。

「わ、私の考えるドレス⁉」

「あら良いわね。カコちゃんの考えるドレスを見てみたいわ」

あわわ、なんか大変なことになった。私、そんなに画力ないよ⁉

けれど包囲網《ほういもう》はあっという間に構築され、目の前に紙とペンが置かれる。

そしてお義母様の期待に満ちた眼差《まなざ》し。

くっ、この状況《じょうきょう》でやっぱやだとは言いにくい！

それにまあ、ティーアが提案してくれたように、自分でデザインを描《か》けば、私的にも気軽に使えるドレスを手に入れることが出来るか……。

よし、こうなったらいっちょやってやりますか！

と言っても、私にデザインセンスはないので、過去に見た服やドレスのイラストからイメージを膨《ふく》らませる。

それでいて普段使いしやすいようにゴテゴテは外して……ああいや、あまり外し過ぎると地味すぎるとか言われてボツを喰《く》らうかもしれない。

ここは高そうな宝石や、引っかかりそうなパーツを外して……ああ流石《さすが》にこの世界だと少女向けの漫画《まんが》のスカート丈はマズイ。この世界に合わせたギリギリの長さに調整しよう。

いかん、バランスが崩《くず》れた。こっちで調整しよう。

などとやることしばし、ようやくドレスのデザインが完成した。

「こ、こんな感じでどうでしょうか！」

「どれどれ？」

ずっと目の前で見ていたにも拘《かかわ》らず、お義母様がドレスの描かれた紙を手にとり、ティーアが傍《そば》によって覗《のぞ》き込《こ》む。

「あらあら可愛いわぁ」

「ですがスカートの丈が短くありませんか？」

「あら、普段使いなら大丈夫じゃない？　寧《むし》ろ宝石をつけないのかしら？」

「装飾《そうしょく》のバランスを考えますと、迂闊《うかつ》に宝石を付けると悪目立ちしそうですね」

気が付けば他のメイド達《たち》もドレスのイラストに群がって意見を言い始める。

侯爵家なのに割とフランクだなぁ。

この辺り、ウチの家族は緩《ゆる》やかなのかな？

「コホン」

「「「っ‼」」」

と思ったら、マーキスの咳《せき》で慌《あわ》てて持ち場に戻《もど》る。

うん、駄目《だめ》だったんだね。これはあとでお説教だろうなぁ。

「面白《おもしろ》いドレスだわ。これならランプルーヒ夫人も興味を持つと思うわよ」

よかった。とりあえず家族からのＯＫは出た。

後はランプルーヒ夫人をどう言いくるめるかだね。

流石に普段使いとはいえ地味すぎるって言われて装飾が増えるだろうけど、まぁその程度なら甘《あま》んじて受けよう。と思っていたら……。

「素晴《すば》らしいですわ！」

ランプルーヒ夫人の第一声がこれだった。

「本当に素晴らしい！　この絶妙《ぜつみよう》なバランス！　あえて最小限の装飾に留《とど》めることで他の装飾を際《きわ》立《だ》たせ、そのバランスを服のデザイン全体で補っています！　もしこの服に一つでも装飾を加えてしまったなら、一瞬《いっしゅん》でこの調和は失われてしまうことでしょう‼」

なんか大絶賛である。

本当は辻褄《つじつま》を合わせに合わせたツギハギデザインなんだけどね……。

「素晴らしいですわ！　カコお嬢様は服飾の勉強をなさったことがあるので⁉」

「い、いえ、そういうことはしていないです。しいて言えば色んな服を見てきたからでしょうか」

「成る程、他のデザイナーの作った服を見て目が肥えているということですね！　しかしそれにしても見事な調和です！　ただ見てきただけではこれ程のデザインは出来ませんよ！」

すいません、それ元々他の人が考えたデザインを私が改悪したモンなんですよ……。

「承知しました！　不肖《ふしょう》このランプルーヒ、非才の身ですがカコお嬢様のイメージを全力で再現させていただきます！」

何か大変なことになってきました。

ちなみにパーティ用のドレスの注文はちゃんとした模様。

「はー、疲《つか》れたぁ」

「お疲れだニャ」

部屋に帰ってくると、一人ドレス騒《さわ》ぎとは無縁《むえん》だった巨大猫《きょだいねこ》が出迎《でむか》える。

くっ、コイツ！　自分には毛皮があるからって余裕《よゆう》こきやがってー‼

「天誅《てんちゅう》‼」

「ニャフッ⁉」

理不尽《りふじん》な怒《いか》りを込め、私はニャットのお腹《なか》にダイブする。

もっはー、モフモフッ‼

「いきなり飛び込むニャー！」

「ふははは、自分のモフモフぶりを恨《うら》むのだなぁー！」

はぁ～、モフモフに癒《い》やされるぅ～。

「それよりも昼飯を作るのニャ。ニャーは腹が減ったのニャ」

ニャットさん、さっき朝ご飯食べたばかりでは？

「しゃーない、何か作りますか」

私がご飯を作るのはニャットとの契約《けいやく》だし、まぁ私としても着せ替えショーと採寸で精神的に疲れたので、気分転換《てんかん》がしたいという気持ちはあった。

という訳でニャットとティーアを引き連れてやってきました厨房《ちゅうぼう》。

料理長に許可を貰《もら》うと、前回同様厨房の片隅《かたすみ》を貸してもらう。

「さーて、何を作ろうかな……」

でもまだお昼ご飯を食べるには早いんだよなぁ。

となると軽食、サンドイッチ……というのも芸がないし、ハンバーガーはこの間作ったもんなぁ。

「ならお菓子《かし》でいいかな」

そんな感じでお菓子を作ることにした私は、冷蔵庫で使えそうな食材を確認《かくにん》する。

「うーん、流石ファンタジー世界、冷蔵庫のマジックアイテムがあるのかぁ」

「貴重な大型冷蔵マジックアイテムを所有するのは大貴族くらいだぜ。お陰《かげ》で俺《おれ》達は食材が傷《いた》むのを気にしなくていいから助かるってもんだ」

と、料理長が冷蔵庫に愛《いと》しそうに頬《ほお》ずりをする。

成る程、やっぱ貴重なアイテムなんだね。でも厳《いか》ついオッサンが頬ずりするのは止《や》めてほしいなぁ。

「お菓子作りだから小麦粉と砂糖は必須《ひっす》だよねぇ。あとは果物を使うのも……ん？　ナニコレ？」

と、そこで私は赤い粉の入っている袋《ふくろ》を発見する。

「赤小麦粉がどうかしたのか？」

「赤小麦粉？」

何それ？　ファンタジー食材？

「赤小麦粉を知らんのか⁉」

赤小麦粉を知らないと言ったら、料理人達がどよめく。

何？　この世界じゃメジャーな小麦粉なの？

「赤小麦粉を知らん奴《やつ》がいるとはなぁ。こいつは粉自体にスパイシーな味が付いているから、辛《から》い料理に合うんだ」

へぇ、そんな小麦粉があるんだ。

「その様子だと青小麦粉や緑小麦粉も知らんのか？」

「そんなのもあるの⁉」

聞けば、この世界の小麦粉は色によって用途《ようと》や味が変わるらしい。

例えば青小麦粉は薄力粉《はくりきこ》のようにお菓子に適していたり、緑小麦粉は野菜料理と相性《あいしょう》がいいとか。

そしてよく使われる小麦粉を大別すると7色の小麦粉に分類されるんだとか。

「7色って虹《にじ》かい」

なんだか面白いなぁ。それぞれの小麦粉をブレンドするとまた違《ちが》う味わいが楽しめるかも。

というかですね、そんな面白い物があるなら、合成してみたいよね。

「そんな訳で、試《ため》しに混ぜてみました！」

試してみるのは全部の小麦粉を混ぜたブレンド小麦粉！

さすがにここで合成する訳にはいかないので、まずはブレンドから試してみる。

味のチェックをしたいので、作るのは簡単なクッキーでいいでしょ。

材料は各種小麦粉、バター、卵、砂糖、牛乳。

最初に小麦粉をふるいにかけてダマにならないようにボウルに入れる。

そうしたら次は溶《と》いた卵を投入して混ぜる。

次に砂糖とバターを入れて混ぜる。

最後に牛乳を少量入れれば我が家の牛乳クッキーの生地《きじ》完成だ！

なんで牛乳を入れるのかと言えば、味をまろやかにする為と身長を……ゲフンゲフン、美味《おい》しくする為だよ！

生地が出来たらオーブンに入れて後は待つだけ！

ただ、オーブンの扱《あつか》いは危ないからと厨房の料理人に任せることになったので、待ち時間が暇《ひま》になってしまった。

「なので実験をすることにします！」

部屋に戻ってきた私は、厨房から少量くすねてきた各種小麦粉を取りだすと、テーブル上の紙の上に載《の》せる。

「それじゃあまずは赤小麦粉と青小麦粉を合成！　そして鑑定《かんてい》！」

『高品質な紫小麦粉：紫は貴族の色だからと好んで使う貴族が多い。ジンジャークッキーなど、ピリリとした刺激《しげき》のあるお菓子に合う。赤小麦粉と青小麦粉をブレンドした品よりも味が良い』

おお、合成すると色を混ぜた小麦粉になるんだね！。

しかもブレンドした品よりも味が良いみたい。

「検証する為に他の色も混ぜてみようかな。黄小麦粉と緑小麦粉を合成！　鑑定！」

『高品質な黄緑小麦粉：ミントのようにスッとした味わいで、体感温度を下げる効果があるので夏場に人気。黄小麦粉と緑小麦粉をブレンドした品よりも味が良い』

やっぱり合成元の色を混ぜた種類の小麦粉になるみたいだね。

「となると全部の色を合成したらどうなるんだろう？」

私は7色の小麦粉を纏《まと》めて合成してみることにした。すると……。

『高品質な虹小麦粉：非常に貴重な小麦粉。小麦粉畑からごく稀《まれ》に発生する突然変異《とつぜんへんい》で、特定の種や栽培法《さいばいほう》がある訳ではない。どんな料理にも合い、とても美味しい。そのままでも美味しい』

「何か凄《すご》いのが出来た」

出来上がった小麦粉は、オパールのように角度を変えると色を変える不思議な小麦粉だった。

って言うか偶然《ぐうぜん》に発生する突然変異って、めっちゃレアアイテムじゃないのコレ⁉

そのまま食べても美味しいって話だし、ちょっと舐《な》めてみようかな。

「ぺろっ……美味《うま》っ‼」

ホントにビックリするくらい美味かった。

粉でこの美味しさってことは、調理したらどれだけ美味しくなるんだろう……。

と言うかめっちゃ貴重な小麦粉を、ただ全種類合成するだけで作れるってことは、もしかして私、小麦粉だけで大儲《おおもう》け出来るのでは？

ある意味イスカ草並みに貴重な小麦粉がイスカ草とは比べ物にならないくらい安全に使えるって凄すぎない⁉

「よし、さっそく味を確かめてみよう！」

という訳で厨房に戻ってきました。

「おや、どうしたんですかいお嬢様？　クッキーが焼けるにはまだ少しかかりますぜ？」

予定よりも早く私が戻ってきたので、まだクッキーは出来ていないと料理長が教えてくれる。

「いえ、ちょっと珍《めずら》しい小麦粉を仕入れていたことを思い出しまして、それも使ってみようと思ったんです」

「ほう、珍しい小麦粉ですか？　三色小麦粉あたりですかい？」

しかし料理長は珍しい小麦粉と言われても特にピンとこないようだった。

まぁ料理人なら常識らしい赤小麦粉も知らなかったから、期待されてないんだろうなぁ。

だが、コイツは本当に珍しいレア物だぜ！　驚《おどろ》くがいい‼

「虹小麦粉というものなんですけど」

そう言って私は小さな袋を開いて、中に入れておいた虹小麦粉を見せる。すると……。

「「「虹小麦粉ぉぉぉぉぉぉぉぉぉぉっ⁉」」」

厨房全体が物凄い音量に包まれた。

お、おう、なんか予想以上の反響《はんきょう》。

「虹小麦粉ってマジか⁉」

「いやいや、流石にそりゃないだろ。どうせブレンド小麦粉を掴《つか》まされただけだって」

けれど料理人達もすぐには信じられないみたいで、たんに7種の小麦粉を混ぜただけの偽物《にせもの》じゃないかと疑う。

「いや、この輝《かがや》きはブレンド小麦粉じゃない。見ろ、角度を変えると色が変わるぞ！」

「「「マジで⁉」」」

小麦粉を調べていた料理長の言葉に、再び厨房が騒然《そうぜん》となる。

「うおお！　ホントだ！　小麦粉が輝いてる‼」

「馬鹿《ばか》！　大きな声を出すな！　小麦粉が吹き飛《ふ》んじまうだろ‼」

虹小麦粉の近くで騒ぎ始めた料理人を、他の料理人達が殴《なぐ》って止める。

な、何か皆《みな》の反応が激しすぎませんかね？　珍しいとはいえ、どの小麦粉を育ててもランダムで出てくる代物《しろもの》だよ？

侯爵家くらいの貴族なら、十分入手出来ると思うんだけど。

「そ、それで、この虹小麦粉はどうするおつもりなんですかい？」

料理長が緊張した面持ちで虹小麦粉をどう使うのかと聞いてくる。

「どうって、そりゃお菓子を作る為に使うんですけど」

「「「「お菓子ぃーっ⁉」」」」

そんな用途に使うなんてとんでもない、とばかりに料理人達が絶叫《ぜっきょう》する。

「いやしかし、これだけの虹小麦粉をお菓子に使うなんて、せめてパーティの料理に使ってみては？」

寧ろ使わせてくれと料理長達の目が訴《うった》えてくる。

皆、そんなにこれを使いたいのかぁ。

まぁ私のスキルなら量産出来るし、後で分けてあげようかな。

「それならまた仕入れますよ。取引先にまだ在庫があったので」

「「「「マジですか⁉　ぜひお願いします‼」」」」

一糸乱れぬ動きと声で私に頭を下げてくる料理人達。

おぉう、凄い食いつきぶりだなぁ。

なお、あまりにも大きな声が響《ひび》いてしまった為に、一体何事だと驚いた護衛の騎士達が厨房に飛び込んできたり、事情を聞いたマーキスが料理長達を叱《しか》ったのは別の話である。

しかし、本当の騒動が始まるのはこれからだった。

この虹小麦粉が実は、大きな小麦畑で数年に一度、それもたった一房《ひとふさ》しか出来ない超絶《ちょうぜつ》貴重な小麦粉だということを、私は知らなかったのだ。

そう、私は鑑定の説明文の意味を正しく理解していなかったのだ。

そりゃ手のひらに収まるような小袋程度の量でも料理人達が驚くはずだよ！

そんな訳で、この後虹小麦粉を巡《めぐ》って東都中の料理人と商人が激しい戦いを繰《く》り広げることになるのだが、それこそ本当に別の話である。

なお、オール虹小麦粉で作ったクッキーは信じられないくらい美味しかったです。

あとがき

作者「『錬金術《れんきんじゅつ》？　いいえ、アイテム合成です！』２巻をお買い上げいただきありがとうございます――っ！　作者でございます‼」
女神《めがみ》「ヒロインの女神です‼」
天使Ａ「ただのポンコツの間違《まちが》いです」
女神「不敬ー っ‼」
天使Ａ「いやー、無事に２巻が発売されましたねぇ。それもこれも読者の皆《みな》さんが買い支えてくれたおかげです。ありがとうございます‼」
女神「圧倒的《あっとう》スルー（されてる）‼」
天使Ａ「ところでわたし名称《めいしょう》にＡってついてるんですけど、ＢとかＣも居るんですか？」
作者「居るよ。神界の運営とか地上のトラブル対策とかしてる」
天使Ａ「ああ、トラブル対策ですか（女神を見ながら）」
作者「そう、対策（女神を見ながら）。規模が大きくなり過ぎて地上の民《たみ》に悪影響《あくえいきょう》が出るような災害とかを世界に影響が出ない程度にこっそり力ずくで修正したりもするよ」
女神「あら、熱い眼差《まなざ》し。やっぱりヒロインとしての色気がにじみ出ちゃう？」
天使Ａ「色気と言えば主人公のカコ嬢《じょう》は、転生した自分がアレ（女神）に似ていると呟《つぶや》いていましたが、本当なんです？　罰《ばつ》ゲームでは？」

女神「罰ゲーム言うなー！　地上の民的には絶世の美女ぞ！」
作者「まぁ外見が良いのは事実。ただし人の印象というものは内面も影響してきますので（チラッ）」
天使Ａ「ですねぇ（チラッ）」
作者「ちなカコの容姿としては絶世の美人ではなく、凄《すご》く可愛《かわい》いけどもっと見た目が良いのはいます。違うのは、神が直接造形しちゃったこと。素人《しろうと》の描《か》いた絵と神絵師の落書きの差みたいな感じで」
天使Ａ「ああ、やらかした訳ですね（遠い目）」
作者「残業案件よ」
天使Ａ「男女平等天使ボディブロゥッ‼」
女神「ゴッ⁉（一瞬《いっしゅん》宙に浮《う》く女神の体）」
天使Ａ「何でアレで女神を名乗れるんですか？」
作者「存在の規格が違うのよ。天使が特定の機能しか持たないアプリなら女神はパソコンのOSなのだ。しかも自分でプログラムも組める超《ちょう》ＡＩ仕様。なので世界を創造することだって出来るし、異世界の人間の魂《たましい》に肉体を与《あた》えて自分の世界に転生させることだって出来る。ただし組んだプログラムが完全かは別の話」
天使Ａ「じゃあそのプログラムを修正するのは……」
作者「ポン（慈愛《じあい》の眼差しで天使の肩《かた》を叩《たた》く）」
天使Ａ「っ‼（膝《ひざ》から崩《くず》れ落ちる）」
女神「ところで２巻はＷＥＢ版と違って、ちょろちょろと矮小《わいしょう》な人間の出番や内面描写《びょうしゃ》が増えてるわよね」
作者「唐突《とうとつ》に話題変え&超越者《ちょうえつしゃ》ムーヴすんな。この辺は新キャラの活躍《かつやく》をもっと増やそうぜ！　っていう打ち合わせの結果かな。実際もっと皆の出番や活躍を増やしたかったしね」
天使Ａ「読者の皆様も書籍《しょせき》を買う楽しみが増えますね」
女神「けど侯爵《こうしゃく》夫妻の頭お花畑過ぎない？　怪《あや》しい子供をさらっと養子にしちゃったり、アレで貴族やってけるの？」
作者「そこら辺は仮にも高位貴族なので、あらかじめカコを調査して人間性を確認《かくにん》してあるのよ。で、この世界で生きていくのが困難とも思える前世の高いモラルっぷりから、これは世間を知らない子供ですわーと外見通りの年齢《ねんれい》と認定。隠《かく》しているつもりの力も相まって保護決定となった訳」
女神「あー。平和な世界で生きてきたことが仇《あだ》に、いやこの場合は吉《きち》と出た訳か」
作者「とまぁ今回も本編では出ない設定を語ってきましたが、そろそろお別れの時間になりました」
女神「次は3巻で会いましょうね～！」
天使Ａ「コミカライズ企画《きかく》も順調に進行中です！　動く私の活躍にご期待ください‼」
女神「いや、アンタ本編に出番ないし、出ても背景で動いてるモブよモブ」
天使Ａ「男女平等下克上《げこくじょう》パンチッ‼」
女神「ゴッフッ‼」
作者「ここまでお読みくださり、ありがとうございましたー！」

本書は、カクヨムに連載中の「錬金術？　いいえ、アイテム合成です！～合成スキルでゴミの山から超アイテムを無限錬成！～」を加筆修正したものです。

DRAGON NOVELS
ドラゴンノベルス

錬金術？　いいえ、アイテム合成です！2
合成スキルでゴミの山から超アイテムを無限錬成！

2023年10月5日　初版発行

著　　者　十一《じゆういち》屋《や》翠《すい》

発 行 者　山下直久

発　　行　株式会社KADOKAWA
〒102-8177　東京都千代田区富士見2-13-3
電話 0570-002-301（ナビダイヤル）

編　　集　ゲーム・企画書籍編集部

装　　丁　杉本臣希

D　T　P　株式会社スタジオ２０５プラス

印 刷 所　大日本印刷株式会社

製 本 所　大日本印刷株式会社

DRAGON NOVELS ロゴデザイン　久留一郎デザイン室+YAZIRI

ISBN978-4-04-075157-3　C0093